U0544165

大地璎珞

> 曹惠的散文,在山水之境中涵养文心与性情,在人文传统中涤荡浮躁与焦灼,在民情风俗中吟咏历史与当下。
>
> ——郭艳

曹蕙 著

大地璎珞

广西师范大学出版社
·桂林·

大地璎珞
DADI YINGLUO

图书在版编目（CIP）数据

大地璎珞 / 曹蕙著. --桂林：广西师范大学出版社，2023.4
ISBN 978-7-5598-5778-1

Ⅰ.①大… Ⅱ.①曹… Ⅲ.①散文集－中国－当代 Ⅳ.①I267

中国国家版本馆 CIP 数据核字（2023）第 019476 号

广西师范大学出版社出版发行
广西桂林市五里店路 9 号　邮政编码：541004
网址：http://www.bbtpress.com
出版人：黄轩庄
全国新华书店经销
广西民族印刷包装集团有限公司印刷
南宁市高新区高新三路 1 号　邮政编码：530007
开本：880 mm×1 230 mm　1/32
印张：12.125　字数：220 千
2023 年 4 月第 1 版　2023 年 4 月第 1 次印刷
定价：68.00 元

如发现印装质量问题，影响阅读，请与出版社发行部门联系调换。

序　时光深处的低语

曹蕙散文集《大地璎珞》，让我读出天地之大美。曹蕙的文章朴实简洁，多从大自然入手，从普通生活俗事入手，饱含了对人世百态的宽容和善意，也充满了对人生的感悟和思考。智者乐水，曹蕙在多篇散文中写到水的意象，溪、河、湖、海，在她的眼里，自成风景，"喜欢水，一向远胜于山。不仅因为水之柔美，更因了水之柔韧。我想这世间，再没有比水更有张力的事物了。她可以波澜不兴，也可以惊涛拍岸，水滴石穿。"（《洣水清如玉》）。

她的语言是干净轻盈的，如清泉细流。比如这样的句子："对故乡的记忆仿若大朵的雪花，晶莹、洁白，似乎触手可及，却又经不起时光的打捞。然而，越是时间久远，越是恒久地牵绊与惦念。时光之手，已将生命中最珍视的东西，一一拼接整理，如初民般结绳安放，在心底生根。"（《唯念故乡月》）；而有一些诗句生动得像一尾剑鱼，倏地一下就穿过你的心："隐忍与思念，汇流成河。胸口刹那的疼痛，猝不及防。"；还有的细腻感性，"盛夏，雨季，一些苍白的爱的诗句，慌慌张张地敲你门窗。而你年少的倨傲，让那些细致的情怀，轻易地洒落一地"。（《秋日的私语》）；有些颇有古典的味道："夜色清浅，煮酒成词。可惜山南水北，终归是要离去的。拱手一笑，自此作别。"（《秋，遇见锦里沟》）；有时也会跳出诙谐调皮的句子。她很少用浓墨泼洒，只是淡淡的写意，收放自如，读来如冬日暖阳般温暖、妥帖。正如评论家贺绍俊所说："曹蕙的散文有玉之圆润，水之温柔；在日常叙述中透出智慧，在平实文字里藏着深情。"

曹蕙善于观察生活、思维敏锐、感觉细腻，如《那些醒来的植物精灵》这篇，"老屋门前有株青葱、挺拔的苦楝树，枝叶秀丽而繁茂，只有当微风轻拂时，才听见她低吟浅唱，却又是仪态万千，优雅而静谧。母亲在树上系了个秋千，便灿烂了我的整个童年。"如风铃的序曲，淡淡响起并定格了整篇文章的主调。"蝴蝶在她的花心里唱着些不太委婉的歌谣，我想，她一定是强忍着将委屈和幽怨深藏在心叶里罢了，要不然，在绿叶的轻颤中，我何以分明听见她心中无数的叹息声呢？"这样的文字源于一个善思的女性对生命的独特体验，虽然表述得很隐忍，但她发出了真实的声音。

曹蕙用文字表达了生存暖意。从她的散文中，可以读出成长的疼痛，对故土的眷恋，对山川自然的热爱，对生命本源的追问，人与自然和谐共生，互相抵达。她如一棵风姿绰约的乔木，独立、清醒，有着深沉刚劲的气质和舒展的性格，文本也是柔中带刚，蕴含人生哲理："纵然是千鸟飞过，纵然是万木同悲，总还有些挺立下去的风骨与勇气吧"（《那些醒来的植物精灵》）对生命价值的沉思和追问，使得曹蕙的文字充满思辨性。

曹蕙的散文蕴含着独有的生命哲学。从她的文本里面可以洞见人性的烛光。生活之中不为人所道的细节，在她的笔下熠熠生辉，一己的感受，烛照的是诗心，是对社会人生的体察："岁月如刀，刀刀催人老。在传统与现代的夹缝中生存，在爱与不爱的边缘挣扎，在痛苦与欢愉中沉浮，需要太多的爱心与勇气。仍然会相信：亲情可离不可弃，友情可亲不可欺，爱情可遇不可求。也仍然相信：一个好的女人，应该具备爱心、慧心、恒心甚至佛家所说的慈悲心。"（《一任阶前点滴到天明》）。

曹蕙的散文是率性随缘的，也是从容淡泊的。修辞立其诚，为文贵天然，朴素真实的文字是最有力量的。

王跃文

目录

第一辑　浮生若寄

003　半池清水半池莲
016　浮生若寄
021　有美后湖
025　秋，遇见锦里沟
030　回廊挂落里的西园北里
034　那些清浅的歌谣
037　洣水清如玉
041　凤箫声动人何处
047　梦里溱湖
050　漫步石燕湖
055　那海、那山的记忆
059　品味衡阳
063　诗意云集
066　故乡的春天
068　雁城十景记
071　踏歌崀山行
075　到南沙去看大海
079　侧身凤凰游
082　鸟语林中听鸟语

085　澳门环岛游

087　拜谒母校

090　遇见蝴蝶兰

094　为谁流下潇湘去

099　零散的记忆

第二辑　且听风吟

105　灵魂在高处

109　蕙叶释字

117　童言稚语

121　愿伤痛是朵冰凌花

124　林下小语

128　心处闹市

130　回望鲁院

134　最是潇湘深夜月明时

137　风铃鸟

139　那些醒来的植物精灵

147　自然之灵

153　梦中的白兔

155　简单活着

160　隐蔽的快乐

164　我想做农人

166　人生百态

	170	秋日的私语
	174	衡岳韫玉女儿殊
	178	"一代女魂"与玉泉寺
	182	拈花一笑
	184	抒音语录
	187	学会自我调理
	189	谁动了我的奶酪
	191	密码
	193	利益是把双刃剑
	195	静思

第三辑　陌上花开

　　201　茶亦醉人
　　210　初恋的爱情符号
　　215　透过鲜花开满的月亮
　　219　帘外风
　　223　风中的紫玫瑰
　　233　化蛹为蝶
　　241　依妮的故事
　　245　爱恨悠悠
　　249　谁怜女儿心
　　253　单身贵族
　　256　爱与喜欢

259	爱是天意
264	浪漫女孩
266	潇洒女孩
268	萍的故事
271	蕙儿
273	女人如花
276	友情恒久远
279	你在他乡还好吗？
283	那些白了头的爱情
286	烟花那么凉

第四辑　岁月覆痕

297	最喜风雪故人来
308	无言的代理
311	闲话八零后女性的写作
315	空余满地冰霜雪
318	一任阶前点滴到天明
324	姑母
327	不要轻言放弃
330	我拿什么来爱你
338	叶儿
341	师恩如明灯
344	那年少时

347	阿婆的小秘密
350	清明时节去上坟
355	去游泳
359	赶集去
362	家乡的皮影戏
366	我与女书之缘
370	唯念故乡月
375	跋

第一辑

——

浮生若寄

在人群中默默前行，深怀自尊。焚心香一束，只为曾经的感动。

半池清水半池莲

外婆离去后,荷村就离得越来越远。远得只剩下半池清水半池莲,在梦里摇曳,散发着淡淡的清香。

岁月如莲。不识字的外婆虽已离去经年,在我的心里,却宛若一枝青莲般的存在。

母亲是外婆最小的女儿,外婆替她取名莲,祈愿她的一生如莲静放。外婆称莲为花中君子,从污泥里长出来,却开得干干净净,不染尘埃。外公去世早,外婆以瘦弱的肩膀,扛起风雨飘摇的大家庭。母亲虽从小没有吃过一餐饱饭,但在外婆的鼓励下,却酷爱学习。知识,成为她寒夜里的温暖与光亮。

雪舞的冬日,茅草凝棍,滴水成冰,母亲脚穿笨拙的木屐,拢一箱微红的炭火,失足跌落在通往学校的涧底。小脚的外婆闻讯寻来,母女俩抱头痛哭。日子过得再苦再难,在外婆的支持下,母亲也不曾放弃上学的梦想。她替老师浆洗衣服赚取学杂费,捡同学废弃的笔头写作业。终有一天,母亲考上了师范,沿荷村深处的崎岖小路走出,成为一名教师。

因为母亲工作忙，学龄前的我，基本上是在外婆家度过的。外婆家离母亲任教的学校大约两三里路，旁边连着长满青苔的天井和几间杂房。门前有一口池塘，池塘里种了莲。

每年夏天，池塘里的莲花会次第盛开，芳香馥郁。我喜欢看晨露在莲叶上的轻颤。在初阳的照射下，散开又聚拢，如珍珠般晶莹剔透。

外婆说，莲一身都是宝，莲子熬汤喝了清火，尤其是绿色的莲心，虽苦，却是安神的良药。莲藕可以做菜吃，外婆最拿手的是桂花糯米藕，吃起来香糯可口。

外婆把门前的空地整理成了一个花园，种着鸡冠花、节节高、月季花等，鸡冠花总是开得火红肆意。最让人惊艳的是屋子右边那一大片鸢尾花。紫色的花朵，黄色的花蕊，颇有些娇羞地绽放着，像水袖轻舞的古典美人。绿色狭长的叶上，凝着大滴的晨露，这是我所喜欢的。

屋的左边，是一大丛茂盛的楠竹。站在竹丛边，能清晰地听到竹笋拔节生长的声音。透过竹叶的间隙，对着太阳不断眨眼睛，眼里会幻出无数七彩的圆圈来。

守护着这一丛楠竹的，是一棵高大的桂树。外婆在树上挂了个简易的秋千，便灿烂了我的整个童年。

而邻近溪边种的是几棵枣树，枣花开时，清淡的花香会引来无数金黄的小蜜蜂。

外婆总是起得极早，她穿上小竖领的青布衣，把从领口绵延到左下摆的布纽扣一一系好。青布裤肥肥大大的，没有腰身，外婆用一根布腰带紧紧地系住。小脚紧绷在一双窄小的青布鞋里，脚背鼓得老高。

她打开百雀灵的盒子，往菊花般多皱的脸上搽雪花膏。再把灰白参半的头发细细地梳成一个发髻，用发夹把垂下来的发丝一一夹好，抹上头油。这才拢过身来，一把掀开我的被子："太阳都晒屁股了，还不快起床。"

她不由分说地把我从热被窝里拽出来，开始替我梳理头发。阳光照在立柜上，一些灰尘在空中舞蹈。

我的头发被木梳一缕一缕往上拢，梳成两个朝天辫。我使劲挣扎，外婆用腿把我紧紧夹住，把我的头皮扯得生疼，我抬眼看见镜子里出现一个扎着两根土气的朝天辫，圆脸大眼的女孩，嫌不好看，立马别过头。

外婆把米饭端到大门外。她揭开饭锅，在锅沿插一把筷子，然后微闭上眼，双手合掌，口中念念有词。我看着饭锅里升腾起袅袅的水雾，心里抱怨风把饭香刮走了。外婆说，祖先们尝过了，我们可以用早餐了。

菜很简单，有时是一碟小葱拌豆腐，有时是一碟梅干菜或一碟腌萝卜条。若是春雷过后的早晨，在那些覆满青苔的地上照例能捡到一层薄薄的地衣，外婆把它洗干净，桌上便添了一道不错的美味。

饭后，我跟着外婆走在窄窄的田埂小路上，外婆用锄头背面磕开一个个小洞，五岁的我，在每个洞里撒上三五颗豌豆种子，外婆再用肥料轻轻地把它们覆盖上，像盖了一床柔软的棉被。呼吸着泥土的芳香，想着日后的果实累累，我心里充满了小小的期待。

不几天，豌豆长出两片小小的叶。几场春雨后，豌豆苗开花了，很美，像一群蝴蝶在嫩绿的豆苗上翩翩起舞。

我飞跑回家把这个好消息告诉外婆，外婆正坐在苦楝树下吱呀吱呀地纺棉花。她全神贯注地脚踏纺车，手捏细长的棉花条，随着纺车有规律地转动，从棉花条里不断抽出粗细均匀的白线来，再绕成一个白色的纱锭。

在我的眼里，这真是一件神奇而有趣的事情，我央求外婆让我试一下，外婆噘着嘴，毫不通融地说："那可不行，这哪是小孩子玩的。"

我百无聊赖地拿出一根长长的小竹竿，放在台阶上计算时间，太阳晒到半竿时，就该吃午餐了。

太阳明晃晃地高挂在天空，阳光透过树梢，一寸寸地慢慢移过来，时光像被什么粘住了似的，缓慢、悠长。黑旧的纺车唱着古老的歌谣，蟋蟀在院子唱和。三两只麻雀，一面旁若无人地跳来跳去，一面叽叽喳喳地议论着。

外婆终于有些累了，她站起身来，进了堂屋。趁外婆离开，我迫不及待地跷起二郎腿，学着外婆的样子，捏住棉花条，奋力摇动纺车，吱吱呀呀地纺起棉花来。只可惜抽出来的线不是太粗就是太细,稍一用力,线就断了,白色的纱锭被扯到地面上滚了几滚,吓得我不知所措。我手忙脚乱地把纱锭捡起来,刚重新摆好,外婆已扭着一双小脚回来了。

外婆眼睛不好使,重新坐下来时居然没发现纺线已弄断了,她摇了几下空纺车,才觉得不对劲:"唉,真是越老越不中用了。"外婆连声责怪自己。她用食指和中指在布满细纹的唇上沾了些许唾液,把断线部分捻连起来。

一旁的我捂嘴偷笑,准备溜之大吉。外婆狐疑地看了我一下,明白过来,便恼怒地站起身,扭动小脚,抄起一把扫帚作势来打我。我见势不妙,急忙跳着往外逃。

春天孩儿脸,说变就变,晌午过后,就下起雨来。外婆把纺车搬回屋内,架着老花眼镜的外婆,已迷糊着眼昏昏欲睡。

湘南的雨丝缠绵不尽,我嫌屋里闷得慌,就悄悄穿上外婆那双笨拙的小木屐,走出户外。竹木屐底厚得像松糕,特别不合脚,像踩着高跷板摇摇晃晃地前行。

我好不容易拐进屋后的小储窖里,便脱了木屐。这儿远离外婆的视线之外。

我在储窖里铺上松软的干稻草,给自己弄一个安静的、私密的空间。我又偷偷地回屋子拿来一小碟白糖,摆在稻草上。我弯腰站在只属于自己一个人的储窖里,心里充满着小小的、隐秘的喜悦。

可当我拿着自己最喜欢的一本连环画,再折回去的时候,储窖里已有了不速之客,一群黑色的小蚂蚁正交头接耳,兴趣盎然地吃着碟子里的白糖。我哭笑不得地看着这些入侵的小小强盗,想着可能还有老鼠之类的不速之客前来造访,便对这个储窖失了兴趣。

因为穿着笨重的木屐在院子里来回不停地走动,一不小心,我在坪前摔了个四仰八叉,摔得浑身都是泥。外婆指着我,又气又恼:"惠仔,看,老天都不容你。"然后又一把擒过我,换上干爽的衣服。

外婆又说道:"成天像只泥猴子,狗都不理你。"我摔得浑身酸疼,心里有些气恼。

眼睛便望到外婆那把心爱的水烟壶,灰色的烟壶肚里装着水,外婆高兴时总是把它抽得吧嗒吧嗒作响,一副十分惬意的样子。我偷偷把水烟壶里的水倒空。

外婆烟瘾上来,取过水烟壶,捻了点烟丝放在壶嘴上,才"吧嗒"两声,就呛得直咳嗽。摇摇壶身,才知被我算计了,她瘪着没牙的嘴骂道:"惠仔,你个前世的冤孽,看你长大后怎么嫁得出去。"我低着眉头,咬着唇,笑着跳开去。

外婆是村里颇有威望的老人,常有乡邻为了鸡毛蒜皮的小事情来找她诉说,有时还要被人请去家里调解纠纷。

我便在这时听到一些有趣的乡俚俗语。比如说:"蚂蟥咬在薅田棍上,哪有什么咬嚼?"又比方说:"田螺不知道自己的屁股有多旋。"让人想想就忍俊不禁。

而外婆家附近的小山坡，是天然的滑滑梯了。小伙伴们在那里比赛，滑得满身都是泥。我偶尔也会跟着男孩子们上树掏那些还不会飞的小鸟雀玩。哥哥自制了辆四轮小车，推着我在乡间小路上飞驰而过。周边的风声呼呼地刮过，水稻田里蛙声一片，小小的心里充满着冒险的欢乐和愉悦。

最喜欢的是夏日的午后，这样安静的午后，其实是只属于自己一个人的最快乐的时光。这也是一天中最热的时候，村里少有的安静，整村的人啊狗啊都好像睡着了。只有那悠长的蝉声不耐烦似的鸣着，一阵紧似一阵。

我悄悄地在外婆的酣睡中溜出门去。白色的阳光炙烤着大地。丝瓜、南瓜花都蔫蔫的。身后传来呼哧呼哧的声音，我转身发现，家里那条叫青龙的狗也跟着我出来了。烈日下，它黑色的毛像绫缎般闪着柔和的光，眼眶和四只脚爪却又巧妙地绣上了一圈白毛，如雪球般闪亮。这使得它与村里的狗有了明显的区别，显得干净而灵性。它会用前爪开门，会把废物叼出屋外。见我站住，它也立马站住，歪着头，用一双黑亮的眼打量我，我示意它回家，它讨好地伸出舌头舔了舔我的手掌。

池塘里，一些红莲开放，一些正举着花骨朵。水清幽幽的，在水的不停冲刷下，池塘边形成了几个小漩涡，小鱼小虾们游累了，会聚在这里小憩。

我把圆头的青布鞋脱下来，放在岸边的草丛里。然后趴下身子，一双小手掬过去，握上几条小鱼小虾，还有一条颜色鲜艳的小边鱼。

青龙看看桶里的鱼，愉快地冲我摇着尾巴，黑眼睛里洋溢着由衷的笑意。有一两条性子暴烈的麻灰色野生小鳅鱼，我叫它"麻格令生生"。它猛烈地挣扎了一阵后，把自己弄晕了过去，很快安静下来。

那时节，池塘里的大鱼也热得晕乎乎的，寻到岸边的水草里小憩。有几尾鱼正吐着水泡，张着嘴吧唧吧唧地吃着青绿的水草，水草一抖一抖的，被拖入水中。

我看着仍在烈日下酣睡的村庄，忽然胆子一横，想捉一尾大鱼。

我憋住呼吸，蹑手蹑脚地在池塘边寻找目标。水草下，有一条鱼翻着白肚皮，笨拙地转动。我伸手使劲去抓，居然就摸到了鱼的背部。鱼挣扎着，从我的手掌中溜出去。我眼明手快，使劲一抓，居然捉住了这条大草鱼。我费劲地用双手把它卡上了岸。

当我双手吃力地握着那条鱼急急地往回走时，耳旁忽然就响起一声断喝："惠崽子，还不快把鱼放回池塘里去，小心我敲破你的脑袋。"我的朝天辫被人一把扯住，疼得我咧开了嘴。一抬眼，便望见了村长版刻画般威严的脸，他头戴一顶旧草帽，肩上背着个铁耙子。

老实说，在这安静而又闷热异常的夏日午后，他突如其来的呐喊，无异于在我耳边炸响了一个惊雷，吓得我魂飞魄散。

他脸颊的肌肉松弛下来，像垂着两个干瘪的肉袋。两颗大而黄的门牙，从双唇中突围而出。看起来一副不近人情的样子。

看着村长毫不近情理的脸，我噘着嘴，低下头，心里感到耻辱和不安。我乖乖地跟在他的后边，把鱼放回池塘里。

外婆听说我去池塘里抓鱼吃，脸一下子气成了猪肝色。她操起一根杉树条，劈头盖脸地朝我打来："我让你下水塘，让你去抓鱼！"杉树枝落在我的身上，又痒又疼。不一会儿，我的手上便肿起一条条伤痕，像爬满了红色的蚯蚓。我被打得团团转，一边号哭着，一边往外逃去。

我飞奔着过了小溪，又过了一丘稻田，外婆紧紧追在我的身后，眼看就要扑过来，我朝旁边的小树林一钻。又跑了一阵，这才把外婆甩掉。我一边抽泣着，一边飞快地跑向后山。

晚霞漫上天边，炊烟从各家各户飘出来，袅袅升上天空。饥饿的蚊虫飞舞起来，"嗡嗡嗡，嗡嗡嗡"三三两两轰炸机似的朝我脸上袭来，我伸手一拍，拍了一手的蚊子血。不一会儿脸上就鼓起几个包，又痒又疼。

外婆大声呼喊着我的名字，声音像山雀子一样掠过荷村的上空。

我蜷缩在树荫里，不敢应答。

天色更暗了，外婆的声音越来越焦急。

她急巴巴的声音停顿了片刻，忽然变得柔和起来："惠仔啊，天黑了，快回家吧。"

我迟疑着，不敢贸然回家。

"细宝哎……满崽呀……"外婆的声音居然越发像掺了蜜。

我从来没听过她这么柔美的声音,有些受宠若惊,迟疑着,怯怯地往回走。

远远看见外婆脸色铁青,手提荆条守在大门口,风干的荆棘,格外坚硬锐利,我想要缩回身去,可是已来不及,我一时呆怔在那里。

外婆几步跳过来,眼看荆条伴随着咆哮落下来,我睁着一双大眼睛,犟在那里,泪水像断了线的珠子,在脸上汹涌着,但我倔强地不说一句求饶的话。

外婆这才收了手,恨恨地剜了我一眼,一边骂,一边抬手抹眼泪。

外婆递给我一只蓝花瓷碗,碗里卧着半碗米饭、一只煮红薯。我接过碗,一边吃,一边小声地呜咽着,泪珠子吧嗒吧嗒掉进碗里。沾了泪滴带有咸味的米饭和红薯,被我飞快地一并扒进嘴里。"不许哭,再哭就不准吃饭。"外婆呵斥,"人活一张脸,树活一张皮。"

青龙在脚旁用温柔的眼神看着我,用舌头舔我的脚跟。

桌上的小鱼小虾被外婆炖得白惨惨的,散发着一股子鱼腥味。我一口都没尝,我把头低低地埋进碗里,一边扒着饭粒,一边抑制不住地发出低微的抽泣声。

晚饭后,外婆在院子里燃上艾香驱赶蚊虫,青黛色的烟雾袅袅地升了起来。她躺在竹椅上,轻摇蒲扇,一遍遍地教我唱民歌

《一塘清水一塘莲》:"一塘清水一塘莲,红红绿绿水上眠。"以及"梭罗树,月光光""黑豆角,开红花"等。

外婆也有讲不完的民间故事,有时听了故事后,我会因害怕而钻进外婆怀里。

处暑过后,门前的枣子泛了红,变得香脆可口起来。这时低矮处已被我摘吃得差不多了。我们用细长的竹竿把红枣轻轻地敲落下来,落得草地上、花丛中、溪水里到处都是。

我雀跃着捡拾起来,满满的一大筐。

外婆把枣分成许多份,挨家挨户地送,让乡邻们也尝尝鲜。

然而,当我们快回到家里时,却听到青龙绝望的悲鸣。原来几位堂兄把青龙用箩筐装好,盖住,浸入池塘中,他们在岸上挥舞着扁担,一阵狂打。

我使劲去拉堂兄的手,可是,他们却不管不顾,像疯了一样奋力地捶打,一边打一边发出兴奋的叫喊。

冷水浸泡中的青龙开始还呜咽着,遭受无数闷棍后,渐渐不挣扎了,它的声音越来越微弱,后来再没有半点动静。

堂兄们把它从水里捞出,它大睁着眼睛,龇着牙,浑身伤痕累累。我真切地意识到,我永远失去青龙了。我号啕大哭,不顾一切地举起小拳,奋力地砸向下手最重的堂兄,"我恨你,我再不愿见到你!"我把他从前送给我的那个小口哨吹得山响,都没能制止住他,我只得从胸前扯下来,狠狠地丢在地上踩上一脚。

青龙不幸变成了餐桌上的一大脸盘肉。

堂兄们狼吞虎咽，我躲到一边无声地哭泣着。

我和外婆把它的残骸用莲叶包好，放入瓮中，埋在竹丛下。之后好长一段时间，我都沉浸在一种无言的伤悲里不能自拔。

不久，母亲回家了，给外婆买回一双新鞋。外婆很开心，眯缝着眼笑得像老菊花，逢人就说："我女儿给我买了一双机器做的鞋呢。"

我在村里度过无拘无束，如竹笋般拔节生长的时光后，终于要去外地上学了。

我把这个好消息告诉外婆时，外婆默不作声，末了便挪着三寸金莲到村外去了，半晌才回来。

第二天，当我跟母亲去学校时，外婆从衣襟里摸出一块花布。我打开一看，竟是一个漂亮的小书包。我接过新书包，蹦蹦跳跳地上了路。

再回头时，却见外婆脚上依然穿着一双老式布鞋，弓着背站在桂树下，浊泪盈眶。后来才知道，外婆用新鞋和邻村一位老太太换了块小花布，又连夜把它缝成小书包。

不知道为什么，我刚上学时，学起拼音来一头雾水，怎么也学不会。生性好强的母亲急了，时不时就修理一下我的头："我打掉你的蠢气。"外婆劝说道："有些花开得早，有些花开得迟，你看那些矮脚的牵牛花，早晨开放，天黑就凋零了。惠仔是个小小的莲花苞，不要急，她会开成最大最好看的一朵莲。"

果然，到了小学二年级后，我如醍醐灌顶，成绩直线上升，在年级遥遥领先。

小学毕业会考时，我以全区第一名的成绩考入了省属重点中学。

寒冷的冬日，我穿着球鞋走在校园里，鞋子进了水，哐当哐当地响，冷到彻骨。

母亲捎来信，说外婆走了。我眼前一黑，仿佛有大朵洁白的莲，从眼中慢慢枯萎凋零。我胸中疼痛，不顾一切地拦到一辆货车，一路颠簸，回到外婆家，我哭倒在外婆黑旧的灵柩前，满心的忧伤与不舍。外婆音容宛在，像是睡着了，但从今往后，再没有人会用一双青筋暴出的手，来抚摸我的前额。再没有人呼喊着我的乳名，给我讲最朴素的人生哲理。我像是被时光之手突然抛弃，一下子失去了心灵的依靠。一连几天，我陷入一种虚脱的状态中。但我知道，自己必须长大。

从少年到青年，再到中年，外婆一再出现在我的梦境中，而那些远逝的乡村时光，也如莲般，顽强地嵌在心的某个角落，根植在灵魂的深处，让人想起来温暖而心安。

岁月如莲，简单安然。盛开与凋零，都是必经的过程。只要心中有一枝青莲，又何惧风来雨来？

浮生若寄

夜深如水,那些风铃的浅唱,由远及近,叩响门窗。点点滴滴,汇成千军万马,踏过思念的原野。一念如水,消融的岂止是爱恨。忧伤凉如风,凡尘之上,开出皎洁的兰。忆起李白的"夫天地者,万物之逆旅也;光阴者,百代之过客也,而浮生若梦,为欢几何?"深以为然。

我揣想,如果有前生,我定是一只小小的蚕。沉默寡言,一心一意地吐丝。作茧自缚,层层包裹自己。只为变成一个洁白单纯的蚕宝宝,躲在自以为安全的狭小天地里,独自温暖。春来的时候,也会渴盼羽化为蝶,翩然起舞。

今世的我,虽化成了人的模样,然而还是不改本性。青涩单纯的年纪,我忧思善感,读各种古今中外的文学书籍。成年后,我酷爱文字。我选择了用文字来记录、来表达。唯有通过文字,才能感知自己的存在。我用键盘,把自己思想的丝一一抽出来,然后变成铅字印在纸上。文字是我的蝶衣,思想是我的蝶翼。虽然渴盼自己的文字有思想的火花,有灵光的闪现,但,我从不走捷径。

歌者自歌，舞者自舞，而我，在无眠的暗夜里，独自一人敲打着键盘，用文字，进行一场灵魂的舞蹈。我是一个不善表达的人，所以我选择了文字，然而，对于文字我依然惜墨如金，如果你能懂得并欣赏，那么于我来说，该是何等地感动和感激。一直以来，我渴求完美，但我清楚地知道生活中无法完美，所以，我宽容而怜悯，不是因为我有多富有，多伟大，而是源自对生命本源的爱。

我不习惯钩心斗角，也厌倦与人交往时使心机。我很少与人交流，仍是一只不与外界交流的蚕。在家里，我习惯在独立的起居室坐卧，在单位，我亦有独立的办公室，家和单位是我躲避风雨的茧。

我个性里也有些柔韧如蚕丝的东西。吃苦耐劳，诚实守信，不肯逾越自己的道德范畴去为人做事。如果被人欺侮，我虽不一定反击，但是，我尽可能不给他第二次机会。而且，我始终相信，是有因果报应的。否则，怎么解释天理？

看着一些美好的东西慢慢逝去，无法面对，却无计可施，这是我忧伤的症结所在，可是我却找不到医治的良药。只能眼看着忧伤在心内，肆意地起暗涌、掀狂澜。如果可以重新选择，我一定远离文字与思索，这样我也就远离了痛苦和忧伤。可是我却发现自己越来越深爱。爱到极致，便是茫然不知所措。

生命无常，会令我感到沮丧。对人生的过度悲观让我退守到文字的世界，然而，文字的铠甲常常太过柔软，往往让自己在尖锐的人性面前溃不成军，以至于夜阑人静时泪流满面。

我是个怀旧的人，会在经典的老歌里流泪，会在黑白片里一次次地迷醉。人们说回忆意味着老去，那么我便是个在少年时期已在回忆里起茧，老去的人。然而，看到不公正的人和事，仍有血往上涌；看到好书，仍然欣喜；看奥斯卡电影《爱情故事》，仍然感动得热泪盈眶；听朴树的歌《长亭外》，听到"知交半零落"时，仍欲落泪。在歌词营造出来的辽远空寂中呆坐无语，至潸然泪下。同样的曲子，也许在人听来是喜乐，偏我一听，便成了悲声。是的，骨子深处，总有些柔软的东西，禁不起触碰。"一瓶一钵一诗囊，十里荷花两袖香，只为多情寻故旧，禅心本不在炎凉。"音乐与文字，原是可以一见便倾心的。总是在刹那间，击痛人的灵魂。

记忆覆盖着记忆，就像雪覆盖着雪，那些走过的心路，模糊而清晰，终归重叠或是淡隐。时间的狂流呼啸而过，而我，注定只是过客。此身如寄，此生如寄。

我习惯于看热闹掩盖下的悲哀，繁华背后的荒凉。天下无不散的筵席。是的，当千红褪尽，谁能强留一抹红？万丈红尘中，我更情愿自己身为过客。有人问我是否强烈地恨过谁，我果断地摇头，是的，我没有恨过谁，我把情感也看得很简单，喜欢或是不喜欢，一向泾渭分明，绝不含糊。把人也分得很简单，好人或是坏人。我向来只凭直觉，觉得谁可信或是不可信。我尽量保持独立的思考，做到不轻信也不盲从。我极少受伤，因为有意避开那些有可能会伤害我的人；也极少上当，我有意远离那些可能欺骗我的人。

我是那种外表看起来坚定而自信，其实内心柔弱善感的人。我知道，自己的情商与智商都不可以拿来与人斗。很多时候，我会选择逃避。

所有的执念，都是心魔。逆境中，才懂得人性的丑恶，才会更加悲天悯人。某些蓄意的破坏，竟是成全。所谓推陈出新，所谓置于绝地而后生。大多时候，人会陷于一种惰性，像温水煮青蛙似的，在红尘俗事中淹没自己。可是突然有一天，当意外的伤害不期而至时，不妨试着让自己安静下来，坦然面对。也许正是这种意外之伤，让人不得不警醒，不得不静下来思考一些问题。感谢伤害，它使人更为坚强和达观；感谢磨难，它使人更加沉稳和厚重；感谢那些阻碍前行的人，它无形中形成了一种反作用力，使人更加奋勇向前。

时光如一辆单向的独轮车，只一径飞奔向前。那些曾经过分偏执的坚守，那些曾经看得很重的东西，最后都越来越轻，越来越轻，一切的一切，都将随时间的逝去而如云烟俱散。是的，浮生若寄，一切的一切，莫不是一场清梦？在梦里欢歌，在梦里轻愁，一回首，已转换了场景，更迭了人事。

窗外，有鸟已在晨风中渐渐醒来，一只呼唤另一只，这些醒来的鸟在清晨的薄雾里大声歌唱，欢快而悠扬。

给自己一点时间,在喧嚣之外,静下心来,尽可能地不被外界的声音所干扰,仔细倾听自己内心的声音:我喜欢的是什么?我需要的是什么?我必须承担什么?要做一个自信的人,不管身处逆境还是顺境,都要不断地修炼,磨炼自己的意志,让自己强大起来,始终相信自己是最棒的。

每个日子都要尽力活好,才不负此生。生命对我们来说,没有永远的快乐,也没有永远的忧伤,经历的挫折只会让人更坚强。坚强地活着,便是成功。

当我们离表面的浮华和热闹愈来愈远时,才会离自己的内心越来越近。

有美后湖

从我住的地方，沿岳麓山方向西行二三里，便到了后湖。草木相绶，湖水清且泛起涟漪，倒映着瓦蓝的天空、流动的白云，一派清澈澄明的样子。湖边别致、时尚的店面错落有致，皆由农家小院改造而成。放眼望去，岳麓山葱茏如黛，水雾缭绕，有诗为证："玉泉之南麓山殊，道林林壑争盘纡。"而朱张院启、屈贾台连的岳麓书院近在咫尺，古麓山寺的晨钟暮鼓，悠荡着千年的岁月。不远处，是中南大学、湖南大学、湖南师范大学三所名校，莘莘学子，络绎不绝，接驳着千年文脉，又从这里走向四面八方，播撒文明与思想的种子。

沿湖而行，网红店"不设指标"，就这样不经意地闯入了眼帘。斑驳的白墙，裸露的红砖，见证着后湖的往昔。与深灰色的现代简约风格的桌椅、玻璃扶梯相伴相守，给人带来强烈的视觉冲击，让人恍惚间有一种穿越时空的感觉。所谓不破不立，也许破坏是另一种成全吧？拙朴与浪漫、经典与时尚、陈旧与现代，在这里交融交汇，有着一种突兀的美感。人生原来还可以这样小小地任性。在这有着巨大时空反差的空间里，让人有一种脑洞大开的感觉。衣着时尚的年轻人三五落座，眼神明亮而富有朝气。

湖边还有猫屿咖啡馆，逛累了，可以去前台要一杯氤氲着香气的咖啡，在咖啡的暖香里，看一池莲如何静静绽放。一只肥胖的英短猫慵懒地躺在躺椅里，悠闲地享受着初夏的静美时光。另外几只则悠闲地踱着方步，仿若这屋子里的主子。

前行数十米，有一座小小的庭院，古色古香的样子。院内小道皆由瓦片直立铺成，颇有些岁月的痕迹，踩上去，不觉有了一种历史的厚重感。一棵大树，在初夏的晴空，撑开如伞的华盖，为小院撑开了一片静谧的时光。"阜山窑"几个字，让人有一种重回唐宋的感觉。进门去，一件件典雅的瓷器，呈现在我们的眼前，造型各异的四方尊、釉色温润的佛像、晶莹剔透的瓷杯，给人一种"白如玉、明如镜、薄如纸、声如磬"的感觉。恰好窑主也在，留着长须、眉清目秀的他，娓娓地给我们讲述烧窑的过程。原来，每一件瓷器，从采矿到炼泥、拉坯、施釉、烧窑，可谓历经千锤百炼，才成就瓷的丰满、雅致、气韵不凡。用来烧窑的柴火，是从山高林密之处寻来的松木，这样烧出来的瓷才有着流光溢彩的感觉。制瓷器的过程，不过是人与自然的一场唯美的对话。窑主最擅长的，是用色泽优美的青白釉表现佛的亲近、庄严、欢喜、自在，让釉彩与修为一同升华，仿佛千峰翠色、松声云影近在眼前。

出了阜山窑，继续沿湖西行，天空有着明媚的蓝，流云清明，大片的金黄色的萱草灿然开放，使人忆起诗经里"焉得谖草，言树之背"的诗句。谖草即萱草，又称母亲花，这些忘忧花，在微风中轻轻摇曳着，正应了那句"萱草虽微花，孤秀能自拔"。近处绿茵茵的草地上，黑色的鸟，啄食着被风摇落的果实，与我相望的一刹那，生出些许警惕的目光，渐渐又变得旁若无人起来。

湖的另一岸，大都是私人美术馆。江南的细竹随处可见，给这些小巧精致的美术馆平添了一份清雅之气。叠石流泉，竹影幢幢，松风过耳，睡莲渐放，氤氲出独特的诗意与浪漫。行走中，如赴一场精彩的艺术盛宴。

我先后去过北京的798艺术区与宋庄以及广州的红砖厂艺术街等地，与之相比，一湖碧水赋予了后湖别处所没有的独特的灵性与魅力，无不昭示着建设者的品位。

相较于私人化的美术馆，坐落在后湖的湖南省美术馆则显得十分大气而雍容。红与白的搭配，在蓝天白云下显得如此醒目，呈现出特有的精致与细腻的肌理。而室内的布局，高度和比例不同的空间，使得绘画、雕塑艺术展示灵活多样，凸显了建筑空间艺术的流动性，铝格栅吊顶将光线投下来，给正在举行的全国美展增添了几分神秘庄严的色彩，使得人在画中，憬然有悟。

在老长沙人眼中，后湖曾是岳麓区最大的"城中村"。虽坐拥岳麓山下绝佳的地理位置，但长期交通不畅，环境脏乱，污水直排入湖，水质恶臭，行人不得不掩鼻而过。老旧村居间道路逼窄，尘土飞扬，一度成为有意扎根于此的艺术家眼中的鸡肋。

短短的五年间，岳麓区委、区政府在该区域大力实施道路建设、截污治污、拆违提质、生态治理、产业发展，令名家云集、商贾云集，后湖蝶变成岳麓山风景名胜区的主题景区之一。师大艺术小镇、湖大设计小镇、科创梦想小镇迅速崛起。近年来，长沙西岸，因先后有了梅溪湖大剧院、湖南美术馆、李自健美术馆等高规格的艺术场所，变得韵味十足。后湖，则成为其气韵流动的延伸与拓展。

是的，后湖有着属于自己的美丽与闲适，在这里，艺术与自然相交，山水与文化相融，科技和艺术比翼齐飞，彰显出独特魅力和人文情怀，诗意地展现了长沙人的精神向度，又一次让人见证长沙速度与长沙精神。如同湘江和岳麓山一样，后湖，寄托了长沙人"心忧天下，敢为人先"的宽广胸怀，映衬了湖湘文化的底蕴与独具的魅力。

天色向晚，后湖的夕照让人惊艳。层林渐染，落日的余晖从树叶间倾泻。人声渐渐鼎沸起来，通往湖心的红底白栏的小桥上，挤满了看风景的人。是的，世事鼎沸，此间尚有一清静之地，容你在忙碌之余，坐下来，看一池莲在夏日的黄昏里如何开落，看夕阳的余晖怎样诗意地洒满麓山湘水。

"此地四时可乘兴，待谁招鹤共翱翔"，斯情斯景，你会不由自主地爱上长沙。爱上她沧桑过后，仍然美好如初的品格与坚定；爱上她千帆过后，仍然执着上路的勇气与自信。

秋，遇见锦里沟

微雨。从陡峭的木兰山下来，双膝发软。依然马不停蹄，驱车前往位于黄陂蔡店镇的锦里沟。进了土家山寨，清爽的风扑面而来，带着淡淡的桂花香。山岭的树木已泛红，银杏却一片娇黄。山间的阳光照不见来路与归处，却照见了你明亮如初的笑颜。锦里沟，原是上天遗落在水乡泽国的一匹锦缎。

山风掀起长发，吹动着树叶。而一叶风动，梧桐、橡树、白檀，满山呼应，使得整个山林都跃动起来。远山如黛，流云清明。呼吸着清新的空气，顿感神清气爽。我们一路向着沟的纵深处而去。是的，唯有远行，方能安抚这颗在都市里盛放已久的心。

山路逶迤，两旁茂林修竹，杂木野草竞相生长。秋日悠长，山中静谧空灵，光影斑驳。似乎每一条山路，都隐藏着土家族的秘语。而每一次回眸，都能望见土家族坎坷的历程。锦里沟，好似相约太久的一场梦，而我，是一场路过的风，不经意地撩开了你的面纱，看见了你前世的容颜。

抵达山上的情景剧场时，大型实景剧——《风云土司寨》正要上演。我为同行的文友留影，抓拍的瞬间，枣红马俯首于她的昂然，身着锦衣、神情肃穆的她，在吊脚楼青灰色背景的烘托下，有着昭君出塞般的凛然。

戏终于开场了：走钢丝的小伙，头顶在钢丝上倒立而行；赶圩的姑娘，身着鲜艳简朴的土家服饰，像一道道优美的风景线；设摊的小伙，都有着一身好武艺。两位土司首领兴致勃勃地商订婚事。眼见新娘新郎就要拜堂成亲，忽而旌旗猎猎，剧情陡转。刀光剑影中，杀出一帮土匪，不由分说劫持了新娘。但见马蹄声疾，扬起漫天的尘土。土司挥刀向前，激烈的马战表演让人热血沸腾，一颗心仿佛提到了嗓子眼，只想策马扬鞭，驰骋沙场。土家儿女演出了一曲荡气回肠的史诗，古老的传说在尘烟里恍若隔世。而土家族骁勇霸蛮的个性却穿越了时代的云烟，一直延续到了现代。

剧终，我们沿着开满格桑花的小径，向建在山之巅的忠孝王府走去。青石垒就的城堡，有着飞檐峭壁，如雄鹰般盘踞，自有一种威严。而白虎堂里"皇恩永蔽"的牌匾，高悬在正堂大厅，见证着土司部落的往昔。摆手堂里，土家阿哥阿妹情歌飞扬，风情表演异彩纷呈。同行的一位作家，在大家的撺掇下，被土家姑娘请去客串新郎，体验土家族婚嫁互动的乐趣，但见他头戴高高的新郎帽，与年轻貌美的"新娘"手牵大红的花带，被簇拥着上了台。拜了天地，拜了亲友，却是一副憨笑的模样，像极了《西游记》里的二师兄。

　　沿着山路下行,天空明静而高远。黄菊花开得遍野都是,多彩的蝴蝶,在风中摇曳着。有人雀跃着去扑蝴蝶,只是空扑了一阵阵山风。耳旁水声潺潺似乐音。锦里沟的水,变幻莫测。有时像脾性极好的小姑娘,一路叮咚作响,且笑且舞,顺山而流,所行之处,芳草鲜美,树木繁盛。有时却像顽皮的小伙子,直接从半山腰抄了近路,于山岩上倾泻而下。流泉与飞瀑,在山脚弯成一湖安静的碧玉。

　　黛瓦白墙的土家山寨,别具风情。青石板铺就的路,意境深远,弥漫着唐风古韵的诗意。风情街倒悬着千万把绚丽的油纸伞,这多情的油纸伞,藏着多少土家姑娘绮丽的梦,梦里是这一生爱情的圆满。油纸伞下,能容纳数百人的长桌铺展开去。想象夜幕降临时,两旁的红灯笼次第点燃,照亮着土家族人的热情,我心底没有结出丁香姑娘一样的愁怨,流淌的俱是欢喜。

　　出了伞巷,便是一湖涟漪,风车悠悠地转着。湖边植物繁盛,有大片的樱花树,若是初春时节,樱花次第开放。可以微闭双眼,沐浴着樱花雨,在暗香浮动中,让梦想与樱花一起飞舞。

　　水上有桥,叫月光桥,承系着满满的情意。相传三百年前,忠孝王田璋的女儿月儿出生的那天夜晚,风雨大作,水流湍急。接生婆不能过河,危难之际,当地村民急中生智,拆下自家门板搭建成一座临时木桥,田夫人才得以顺利产下月儿。为了答谢乡亲们,忠孝王筹款修建了这座风雨廊桥。

我们落座在滨湖栈道的长廊里休息。鸟在灌木丛中飞来飞去，啄食着小小的野果；冬茅草在风中摇着她的穗子；芦荻在水边袅娜着月白色的身子。这一刻，风声安静，水声柔和。时光像是放慢了脚步。我们静默着，享受着纯净的美好。只想在此驻足长留，修一座小小的吊脚楼，门前养一池莲，屋后种一丛修竹。晴时温一壶土司摔碗酒，邀知己三两，泛舟湖上，吟诗作画，学那古人，曲水流觞。若是雨天，则容我焚茶香一缕，慢度时光。在梦与季节的深处，为草木低眉，倾听那些个小小昆虫的吟唱。

有人在唱土家歌谣："喝你一口茶呀，问你一句话，你的那个爹娘嚯，在家不在家？""喝茶就喝茶呀，哪有这多话，我的那个爹娘嚯，今年八十八。"一问一答，歌词既迂回曲折，又这般直白可爱，我兴致盎然地学唱了几句，不觉哑然失笑。

山里的黄昏来得早。不经意间，一轮橘红的太阳已挂在对面的山头。夕阳的余晖从山边漫过来，洒在吊脚楼边的古柏上，叶子金黄透亮，山水都添了些暖意。恍惚间，自己也化身为山间的一棵树，只是静静地立着，不言不语。根深深地扎进土里，枝叶伸向天空，任落日的余晖把自己染成一树繁花。

只是片刻的工夫，太阳便落下去了，青山很快又变成了黛色，周遭寂静下来，只有归鸟的啼鸣。

土家族的晚宴极其丰盛。土家腊肉、兔肉让人唇齿留香。最喜的是一味叫马齿苋的野菜，味道酸中带甜。食之清热解毒，又能护心。糍粑香糯可口，炒米片是第一次吃到，忍不住多夹了几箸。

夜色清浅，煮酒成词。可惜山南水北，终归是要离去的。拱手一笑，自此作别。我只管上车，不再回首，只恐回首的一瞬，止不住泪落。生命原是一场漂泊之旅。感谢素锦流年里，遇见你，遇见更好的彼此。愿见时欢喜，别后安好！

回廊挂落里的西园北里

有阳光朗照的秋日午后,沿湘江中路前行,至湘春路口,便见一灰色牌坊,上书"西园北里"。往里看,一条古色古香的小巷静静地藏于喧闹的城市中,青砖,黛瓦,马头墙,回廊挂落,雕栏格窗,一切都是那样熟悉与亲切,散发着静谧的书卷气息。

沿麻石铺就的小路,进入西园北里,慢慢前行,仿佛回到了时光的深处,又如恍惚间踏进了电影里的老弄堂。是的,在湘江北去的涛声里,在老长沙尘封的记忆中,这里曾上演过多少凄美动魂的故事。这里的一砖一瓦,都写满了老长沙青黛色的记忆。

西园北里因唐朝宰相裴休在此修建西楼而得名。不像五一大道、湘江大道上那般高楼林立,西园北里的房子大多是二层左右的独栋,它们仿佛是时光深处的聆听者,沿袭着唐风宋韵的清雅,无疑成为被摩天大楼包裹之中的世外桃源。

明清时赫赫有名的名门望族龙家曾在此修建西园府第。曾国藩、左宗棠、谭嗣同等,都与西园主人有着密切的联系,成为或近或疏的儿女亲家。

民国时期，这里住的也都是达官贵人和名门望族，据说巷子两头设有栅栏，有专人守护，寻常老百姓不能随便进入，只能从这条老巷子流传出的故事中窥见一二。黄兴曾租住在西园附近，因谋划起义之事被泄露，被前来抓捕的差役碰了正着，情急之下，他谎称自己是黄兴的同学，黄兴已到明德学堂上课去了。这才在西园北里的少主人龙绂瑞的帮助下逃离了长沙。安抵上海后，黄兴发回了一封仅有一个"兴"字的电报。此后正式用上"黄兴"这个名字。而抗日名将张灵甫追求西园妙龄少女王玉龄的爱情故事，依然在西园北里流传……

西园北里的两翼，还有湖南两所中学，明德中学和周南中学，1905年宁乡籍的朱剑凡回到长沙，将自己位于泰安里的祖宅划出半边辟为校舍，创办了名为"周氏家塾"的私塾，民国时期，私塾更名为周南女子中学。画家徐悲鸿的母亲、台湾地区前领导人马英九的母亲都毕业于名校周南女子中学。

历史的磨盘悠悠地转过了百余年，而今的周南中学和明德中学依旧是学子的乐园，于琅琅的读书声中，承继着湖湘文化的精髓。每到放学时节，穿着校服的学子浩浩荡荡地走出校门，这条街最热闹的时候便到来了。

"疏花对雨平栏静，芳草和烟古巷深。"小巷蜿蜒，每行百余米，便疑是步入尽头，然而又峰回路转，别有一番天地。景点纷繁，步入深处，不觉情迷其中。穿过外墙斑驳的左宗棠祠、李觉公馆……所行之处，皆翠竹环绕，白墙、黛瓦相得益彰，中间的百年麻石铺陈出悠悠古韵，蜿蜒曲折，仿佛沿着麻石路走过去，一不小心就成了穿越剧的主角。

湘江的涛声依旧，往事如云烟俱散。西园北里，仿如静观世事的读书人，只一沓纸、一支笔、一盏茶而已。

是的，这是一条充满文化气息的老巷。有望得见的山水，可延续的历史记忆。它从历史的根脉突围而出，一路延伸到了现代文明的舞台。行走在这充满记忆的古巷，脑海里蓦然想起湘昆，想起长沙弹词。是的，这里适合老长沙弹词悠扬的曲调，适合湘绣女针尖上的情深。似乎一切与老长沙有关的记忆，不期然从想象中复苏，萦绕于脑海。

小巷的秋来得悄无声息。仿佛檐上已泛黄的草，街边滴翠的竹，窗台盛开的花，都有了楚楚禅味，只合了"清雅"二字。秋日的阳光照在古老的小巷，照在这些略显古老的建筑上，照在行人身上，细碎、温暖，有着一种恬静和闲适。阴影里的西园北里，更是散发出一种自有的神秘。不经意间抬头，好像身着长袍的读书人朝自己微笑示意。三两个老人，在院子里摇着扇，有一搭没一搭地用长沙话讲着小巷曲折绵长的故事。

这里亦有着一种宁静的慵懒，不必在时间的嘀嗒声中忙于奔命，而萦绕在心头久久的烦恼也变得无足轻重。古戏台安静如看客，恍惚间，却似乎看见水袖轻舞，上演一出典雅曼妙的湘昆。配得上这里的，是一袭婀娜多姿的湘绣旗袍，是一把团扇，是一首隽永的小诗。

小巷如淙淙的溪流蜿蜒，这里的每一个幽深处都略带些文雅，不似都市里的喧嚣，耳畔的呢喃私语就足以弥补你空缺的梦境，古巷也在历经传奇中变得儒雅而稳重……

　　屋檐下的风铃声穿破岁月的窗帷，叮叮当当地响着，岁月悠然，不慌不忙地轻吟着悠远的旋律，而梧桐叶飘然而落，如一首脉络清晰的朦胧诗。长长的街巷，人们带着温暖、愉悦的情愫穿巷而过，留下长长的梦想与回味。是的，这里太适合发呆、忆旧，泡上一壶茶，在老院里歇会儿脚，然后再继续前行，去迎接一个又一个的晨曦与朗月星辰。

那些清浅的歌谣

在凌晨时走出晨曦山庄,薄雾笼罩着南岳诸峰,一切都是那么安静。

蝴蝶依然熟睡着,纯白的翅膀埋进一片稍卷的叶子里,无法看清她的脸。淡紫的小花,花瓣深深地垂着,也是一副未曾睡醒的样子。秋蝉静静地栖在树干上,与树皮有着同样的颜色,几乎像是从树上长出来的。此刻,她悄无声息地蛰伏着,只有到了黄昏时,她才会竭力亮着自己的嗓门,放声歌唱。一条虫子,被一根游丝系着,从树上垂下来,又弹回去,像荡秋千。

只有松针上的凝露在晨曦中闪着亮光。偶有一滴落下来,打在鼻尖上,凉凉的,滴落在灌木丛里的银色蛛网上,把蛛网跌破一个洞,滴在一片四叶草上,滚来滚去,像细碎的珍珠。我徒步沿着山路往下走,去寻半山腰的麻姑仙境。黄菊花开得遍野都是,自得其乐地在风中飞舞。

我听得见水声潺潺,水里的鹅卵石圆润明亮。山高出好水,沿石径蜿蜒而上,但见水质纯清,景色清幽。再往上走,便见流泉飞瀑，相传给南岳魏夫人献寿的麻姑的雕像静立着，周遭一片静寂，颇有些人间仙境的感觉。我几乎要从心里惊叹了，"他年思隐遁，何处凭阑干"。是的，此处便是隐遁之地，与纷扰的尘世相去甚远。

金色的阳光，在云层中若隐若现，透过树梢，照在水面上，给水面也镀了一层金光。这时，山中的景物依次醒来，蒲公英飞扬着，白鹭在林间飞过，小小的昆虫在大树下纵情歌唱。

是的，我笨且愚钝，却爱着这山水的清音，一草一木的枯荣，小小生物的悠悠吟唱。

我只愿自己是山间一泓清浅的小溪，所经之处，芳草鲜美，卉木萋萋。偶有落英，我亦友善相伴。我保持着自己应有的温度，径直向前，连冰雪也不能将我冻住。

然而我知道，远方，有江河湖海。在盘古开天辟地时，在沧海桑田中，它们成就了自己。它们由万涓汇成，滚滚东流。它们咆哮着，掀起滔天的巨浪。而我，是那么渺小，只在无人的转角处，自得其乐地翻着一点细碎的小浪花。在单纯到有些单调的日子里，日复一日、年复一年地唱着自己的歌谣。草长莺飞，藤蔓牵衣，山花静放，这些不被人看重的细微之美，正是我所流连的。

我的歌声细微清脆，每天流淌着必经的路途。若你，刚好经过，停下来濯足，或是轻拂一下水面，洗涤一下旅途的疲惫，我会因此而流得更为欢畅。只因为这些，是我欢喜的。

虽然，在春日里我也曾梦想着能变得博大而深邃。然而，我知道，我注定成不了江河湖海，我自身的清浅，注定我只是浅浅地流过。不着痕迹，与岁月的流逝无关，与历经的磨难无关。我的源头决定了我的流向。我对世间的万事万物，都不足以构成伤害与威胁。让河成为河，让江成为江，让海成为海。而我，只是山中自在流淌的一条小溪。且笑且舞，不深刻，不宽大，却心怀善意。

我会尽力把自己放得低些，更低些，历经沧桑之后，也许某一天，我能抵达海。但那终究不是我，你甚至再也认不出我初始的模样。

如果，在炎炎的夏日，或是万物凋零的冬日，你能偶然记起我唱过的那些清浅的歌谣，我也就没有什么可以遗憾的了。

洣水清如玉

喜欢水,一向远胜于山。不仅因为水之柔美,更因了水之柔韧。我想这世间,再没有比水更有张力的事物了。她可以波澜不兴,也可以惊涛拍岸,水滴石穿。我无数次流连在海边、江岸、湖畔,只是想与水亲近。而无论行走多远,故乡那泓清澈碧绿的洣水,都深存脑海,念念不忘。

洣水,发源于罗霄山脉,如玉带般穿行于崇山峻岭。暮春时节,泛舟洣水,人在竹筏中,竹筏微漾在水波上,水清幽幽的,如明镜一般。顺流而下,有微风徐来,不知不觉中,心中的烦愁与不顺,都随风散去,抑或是消融于水了吧。

"种竹交加翠,栽桃烂漫红。"洣水两岸,青翠欲滴的是竹,它们一丛丛、一簇簇,探过身来,在微风中轻歌曼舞,守护着这片美好。杜鹃花红得肆意,尤其是绝壁上的那一树红,显示出一种高贵的落寞。仿佛被遗落在风里的一匹绸缎,就那么淡定,安静地,兀自盖了岩的一角,山风一吹,闲闲地散发着清香,让人平添几分喜悦。野菊花扬着清白的脸,仰望着长空。

椭圆的野果高挂在枝头，颜色还是青绿的，乍一看，以为是树上结的果实。细看，却原来是一些青藤逶迤而上，把果子挂在了高高的树枝上。

岸边的芦苇在风中飘荡，有着一种飘然世外的美。天蓝得明媚，这些花、鸟、草倒映在水中，也绿出了一种诗意，撩拨着情绪，给人一种画影成双、水天一色的感觉。

"秀水清如玉，奇峰翠插天。"船工只需用竹篙轻轻一点，不同的景致便像电影画面一般，交错而来。逶迤而上，有时，你明明以为船要到滩了，然而，峰回水转，又有不同的美景呈现在你眼前。

风从别处来，也不知耳语了什么，使得涞水愉快地漾起了细纹，层层叠叠地向远处不断荡漾开去，如达成了某种神秘的默契。

涞水清澈见底，能看得见河底的卵石和嬉戏玩耍的红嘴鱼。有人往涞水里掷鱼食，水面便冒起欢乐的水花来。水草繁茂，柔柔地在水中舒展着、铺陈着，长成自己想要的模样，有些还开了白色的花。

一群小鸟，砰的一声从树叶间箭一样地射出去。在更高一点的树枝上落下来，警惕地看着人。它们的样子比麻雀更小，有着靛蓝的羽毛，蜂鸟般玲珑可爱。一只有着金黄色羽毛的小鸟，藏在一片红叶间，如果不是它婉转的鸣叫声，你几乎要忽略它的存在了。

周遭的一切都如同被洗涤过似的，纯净、美好。暖阳下，人也懒洋洋的，竟迷迷糊糊在竹筏上打了一会儿盹儿。同筏的人惊喜地叫道："瞧，野鸡。"果然，在成片柔软的狗尾草中，一只羽毛绚丽的山鸡，拖着长长的尾巴，在风里悠闲地漫步。悠然而棹的竹筏对人群因山鸡而起的尖叫，有着熟视无睹的淡然。仿佛大自然只许了它这一川灵山秀水，它们才是这山水真正的主人。

就这样安静地漂流着，聆听着水流声、竹篙声，什么也不用想，什么也不用做。只留风清目明，眉目疏朗间，觉现世安好。仿佛那些生活中的喧嚣已远离，天地之间，只剩这一泓碧蓝与澄明。

水面上起烟了，轻轻地，柔柔地，雾一般，氤氲着。有一种沉静之美，又有一种不胜凉风的娇羞。与那山顶的雾，正好相互映衬。

只有那水里的小鱼小虾，清晰可见，天上的小鸟倒映在水里，和那些清水中的鱼儿凑到了一起，又倏地分开了。只有红蜻蜓轻柔地划过水面。

这些美好的事物，彼此遇见，如同长河与落日的相遇，大漠与孤烟的相依，西风与落叶的共舞，这一切美得那么自然、和谐，生发出别样的壮美来。顺手打捞起水中的一片树叶，放在手心，细细品味，恰似最美的花开。

人在水中游，时光就这样静静地从指尖溜走了，片痕不留。恍如乘一叶小舟，一任岁月的河流，安静缓慢地流向深远处。

是的，洣水正如一位性情投洽的朋友。你若委屈，她静静相伴；你若哭泣，她陪你一起落泪。她不会追问你落泪的缘由，也不会指点你迷途的方向，只是静静地守候你，容忍你的消沉、你的恣意，还有你小小的任性。她若远若近，若即若离，却是贴心暖肺地陪伴着你。她不亲近、不灼热，却能在不知不觉中，让你心情舒缓明亮，让你的心安放妥帖。

清水渡洣桥，凭栏魂欲销。只想有那么一天，能与亲爱的你，在竹筏上温一壶茶，细细品尝，听听洣水两岸的虫声鸟鸣。是的，还有什么比这更能让人愉悦的呢？我所期待的，不过是在美如画的洣水中，趁时光不算太老，能与你同舟共渡，同语欢笑而已。

凤箫声动人何处

江岸的风,日复一日湿热起来。我分明听见盛夏的脚步,已纷至沓来,带着些不由分说的任性与霸道。岁月如独轮车,只管飞速碾过去。"玉箫声断没流年",夜里总有箫声笛声入梦来。听说黔东南的玉屏侗族自治县盛产箫笛,年少时携一箫一剑走天涯的梦想,竟被轻轻唤醒。于是决定循箫笛而往,了却一桩心愿。

高铁从长沙南出发,不过两小时车程,便安抵玉屏。展目四望,远山如黛,连绵起伏。被青山环绕的玉屏,像是被包裹的一块璞玉。舞阳河如玉带般绕城而过,树木葳蕤,天空澄明,流云洁净,不愧有"流水如玉,青山似屏"之称。

行走在街头巷尾,蓦然便听到箫声或笛声。箫声低回婉转,如泣如诉,如怨如慕。仿若心灵深处的低吟,很容易就直抵心扉,触碰到了那些轻易不能触碰的心事。让人刹那间神情肃穆,愁肠百结。仿佛一不留神,回到了水瘦山寒的南宋。相比之下,笛声要悠扬清越许多。优美的旋律在耳旁弥漫开来,时而雄浑高亢,时而和雅低回,时而激昂清扬,时而恬淡悠远。玉屏的天空之城许是被这婉转的笛声所感染,早已幻化成一匹洁净的丝绒,人的心境也随之变得辽阔而高远起来。

为追寻箫笛的由来,我们驱车前往以印山书院为馆址的箫笛博物馆。书院古朴雅净。白墙、灰瓦、赭红门窗,一池莲花静静地开放,无言地传递着盛夏的美好。微风拂过,荷叶缤纷,繁花似锦。有人在用箫吹奏《空谷鸟鸣》,引来满园鸟雀呼应。

书院馆藏箫笛虽历经岁月的洗礼,却依然呈现出细腻的肌理,纹饰考究,雕刻精美,音韵清越。紫竹箫声尤其纯正圆润、明亮实满、浓醇而富有劲力。想象着它曾伴随着自己的主人"一箫一剑走江湖,千古情愁酒一壶"的景象,不觉心驰神往。"吹断碧箫丹桂发,玉人何处倚阑干。"而今,斯人已去,只剩下箫笛在时空里长久静默。我轻轻触摸着箫笛上的微雕,似乎依然能感受到前主人的信息。有人择一长箫,立在书院长廊的圆形门处留影,长裙曳地,倒也十分应景。

关于箫笛的由来,在玉屏侗族群众中流传着一个高山流水的故事。

相传三百年前,有位道人远游至玉屏,见此地有秀水明山,茂林修竹,可以诵三坟五典、八索九丘,遂停留下来。善音律的道人从山上采来竹子,将它制成箫,每有感怀,便寄兴丝竹。心若无尘,心自安然,道人的箫声愈发神秘、唯美、高远而辽阔。郑姓侗族才子听懂了风与箫的密语,两人终成莫逆之交。两人一支箫、一壶茶、半壶米酒,岁月在箫声里微醺。

舞阳河水潮起潮落，道人用箫日复一日吟唱着自己的歌谣。某日，暮色四合，蝉鸣如急雨，倦鸟归巢。道人对郑姓才子说，天下无不散之筵席，自己终归是要离去的。相识一场，唯有制箫技艺可传。数日后，在道人的亲授下，郑姓才子制成一箫。握别的那一刻，欲说已忘言。他念着他的好，念着他在凉薄的人世间，曾给予过自己的暖。他远远地躲在喧嚣的背后，为一根紫竹的美而动情，为一支箫的重生而欢喜。

原以为，此去经年，相逢仍是少年衫。但一别之后，山长水断，两人再不曾重逢。他终于明白，什么叫悲从中来。

他记得他曾吟苏轼的赋："惟江上之清风，与山间之明月，耳得之而为声，目遇之而成色，取之无禁，用之不竭，是造物者之无尽藏也，而吾与子之所共适。"山风习习，藤蔓牵衣，他亲自去山高林密的溪水旁，觅最好的竹子制箫。

溪水潺潺，清澈澄明，水草上开着白色的花。他脚踏深深苔痕，一径向前，山鸟只闻其声不见其影。溪水流经的地方，黑紫竹兀自生长，他选取上好的带回家，烘烤、校直、制坯、雕刻，不缠丝、不上漆，保留竹子本色。他制的箫日渐坚实细腻，挺拔有力。思念道人的时候，他立在山之巅，吹箫以解相思之苦。制箫与吹箫的技巧也越发生动流畅。

《黔南丛书·黔语》一书记载："去玉屏十五里曰羊坪，产美竹。有郑氏辨其雌雄，制成箫材，含吐宫徵，清越微妙，是以天下之言箫必首郑氏。"清代田榕编纂的《玉屏县志》也说："平箫，邑人郑氏得之异传，音韵清越，善音者不减凤笙。"明、清两代，玉屏箫曾作为朝廷贡品。在1913年伦敦手工艺品展览会和1915年巴拿马万国博览会上，玉屏箫分别获得银质奖和金质奖。

我立在院中那棵苍翠葱郁的大榆树下，静默良久。阳光透过树叶倾泻下来，只想在飘落的榆树叶上写下一首诗。鸟声、虫鸣声、箫声、笛声、树叶飘落声，皆如水般在耳畔流淌，入耳入心。就这样吧，任夏日的微风拂过我的前额，任舞阳河水兀自东流，只微闭了双眼，任箫声悠扬，弥漫我的每一寸时光。

作为郑氏箫笛传人之一，郑金城先生也与先祖一样，对箫笛有着近乎痴狂的喜爱，每遇良箫玉笛，便不惜一切代价，甚至卖了房屋来收藏箫笛。

他拥有几百平方米的私人箫笛馆，藏有数百支不同时期的箫笛，并配以诗文佐证说明。玉屏箫笛上雕刻的龙凤图案，据说取材于箫史弄玉吹箫引龙凤的爱情神话故事。故玉屏箫笛多以雌雄配对，吹奏起来，含蓄而隽永。雌雄并吹，恰似情人对唱，情趣盎然，故又有"神箫仙笛"之美称。诗中写道："曾过扬州廿四桥，玉人吹处月华招；那知双管传仙调，端在平溪制更高。""平溪"便是今天的玉屏县。平箫玉笛与茅台酒等一道被列为"贵州三宝"，被人们当作礼品赠送或收藏。

最让我惊讶的是，其中有一把箫剑，外观看上去似乎与普通的箫并没有什么区别，然而，当拔出末端，便露出锋利的剑刃。

想来古人是何等聪慧，将箫、剑铸为一体，独自携箫上路，遇见歹人，便可防身自卫。

介绍完博物馆，郑金城先生亲自演奏了一曲。小院里夏草正长，青藤逶迤，箫声呜咽，长风满怀。是的，在郑金城先生看来，余生不长，有箫笛、诗书相伴才好。

他还特地请尘箫坊的老板杨厚苗先生为我们吹箫助兴。杨先生一身皂黑，眉清目秀，身材俊美而修长，他站在院子里，一连吹了好些曲子。交谈中，才知他来自湖南邵阳，曾就读于星城某高校，因喜爱箫而来到玉屏，以制箫为业。我钦佩他的决然。是的，一个人，若能认真、执着地走自己认定的路，便是一种坚守的美好，纵然是众荷喧哗，也总能活出独特的芬芳。杨先生异地听到乡音，分外亲切，不由得又吹了几曲。一曲婉转清扬的《长相思》让我们不舍离去。此曲系香港作曲家谭宝硕所作，古意盎然，韵味绵长。

草木无言，柳絮纷飞。一行人意在杨先生悠扬的箫声中离开，又意犹未尽地来到玉屏箫笛厂，参观箫笛制作工艺。

负责人张志学是个文青，得知前来参观的人中有他的偶像——散文大家谢宗玉先生，兴奋莫名，立即牵手合影留念。在他的带领下，我们领略了现代箫笛的生成。张志学先生告诉我们，一支箫或笛，都要经过取材、制坯、雕刻、成品4个工艺流程，制作工序繁多复杂，且均采用手工制作。

从伐竹到制成，箫制作有24道工序，调音笛有38道工序。

最后在箫笛表面刻以诗画,管身刻上各种图案、诗词,使之更显得古朴典雅。

玉屏箫笛的微雕是一大特色。师傅们制作箫笛的过程中全神贯注,手中那一把小小的雕刻刀,在箫笛身上如游龙走凤,不一会儿就刻出不同的图案来。再用细环链衔于顶部小环中,看起来雅致而富有灵性。

晚霞已在天空铺陈出绚丽的画卷。夜幕下的侗族风雨桥,流光溢彩,纳凉的人三五成群地坐在桥上,或吹箫或吹笛,小城的暮色被箫笛声渲染得诗意盎然。

归途,远山连绵,云遮雾绕。舞阳河萦绕不尽,冬茅草扬着泛白的穗子,竹绿意正浓。山间多雨,雨滴在车窗玻璃上滑行,仿如离人的泪。是的,天空,会记住风写的诗行,而我,怎会忘记玉屏箫笛予我的美好与光亮。

梦里溱湖

正是人间四月芳菲天，心中怀了太多对江南水乡的渴望与向往，我如约来到江苏泰州。溱湖，这座名闻遐迩的湿地生态公园，终于以一种温婉的姿态，款款入我眼帘。行走间，阳光从枝叶间倾泻下来，打在身上，细碎、温暖。空气里弥漫着淡淡的植物香味，放眼望去，杂英满芳甸。小桥流水，淡雅而恬静，全是画中的模样，呈现着别样的水乡风情。

踏上一叶小舟，渔家姑娘撑一竿竹篙，划向湖的深处。悠悠的桨声把记忆深处的梦轻轻叩醒。仿佛重回童年的秋千架，时光就那样悠然地荡过来，荡过去，如一曲平仄正好的朦胧诗。

成片柔软的水草，与湖水有着同样的颜色，素雅而灵气，长在水中央，演绎着一幕幕动人的传说。

溱湖岸边，淡烟疏柳，大自然正如一位高超的调色师：粉红的是娇艳无比的桃花，青翠欲滴的是陌上垂柳，而梨花白似雪，油菜花金黄灿烂。远处高大的树枝上，总有些大而灰的鸟巢，让人平添几分遐想。连那湖边的竹，都绿出一种诗意的优雅。真可谓"更把玉鞭云外指,断肠春色在江南"。

一只娇俏的水鸟,停在一片芦苇上,安静地梳理着羽毛;三两对鸳鸯,不离不弃地在水中游着;白鹭涉水而上,身后波光潋滟。

而这些花、草、竹、鸟,连同天边的云朵,倒映在清幽的湖水里,使满湖的水也变得诗意盎然起来,随手可掬的样子。风从别处来,所行之处,春色微漾。一种喜悦之情从心灵深处蔓延开来,轻盈、爽朗。

同行的友人忽然惊喜地说:"你看,日月同辉。"抬眼望去,果然,一轮橘红的夕阳正在湖水与地平线连接处跳跃,给湖水罩上了一层金光,正所谓"一道斜阳铺水中,半江瑟瑟半江红"。

而天边,已升起了一轮圆月。

这落日的余晖,这皎洁的圆月,给溱湖蒙上了一种如处子般的静穆之美。这种美,散落在每一处芦苇丛中,每一朵花的蕊中,每一片草的露尖,在溱湖水最隐蔽的深处。

我屏住呼吸,被这种美深深地震撼了,一种言说不清的感动便从内心最柔软的地方潮水一样涌起。

我想,溱湖之美,美在她的自然单纯,美在她的质朴恬静,更美在她的民风淳朴温和。在这里你可以完全忘却日子里的繁文缛节,只剩下从容与恬静;可以完全忘了尘俗中的柴米油盐,相伴的只有清风明月。让人忆起《诗经》里"春日迟迟,卉木萋萋。仓庚喈喈,采蘩祁祁"之类的诗句。

临湖而坐，篱笆墙内，有石磨辘轳，有高大的水车，伴随着一首悠悠的歌，遍尝溱湖的八鲜，已让人有几分微醺的醉意。

回首望去，"夜阑风静欲归时，惟有一江明月碧琉璃"，是的，我醉了，深深地醉在梅兰芳的京剧梅腔里，醉在郑板桥的书法中，醉在清新香醇的溱湖簖蟹里，醉在这如梦如幻的江南水乡。

原来，真正的美，是那样地安静柔和，不露声色、不留痕迹地直抵人心。如同内心深处的爱恋，简单、纯净、美好，而又臻于无言。

虽然已远离了溱湖数日，但千里之外，思念并不曾渐行渐远。溱湖，早已融入我的眼眸，融入我的诗篇，融入我的灵魂和血液。

我知道，今夜，淡雅清丽的溱湖，又将以她独有的诗情和画意，如一杯岁月的陈酿，如一曲旷世的古筝……缓缓入我清梦。

漫步石燕湖

久雨初晴，阳光照在人身上，有着微温的妥帖。

与石燕湖的遇见，是这样地静美、安然。这样幽蓝的一湖碧水，绕着南岳山脉，缓缓而行，不染尘埃的样子。大自然巧手泼墨，将银杏的黄、枫叶的红，以及各种植物的色彩渲染得深深浅浅、层层叠叠，比春色来得更加肆意，更加缤纷绚烂，给人一种惊艳的感觉。石燕湖位于长沙市跳马镇，有着深厚的历史底蕴，拥有三亿年前的"泥盆纪跳马涧系岩层标准组石"。地质学家曾在这里发现大量的石燕化石，因此得名。

空气中满是草本植物的香味，深吸一口，是一种清新自然的享受，不愧是名副其实的天然氧吧。蝶舞桃暖、莺啼柳烟的早春，湖中能觅到桃花水母的踪迹。湖水达到了直饮水标准，渴了，只需轻轻捧起一掬湖水，生津止渴。湖水澄澈，小船静静地泊在水面上，竟给人一种悬空的感觉，像一幅静物素描。水里的小鱼小虾，倏地一动，像游曳在蓝天白云中，而小鸟倒映在水里，仿佛是在水中歌唱。恍惚间，如坐在一叶小舟上，一任岁月的河流，安静缓慢地流淌，不经意间打开了一幅浩瀚的历史长卷：舜帝石、金龟岛、五子登科树、外公桥、外婆桥、跳马涧等古迹，它们见证着多少前尘往事。

但见湖心一岛，形似一只静卧水中的龟。阳光照在龟背上，形成金光万道，故名"金龟岛"。岛上有观音古庙一座，沿一条青石板路拾级而上，耳旁有木鱼声阵阵，磬声悠远。善男信女，络绎不绝，古庙中香火不断。庙侧有一棵"五子登科树"，相传有一对夫妻，非常恩爱，可是却久婚不孕，特别希望能有孩子。于是他们在观音庙前叩拜观音菩萨，观音菩萨被他们的虔诚所感动，便赐了一胞五子给他们。那五个孩子都非常争气，长大后个个金榜题名。让人惊奇的是夫妻俩曾跪拜过的地方长出一棵树，并蒂而生，分为五枝，人们取名为"五子登科树"，而今历经风雨，古干虬枝，浓荫匝地。有许多人前来祈福。

外公桥上，一线窄木连两岸；外婆桥处，一张长网巧渡湖。夕阳映照下的湖面，若碎金闪烁。我们的目光流连在波光潋滟的湖面上，在盛开的芦苇里。山如翠屏，绵延不绝；水似美人，顾盼生姿。微风拂过湖面，吹起千万条涟漪。

炎帝、舜帝自北向南，踏歌而行，发农耕文化之源，留下千古佳话。舜帝石、朱砂岛、金龟岛、明吉简王墓等古迹，见证着多少前尘往事。每一个景点，都深藏着故事。

史书上确切记载着：东汉建安年间，关羽征战长沙，长沙太守派黄忠迎战，双方大战三天三夜，未分胜负。忽然，黄忠假装逃跑，关羽不知是计，穷追猛攻，黄忠反手一箭，射在关羽的头盔上，关羽的马受惊狂奔，青龙偃月刀也掉到了河里，他一口气跑了几十里，来到石燕湖。只见山峦起伏，登嶂如城，中间一条险涧挡住了去路。这时黄忠率兵乘胜追击，喊杀声震天，前无去路，后有追兵，形势万分危急，刹那间，关羽的赤兔马腾空而起，飞跃过涧，关羽得以脱险。返回后将青龙偃月刀捞起，重整旗鼓，最终攻下了长沙。人们为了纪念这救关羽性命的险涧，特命名为"跳马涧"。

"跳马涧"的上方，有一口泉，叫作"关帝古泉"，清凉甘冽，四季不涸。传说关羽征战长沙时，曾饮马于此，故得此名，而长沙的"捞刀河""关刀铺"，都源于这一历史传说。

历史的云烟俱散。然而，当我们踏上通天响鼓梯，耳旁还有"咚咚"响声，犹如山神为关羽击鼓助威留下的余音。

石燕峰上嘉木葱茏，良禽汇聚，恰如一阕唐诗宋词。殿宇巍峨，有塔飞峙，名"万福万寿塔"。此塔共有七级，高 26.8 米，内设螺旋楼梯，共 101 级。登上塔顶，驻足远眺，顿觉风起于群山之巅，雾集于湖水之滨，湖中碎金跃动，天光云影融为一体，令人心旷神怡。这里是湘潭、长沙、株洲三市交界处，正可谓"淡烟十里锁江楼，湘水南来抱郭流"。云海叠波，一浪高过一浪，愈显苍茫无际。石燕湖无论天气如何变化，自有独特从容的风景。

湖中有数处可供休闲的森林浴场，可赏茂林修竹、濯清湖之水、观绿草山花、听百鸟唱和。若是夏秋之交，则可体验石燕湖漂流。相传石燕湖的黑龙潭与湘潭昭山龙洞相通，黑龙潭也是圭塘河的源头。地下峡谷曲折幽深，洞内有瀑布、激流、钟乳石等自然奇观，水量充沛，四季长流，水道漫长险峻，时而急流险滩，时而波澜不惊。

湖映月影，祈福的红丝带，在风中无声地歌唱。百草园中，草本植物葳蕤，我试图寻觅医圣张仲景的踪影。

相传东汉末年，战乱频繁，瘟疫流行。时任长沙太守的张仲景，主张"上以疗君亲之疾，下以救贫贱之厄"，每逢初一与十五，他开放衙门，亲自为百姓坐堂问诊治病。为探寻中草药，医圣曾多次栖伏于石燕湖的百草园内。他勤求古训，博采众方，写就《伤寒杂病论》，为经世所用。他信守承诺："进则救世，退则救民；不能为良相，亦当为良医。"用自己的一生诠释了"天地之大德曰生"。他深深融入湖湘文化的内里，他普济苍生的精神，赢得了百姓的称赞，被称为"张长沙"。医圣治病救人的故事，在湖湘大地久久流传，深受后人爱戴，为石燕湖更添神秘的色彩。

皓月婵娟，草本植物葳蕤。湖边餐厅里，有原汁原味的农家饭菜。煮一壶土酒、采一把野菜，米汤锅巴、寻常小炒、农家腊味，别有一番滋味。静坐院内，有石磨、石椿相伴，风车声似乎从岁月深处悠然响起，仿若童年时代那个扎着朝天辫的小女孩，穿着外婆的木屐，穿越时空，蹒跚而来。

就那样安静地坐着,周边蛙声蝉鸣,眼前玉宇澄明,黛峰萦绕。呼吸之间,有草木温暖、香甜的气息。心底的执迷,如流水般无痕,唯有星光为凭。是的,生命不必全是人声鼎沸。在喧嚣的城市之外,花影鸟痕,晨露晚云,落叶的声音,都是我们为之驻足的理由。

那海、那山的记忆

住在厦门临海的酒店,推开窗,便能看见无垠的大海。天蓝得明媚,海水也蓝得像绸缎。银色的海鸥箭一样俯冲下来,去叼那些跃出水面的鱼,翅膀搏击着水面,溅起一束束的银光。累了,便栖在木桩上休息。远远望去,像一幅静物素描。

去海边散步,阳光打在身上,有一点点微温,却不炙热,海风徐徐吹来,没有想象中的腥咸。有两只海鹭,在海边的浅水里翻飞嬉戏着。游人纷纷拿相机记录这美好的瞬间。于游人来说,它们是这海水中的风景;而于它们来说,游人何尝不是这岸边的风景?

有人支了帐篷,铺了软垫,悠闲地席地而坐。索性脱了皮鞋和袜子,赤脚踩在金色的沙滩上,松软、柔和,像爱人无言的拥抱。有浪花扑到脚上,凉沁沁的,人便像冬日里吃了个冰激凌,心里猛一激灵,便抑制不住地尖叫,叫声里有无尽的刺激和欢喜。再鼓足勇气把脚伸出去,让浪花扑打几次,人便习惯了水温,海浪便像体贴入微的按摩,酥软而舒服。海边已经捡拾不到美丽的贝壳了,小孩子们便手里拿着小小的渔网,往那海水里捞去,渴望能捞到小鱼小虾或是一只小螃蟹。有孩童用树枝在沙滩上画了小猫和白鸽,令人讶异和欢喜。

站在被海浪冲得温润的礁石上,一个水浪扑打过来,湿了裤子。起风了,一波涌过来的,便是更大的浪花,于是便发出更大的、开心的叫喊。回首望去,只一刻,海浪便一波一波地,把我留在沙里的深深浅浅的脚印冲刷、抹平、洗净、了无痕迹。一如内心的纠结,被时光之手一一抚平、放下。而我在这靛蓝色的大海边走过,终将无以为证。于浩瀚的时光来说,人的一生,不也正如海滩上的行走?再深再重的脚印,也终归了无痕迹。

大海原也不过是一勺之多,海不辞水,方能万涓归海。水路原是相通的。有的虽来不及抵达海,便已被蒸发,然而,升至空中,化为雨水,终归落入大海。周而复始,生生不息。

海的辽阔高远,把日子里的小忧伤、小情绪一扫而尽,思维也仿佛由此扩展开去,变得辽阔而高远起来。海安静时,一碧如洗,辽阔而幽远,温和宽厚,令人神往。而台风来临时,海也会变得狰狞可怖,咆哮着掀起一波一波的巨浪,飞速向岸边扑来。前一波退回去之后,与后一波相遇,击起更大的水浪。

终日被海水环绕着的鼓浪屿,海礁嶙峋,岸线迤逦,生长着十分珍贵的大果红心木、印度紫檀,一眼望去,青树翠蔓,蒙络摇缀。郑成功的雕塑肃穆而庄严。鼓浪屿的建筑,多是欧式风格的别墅,像安徒生童话里的城堡。

钢琴博物馆，矗立在海岸边，聆听大海的潮起潮落，见证着这座音乐之岛的荣光。那些古老钢琴里流出来的清音，让人慢慢深入这座岛屿的脉络。从19世纪中叶起，伴随着基督教的传播，西方音乐传进鼓浪屿，与鼓浪屿自有的音乐元素相融合，造就了周淑安等一大批音乐家。鼓浪屿成了名副其实的"音乐之岛"。所行之处，总能见到音乐人，有的弹吉他，有的同时能弹好几架琴。

海岸边，木棉花盛开着，是这海天宁静高远的背景。店家挂的贝壳风铃，在海风中长长久久地吟唱着。

从厦门直飞武夷山，第二日登天游峰，抬头一看，天蓝得让人讶异。那么明媚，那么纯净，似乎离得很近，又很遥远，瞬间让你有种不真实的感觉。

而这纯蓝的天上，竟然连云朵也没有一片，蓝得不带丝毫杂质。有一轮上弦月挂在高远的天空，而此刻朝阳已升起，是日月同辉的景象。上山的路拥堵不堪，来不及好好细看风景，几乎是被后面的人群推搡着上了山。如常，山顶并没有期待的盛景，只在于登山的过程，然而，过程也是容不得你细细体会的。

好在下山之路却是安静而美好的。两旁茂林修竹，鹅掌楸、银钟树、南方铁杉、观光木、紫荆随处可见。另有一棵树，树干粗大，却长出无数细碎嫩绿的叶来，这种明显的不相称，却显出一种别样的美来。

与一棵檵木静静合影留念，是的，我喜欢这样的植物。虽然它们永远也成不了高大的乔木，但是，却能开枝散叶，自得其乐。这时，一只黑身白翅的鸟，从身后悠然振翅飞过，长长的尾巴舒展开来，是旁若无人的惬意，这是南方林中难得一见的大鸟。

　　天亮时独自踏上归途。人生，便是由一段一段的旅程拼接而成。不知道下一站会到了哪里。也不知道还有谁，能陪在你的身边。事实上，没有任何人，能安静地陪着你，从起点一直走到终点。只是偶然间途中遇见，欣赏问候了，也是一种缘分，懂得欢喜感恩就好。

品味衡阳

"回雁峰头声断处,青彬翠竹是衡州。"衡阳的地域文化神秘如山岚,隐约于连绵起伏的南岳山脉中。其丰厚的历史积淀和灵秀奇美的自然景观共同构筑了衡阳魅力独特的旅游"高地",而衡阳的饮食文化亦与其渊源神秘的历史一脉相承,同样凝重。

走进衡阳,无论是在雁城,还是在闻名天下的南岳古镇,或是在文学家、思想家王船山的故里,纸圣蔡伦的故乡,开国元帅罗荣桓的故乡,宾馆饭店中的菜肴无不让人感受到衡阳饮食文化中主要的内核,那就是诱人的衡阳风味。被列入湘菜菜谱的衡阳菜系"玉麟香腰""宫保鸡丁""银针拌鸡丝""糖醋脆鱼皮""鱼香肉丝""禾池鲤鱼",是各大酒店的主打菜。傍晚时分,那独特的香味形成一种特殊的温暖气息,洋溢在店堂里,飘浮在向晚的空气中。

这样的时刻,温一壶衡阳湖之酒,品味着颇具衡阳地方特色的"玉麟香腰""头碗"时,心里便有了一种微醉的甜蜜,幸福就似那随着热气慢慢氤氲出来的暖香。衡阳湖之酒是选用糯米酿成的低度米酒，色黄味纯，香甜可口。同时还能通筋活血，有一定的药用价值，古为贡酒，已有三千多年历史。相传晋武帝平吴，荐酃酒于太庙。《吴都赋》有"飞轻轩而酌绿酃"之句。晋人张载《酃酒赋》云："备味滋和，体色淳清。宣神御志，导气养形。"当时，四乡邻邑竞相仿制，终不及此处醇美。唐代大诗人杜荀鹤在《冬末同友人泛潇湘》一诗中吟道："残腊泛舟何处好，最多吟兴是潇湘。就船买得鱼偏美，踏雪沽来酒倍香。猿到夜深啼岳麓，雁知春近别衡阳。与君剩采江山景，裁取新诗入帝乡。"足证衡阳湖之酒源远流长，夙负盛誉。清末，衡阳酒坊多达200余家，占全省酒坊的39%，年产量达3.26万担，占全省黄酒总产量的77.6%，《衡阳八景》中一句"青草桥头酒百家"，足可见当时盛况。北宋大文学家欧阳修《送刘学士知衡州》中写道，"湘酎自古醇，酃水闻名久……湖田赋稻蟹……安能知可否"，一壶浊酒，一碟稻蟹，一首酃醁赋，诗中美味，击节当歌。

去天下闻名的南岳观光，若论起饮食，最令人津津乐道的，当然要数祝圣寺的斋菜了。齐刷刷的一桌菜，乍看起来，有红烧全鱼、红烧肉、清蒸鸡，我正暗自惊讶佛门净地却如此食荤，一旁的友人含笑不语，吃后才知这些造型逼真的菜肴全是蔬菜做成。丝毫不沾荤味，且色鲜味正，油而不腻，名字却雅而不俗，颇具创意，才知这是南岳佛教迎宾待客的拿手好菜，深受中外游客青睐。众商贾名流来南岳，无不入祝圣寺请佛门名厨为之备上一桌斋菜吃，素雅心身，一饱口福。席中更有一碟盐水姜、一碟香脆萝卜,皆香脆可口,食之让人神清气爽。席间若再有一碟豆腐,是再棒不过了。衡阳是豆腐之乡,有着两千多年的生产历史。有传统花鼓戏唱词为证:"炸豆腐,二面黄;水豆腐,嫩秧秧,豆腐干子飘五香。"衡阳人老少都喜吃豆制品,更有一曲脍炙人口的儿歌:"骨碌碌,骨碌碌,半夜起来磨豆腐,豆腐营养好,豆腐营养足,吃肉不如吃豆腐。"而南岳衡山的特产——衡山豆干子,更是别具风味,声名在外,为远近乡邻所不能及。

七八月间,戴上大草帽,添壶南岳云雾茶,行走于衡岳山脉,有杉木林耸如剑阵,有崖上松虬枝伸展,有翠竹点缀农庄,更有茶树、油菜、棕树、桐树等经济林木花繁枝茂,使衡阳成为植物原油的生产大户。精心策划的黄花菜基地星罗棋布,几乎每个村庄都飘出黄花菜晾晒时的浓香,早在两千年前的《诗经》中就有"焉得谖草,言树之背"等句。所谓谖草,又称萱草,即黄花菜的古称,白居易有诗称"杜康能解闷,萱草能忘忧",食之有止血、消炎、利尿、发汗、健胃、安神等药草功能,且味道鲜美,脆甜可口。旧时素炒或入汤,现还被制成包装精美的酱腌菜打入市场。尤其是衡阳映武黄花集团加工的黄花菜,已走俏大江南北,远销国内外。无独有偶,近年来风行的绿色食品小吃中,常宁市生产的蕨根菜,独占鳌头,远销港台。

岂止是黄花菜,岂止是蕨根菜,单是渣江的米粉,吃上一碗就会令你"不辞长做衡阳人"了。它不仅受衡阳人喜爱,也是衡阳人款待远方客人的佳肴,它的特点是边做边吃,其质细如线、软如棉,用清淡的豆豉水烫后再配以肉鱼汤汁,味道美不可言。切工精细,皮子均匀,按配料可分为"鲜鱼、三鲜、杂烩"等种类。

若是晚上得闲上街逛逛,你会发现,衡阳的夜市小吃,更是美不胜收,光糕点类就有数十种,有本地产云片糕、雪片糕、萨琪玛、油馓子,在1988年全国首届食品博览会上获国家金奖南北特食品厂生产的酥薄月饼……蒸菜小吃也是品种多样,数不胜数。夜幕下,颇具异国情调的肯德基、麦当劳店,也是灯火辉煌,食客盈门。

且让我们温一壶酒、茗一壶茶,将衡阳的特产风味慢慢在衡岳云蒸、洞庭波涌的意境之中品味感受,你便会不知不觉地爱上这一方山水,爱上这一方山水润泽下的勤劳智慧的衡阳人。

诗意云集

  云集,这是一个响亮恢宏的名字,让人联想起《史记·秦始皇本纪》里"天下云集响应"之类大气而恢宏的句子。云集,更有一个诗意的阐释,"云日月之光华,集天地之灵气",被湘江环绕的衡南县城云集,而今终于不负众望,成为人才云集、商贾云集、财富云集之地。

  2003年12月,衡南结束有县无城的历史,正式迁入云集镇时,尚只有一幢孤零零的办公大楼。时光如流水汤汤,三载过去,一座崭新的现代化城市在云集神奇地崛起,诗情驰骋,画意纵横。是怎样的妙手绘就了这样美丽的蓝图?又是怎样的雄风造就了那些鳞次栉比、拔地而起的高楼?三载春秋,刚够一个呱呱坠地的婴儿学会走路和歌唱,而三载春秋,却成就了几代衡南人的梦想。

  千里清秋,九嶷如黛,湘江之水滔滔北去。而今,怀抱着青山绿水的云集,激起了多少诗人的遐想、多少创业者的青春活力。民族文化街、霞客公园、云鹫塔在明彻爽朗的秋风里,舒展着迷人的笑意。而云集工业园内,特斯克汽车零部件公司、众森木业公司、一路歌等实业在朝气蓬勃地壮大成长。

绿草如茵的广场上,鸽子正悠闲地漫步。而护城河边,杨柳依依,纤纤柳丝于碧水之上挥毫泼墨,或作画或写诗。浅浅的水塘里,仿如盛满了水墨画和抒情诗。

花圃里,各种花儿竞相开放:有些举着花骨朵,如娇俏饱满的少女;有的已悄然开放;还有一些,显然已结了花籽,羞涩地低了头。正是桂子花开时节,"桂子月中落,天香云外飘",金黄细碎的桂花在伞状的树冠上展开了笑靥,沁人的花香只管在城市里泼洒开来,刹那间,连心都醉在这一泓清香里。

车行二三里,更有衡阳市规模最大、贮藏量最多的古窑址群坐落在此,窑存器物以青瓷为主,装饰采用刻花和印花,有菊花、兰花等图案,并刻有"福寿嘉庆""金玉满堂"等文字图案,被列为湖南省级文物保护单位。古窑址上,冬茅草月白色的穗子素雅而静谧,守护着这个历经千年的瓷都之梦。不远处的山里,偶有老农在劳作,悄无声息,有白鹭于田间悠闲地振翅掠过,有云飘浮在青绿的山间,薄雾似水般弥漫开来,爱极了这份恬静。

有蝉声在耳畔悠然响起,这样的时刻,一种诗意就伴着那蝉声,悄然浮动在我的周围。这是云集给予我特有的诗意,不是随处都可以感知到的。"与君剩采江山景,裁取新诗入帝乡",无怪乎当年徐霞客夜泊云集时,在此留下"滩惊回雁天方一,月照杜鹃更已三"的悠悠吟唱。

云集,这样一个有着春天般明媚诗意的城市。诗意地居住,是人类亘古以来的梦想。"千淘万漉虽辛苦,吹尽狂沙始到金",云集,正向着这瑰丽的梦想迈进!

故乡的春天

这样一个多雨的春日,倾听着帘外潺潺的雨声,对故乡的印象,也就渐渐清晰起来,便有些怀念故乡的意味了。在钢筋水泥铸就的城里,四季的轮回,早已没有鲜明的界限,日子是这么一天天地从灰白的天空里滑过。春,早已被拦在钢筋水泥的城外了。

而故乡的春天,便开始夜夜出现在我的梦里。

庭院里先是有三两根小草悄悄地探出头来,好奇地打量着这个世界,然后,仿佛是呼朋引伴地,一大片一大片的浅绿的青草便蓬蓬勃勃地挤满了小院。几声春雷过后,一夜之间,周边的树也都冒出了嫩芽,浅浅的,却让你眼前一亮。不几天,粉红的桃花,雪白的梨花,都比赛似的绽开了笑靥,空气中流淌着大自然的芳香,是那种纯草本植物的香味。蝴蝶、蜜蜂在花丛中翻飞舞动,刚孵出的毛茸茸的小鸡小鸭们欢快地叫着,扑进温暖明媚的春光中。

而此刻的我,感知春天的来临,只能通过温度计、台历之类的物件了。除了这些，你还指望能从那些灰蒙蒙的天空中体验到春的来临吗？城里涌动的，在灰败的天空下，除了一颗颗浮躁的心，便是废气、噪声，抬眼望去，电线、电缆密布的街道，除了那几棵常绿的，然而早已灰尘密布的树，你还能看见什么？而故乡的春天，却总是那么地鲜活，充满着勃勃的生机。

这样痴痴地想着，便有一个愿望，在头脑中拔节滋长：去故乡住上几天吧！已退休赋闲在家里的母亲便自告奋勇要陪我去。然而，临了，却突然又没了勇气，依然只是待在城里，喝着漂白粉味越来越浓的茶水，一遍一遍地痴想：燕子是否像从前一样，在廊前辛劳地筑巢歌唱呢？蜻蜓是否仍在晚霞中曼舞呢？竹笋是否已悄然破土长大，雨夜里，还能听见它们拔节歌唱的声音吗？故乡的水井，是否像从前一样清澈见底，那一泓水，是否还像从前一样清凉可口、沁人心脾呢？

有亲友托人从故乡捎来一包雁叶粑粑，我由此而欣喜地品出一些故乡的春天的韵味。那一抹挥之不去的乡愁啊，便浓浓地凝在我的心头了。

雁城十景记

回雁峰，为南岳七十二峰之第一峰！相传大雁南飞，至此歇翅停回，故衡阳又称雁城。沿一条青石板路拾级而上，耳旁有木鱼声阵阵，磬声悠远。风微云淡，烟雨池中雾霭袅袅，恰如一阕优雅的唐诗宋词。回雁峰上殿宇巍峨，茂林修竹，碑石林立，回雁阁里荟萃着名家翰墨精品，如"万里衡阳雁，今年又北归"。

石鼓锦绣，屹然飞峙江浦。信步合江亭，坐看云起处，蒸水、湘水、耒水三水骤然相拥，合为一体，浩浩荡荡，流向天际，千帆竞发，百舸争流，景色蔚为壮观。宋景祐年间，朝廷在此建"石鼓书院"，为当时全国四大书院之一。李宽、朱熹曾先后来此读书讲学，曾国藩、彭玉麟在此训练湘军，成为湖湘文化重要的发祥地。

西湖清浅，皓月婵娟，朵朵白莲皎洁无尘，摇曳如海。新荷上，清露微漾。池映月影，香随风郁，景色清幽，故有"西湖夜放白莲花"之说。宋代学者郑向，曾筑室于西湖北岸。其外甥周敦颐，就读于此，写下千古名篇《爱莲说》。登爱莲亭，耳旁只有风声、水声、鸟鸣声相伴，眼前玉宇澄明，满池莲动，让人流连忘返。

岳屏如画，"四时佳气来衡岳，十里青山作画屏"。公园嘉木葱茏，良禽汇聚。云水湖如嵌在绿荫中的一面玉镜。待到冬来雪霁之时，岳屏山上银装素裹，万鸟飞翔，引颈而歌，煞是热闹。故有诗云："岳屏雪岭鸟喧哗。"

平湖水暖，碧波微漾。鸳鸯双栖，白鹭振翅而飞。山色葱茏，来此健身休闲的人们络绎不绝。夕阳西下，一泓弯月，大型的音乐喷泉直冲蓝天，造型优美而灵动，或如孔雀开屏，或如大雁展翅。有妙曲绕梁，急管似万马奔腾，轻弦如清泉潺潺。

湘水明珠，伫立于风光旖旎的湘江东岸。望湘亭畔，刘禹锡与柳宗元雅赠诗书，依依惜别，留下千古佳话。雅诗园、梅园、状元榜，明灭着多少前尘往事。桨声灯影中，依稀可见蔡侯造纸；王船山栖伏林谷，潜心立说；唐群英幽窗独立，挥斥方遒；夏明翰伏案疾书，杀身成仁。

东洲岛，立于湘江之中，四面环水，相传牛郎织女七夕相会，兴奋之余，将手中金梭滑落湘江，即成东洲岛。早春三月，岛上桃花浅笑嫣然，粉红浅白自清妍，微风拂过，正所谓：试看东洲桃浪暖。岛上明代所建的万寿宫，至今依在。把盏临风，桃浪悠悠，花香满径，恍入世外桃源。

"淡烟十里锁江楼，湘水南来抱郭流"。八百里湘水九曲连环，如玉带般绕经雁城，以甘甜的乳汁润泽着雁城这座历史名城。沿江风光带芳草萋萋，亭台阁楼林立，布局雅致，曲径通幽，暗香浮动。凭栏闲望，湘水碧绿如染，夜色来临，华灯初上，正所谓"西南云气来衡岳，日夜江声下洞庭"。

雨母仙山，翠峰叠嶂，云雾缭绕，故又名云雾山。相传三皇五帝之一的帝喾斩杀术器于"落马坡"，舜帝南巡在此建帝喾祠祀之。山上古木参天，竹林如海。山下溪水淙淙，蝶舞翩然，仿如一幅清丽的水墨画卷。传说雨母山的石头，用木棒去敲，每块都可以发出像木鱼一样的声音。

陆家新屋依山傍水，雕梁画栋，飞檐如凤，为典型的湘南民居建筑，系清代记名提督、振威将军陆成祖所造。该屋砖木结构，设计精巧，刻有"丹凤朝阳""玉兔望月""福禄寿喜""博古八宝"等图案。墙面刻的珍禽走兽，人物花卉浮雕，别致精湛。静坐院内，有石磨、石椿相伴，周边蛙声蝉鸣，池中水天一色，时光如水般悠悠逝去。

踏歌崀山行

只缘诗人艾青的一句"崀山山水赛桂林",便心向往之。几回与人相约,终未成行,空留下几许企盼。

是初夏的五月,终于有机会得已参观神往已久的崀山了。

这是一个晴好的天气,小车驶入崀山境内,迎面扑入眼帘的是层层叠叠的深绿和浅绿。翠绿的凤尾竹婀娜多姿,温柔地触及人的灵魂,洁白的野蔷薇肆意地开放,而路旁的石榴树上,火红的花蕾正骄傲地悬挂于枝头,于万绿之中,夺目而出的数点殷红,着实让人眼前一亮。清澈见底的溪水中,成群的鸭子正悠闲地戏水。斯情斯景,让人恍惚之间,疑心自己跌入了一幅清丽的山水画卷。怪不得当年舜帝南巡途经此地时,欣欣然挥笔赐一"崀",以为山之良也!

行程的第一站是位于湖广交界地带的八角寨。层林尽染的八角寨,葱茏的树木,一眼弥望的蓊郁苍翠。我们一行十余人冒着微雨向着她挺进。

倘若把张家界比作一条壮实的湘西汉子,那么,八角寨实则算是一位温婉灵性的江南女子了。似这般云遮雾缭,满眼新绿,是她素洁典雅的衣裙;似这般溪流潺潺,芳草菁菁,是她清浅明媚的笑容;而那清脆的鸟鸣蛙声,是她心扉悄然开启的声音吧?

一路上,我们拿了相机,兴致勃勃地抢拍这些人间难得的盛景。汤家坝自然桥,就这样不知不觉入了我的镜头。该桥呈半圆拱形,浑然天成,历经千万年的风雨之后,愈发雄伟壮观,令人惊叹不已。一泓清泉从桥畔蜿蜒而过,宛如一条精致的玉带。而两旁的奇峰高耸入云,使人不由想起"水如碧玉山如黛"的诗句来。

我们一鼓作气,登上了八角寨顶,一脚便横跨了湖、广两省,观云海苍天,顿有一种豁然开朗的感觉。而远处起伏连绵的丹霞山峦,仿如万马奔腾,又如鲸鱼闹海。真所谓渺渺茫茫,归彼大荒。

登过八角寨,热情好客的东道主招待我们用过颇具地方特色的农家饭后,下午又领着我们奔赴牛鼻寨景区。进得雕梁画栋的大门后,不一会儿,便听见有瀑布的声音不绝于耳。原来,峰回路转处,便是飞珠溅玉的银珠亭,几米宽的瀑布亮晶晶地光彩夺目,蔚为壮观,真有一种"飞流直下三千尺"的气势。过了银珠亭,我随着大伙儿,摆出一副巾帼不让须眉的架势,徒手攀越天梯,途经楚天亭,到达了久负盛名的天一巷。我从巷口探头往里一看,但见巷壁陡峭,如一座大山生生被一武艺高超的神仙拦腰劈开的一条细缝，仅容一人勉强侧身而过，真不愧为一道伟大的奇观呢！我们侧身进入幽深的巷道，而两边的峭壁逼人而来，真担心一不小心被挤在岩缝里头了呢。该巷长达238.8米，高120米。我紧随着前面的同事。这时，有一米阳光透过细细的雨雾射进来，缕缕清辉，使整个巷内笼罩着一层金色的光芒，绝妙无比。

穿越天一巷，我们来到清代义军驻扎的遗址，传说太平天国起义军翼王石达开曾率兵屯于此，看那古老的炮台仍旧，而昔日的战火烽烟却已了无痕迹。

紧接着，我们又穿越马蹄巷、遇仙巷、翠竹巷等大大小小的"天一巷"，皆乃人间奇观，让人流连忘返。

我在牛鼻寨这片独特的丹霞地貌中徘徊着，寻觅着历史的踪迹，触摸着岁月的心扉，仿佛来到了久远的年代，古老的地壳运动之初始。也许，此刻我脚踏的石头，只不过是当年一只龟的化石；而我抚摸的那座峭壁，或许是千万年前一条龙的脊背。秦时风轻抚过它，汉时雨沐浴过它。数千年的沧桑变迁，铸成今日的容颜。此刻的我，不正如赴一场丹霞的盛宴吗？

下山时，已是薄暮的黄昏，有云飘浮在青绿的山间，周围的虫声蛙鸣，渐渐安静了下来。而古典的筝乐似水般弥漫开来，爱极了这份古朴与恬静，遥想传说中的蓬莱仙境也不过如此吧？

耳旁似有歌声在轻轻地萦绕："崀山仁，崀山美，崀山风景迷人醉……"原以为，看过万水千山的我，早已心如止水，不料却一不小心，跌入这俨然星梦的故乡。心律动不已，只想长醉在这如许美景中，每日纳崀山之灵气，吸崀山之膏泽，于静穆中，悠然听花开的声音，看蝶舞的翩然，不是一种很好的人生境界吗？

到南沙去看大海

鲜花盛开的五月,向单位告了短假,去广东南沙做一次旅行。

来到珠江边,乘一艘快艇,向虎门方向驶去。友人告知,在此可以看到咸水与淡水的分界线。果然,在由珠江驶进海洋时,中间有一条明显的分水岭。江水与海水骤然相抱,激起无数浪花翻腾,水也由浊黄变得湛蓝。大自然真的是鬼斧神工,妙不可言。

快艇在大海上乘风破浪,海水发出一股咸味的潮气,热情地拍打着我们乘坐的快艇。凭海临风,顿时有种海阔天高的感觉。人世间的一切恩怨都显得那样渺小,随之烟消云散,不值一提。少顷,雄伟壮观的虎门大桥便出现在左前方了。

渐渐地,在万顷碧波之上,出现了一个小岛。这就是有名的沙角山,虎门的第一重门户,当年鸦片战争的主战场。船靠岸后,我们登上了小岛。岛上树木青葱、峭石陡峭。当年抵抗蓝眼睛强盗入侵的炮台,依然静立在风雨中,向世人昭示英军侵华的罪恶。

1841年1月，英军向虎门的第一重门户，沙角和大角发起进攻，守将陈连升身先士卒，率部英勇抵抗，多次打退敌人的进攻，最后不幸中弹，战死沙场。其子陈长鹏亦在奋勇作战中血染战袍、英勇殉难。中华气节、民族大义，在战争的烈焰中闪光。为了纪念其父子，沙角山麓建有"昭字祠"。而今，陈连升的雕像傲然挺立，右手拔剑出鞘。他目光深邃，神情肃穆。不远处，还有一匹昂头扬蹄、仰天长啸的战马，传说当年战争失败后，这匹战马被英军首领看中，劫持到香港，令人惊奇的是，战马此后便开始绝食，再也不肯吃任何东西，活活饿死。人们为了纪念这匹烈马，也在此为它竖起一座丰碑，称之为"吉马"。

抚今追昔，心中久久不能平静。穿越时空的隧道，我的耳边响起隆隆的炮火声、千军万马的厮杀声。我似乎看到在那炮火纷飞的年代，我们的先辈为了捍卫自己的国土，浴血奋战的场面，凝重之情油然而生。

快艇再驶几公里，南沙天后宫便在眼前了。远远望去，整个天后宫沐浴在金色的夕阳中，宛如仙山楼阁。

首先映入眼帘的便是妈祖雕像。这位济世的天后，驾着祥云，依山面水，高高地耸立在祖国的南疆，保护着渔家世代子孙。妈祖石像高达14.5米。由365块精雕的花岗岩组成，象征着一年中的365天都在保护渔民出海。全身洁白如玉，仪态端庄而又宁静，能工巧匠们的巧夺天工，使妈祖像栩栩如生，又颇具动感。仰头而视，你会蓦然生出一种敬意。妈祖像前是两个巨型的香炉，正冒着缕缕的青烟。

"南沙天后宫"几个大字由赵朴初先生亲笔题写。拾级而上，鲜红的条幅上书有"朝天后、登宝塔、沐圣恩、佑吉祥"，顿有一种庄严肃穆的感觉。登临天后宫的最高处，早已是大汗淋漓，凭栏远眺，水天相接，那一瞬间，倒真有点"会当凌绝顶，一览众山小"的感觉。

走出天后宫，前行数百米，便是由香港爱国人士霍英东投资的占地23公顷的蒲洲花园，这里四季如春，佳木葱绿、落英缤纷、芳草如茵。两旁棕榈树亭亭玉立、树影婆娑。花坛遍布，空气清新，晴空万里无云。

蒲洲花园由水石园、科普园、地花园、桃花园、月季园等七个部分组成。

漫步水石园，楼台亭榭，飞檐立柱，小桥流水，杨柳依依。清幽雅致，使人恍若来到江南水乡。两壁镶嵌着各种带有美丽花纹图案的玻璃窗，玲珑剔透，九曲回廊相通，为整个亭园更添一分秀色。

江南水乡风味馆的老板热心地招呼我们吃姜撞奶，味道果然名不虚传。

红瓦白墙的便是科普园。园内有各种各样的植物标本，光是美丽的蝴蝶标本，就有上百种。在海底生物馆，我见到了直径1米左右的千年龟、酷似菜刀的刀鱼以及许许多多不曾见过的海洋生物。它们在与海水同温的巨型的玻璃缸里快活地游动着，令人目不暇接。

　　从科普园出来,夕阳已渐渐西下。广场内绿草如茵。奔腾了一天的大海也终于安静下来,静静地喘息着,悠荡着。水天极目之处,便是素有"东方明珠"之称的香港。夜色中,如同展开了一卷清丽的水墨画。

侧身凤凰游

经过十几个小时的长途跋涉,汽车终于徐徐地泊在凤凰古城边。凤凰,沈从文笔下令我心驰神往的凤凰,黄永玉画中令我魂牵梦萦的凤凰,而今,终于真切地映入我的双眸。

这是早春的三月,有春日的暖阳照着,铺着青石板的街道洁净悠长,两旁是清一色的青砖瓦房,飞檐峭壁,如一只只展翅欲飞的凤凰,一眼弥望的古色古香。相传中国百鸟之王凤凰满五百岁后,集香木而自焚,复而再生,炫美异常,不再死,而凤凰西南有一山,酷似展翅而飞的凤凰,凤凰古城便由此得名。

街道两旁的店名不像大都市里所用的电脑字体,都是由书法高手手书所为,每一幅,都各有千秋,都是上等的书画作品。迎面一个装饰得高雅古典的店铺,大门口悬挂着黄永玉题写的对联,字体清秀隽永,仿佛一不小心就与这位笑容满面、睿智的书画老人撞了个满怀。而屋檐下悬挂的一长串大红灯笼,更为这座古朴的小城平添了几分喜庆之气。

过往的苗家姑娘轻俏甜美,让人不由联想起沈从文笔下多思纯洁的翠翠。着青布服装、戴着高高头巾的苗家阿婆在自家的店铺门前织着五彩的锦缎布匹，卖葫芦丝的老汉深情地吹奏着《月光下的凤尾竹》，蜡染画作坊、银饰店、特产店随处可见，而手工制作姜糖的作坊更是数不胜数。伙计当街甩动着一条条长约1米的姜糖，然后动作麻利地用剪刀逐一剪成小块，装进塑料袋里。整个街头，氤氲着浓郁的姜糖香味，飘在空气里，让人有一种温暖的感觉。店家热情地招呼过往旅客免费品尝姜糖，这种由生姜、白糖、黄片糖熬制的糖有祛除湿气、寒气之妙用，有着几百年的历史。我们一路走着，一边品尝着这风味独特的特产，有一种微醉的感觉。

　　踏上造型独特、古朴典雅的虹桥风雨楼，看沱江水潺潺流过，我们便有了泛舟沱江的冲动。坐上乌篷船，往左看，吊脚楼垂江而立，而右边的山崖别有景致，溪水潺潺流过，风车轮子悠悠地转着，唱着岁月古老的歌谣。瀑布飞泻而下，山上鸟鸣声声。

　　年轻的艄公用力地划着船，一不留神，调皮的他就故意让船倾斜，引发一片尖叫声，他得意地笑。而隔江相望的苗家姑娘热情地唱着山歌，我们一问一答，愉悦而轻松。两旁吊脚楼隔江相望，别有一番江南水乡的风韵。古朴的风车悠悠地转着。

　　薄暮的黄昏，我独自一人携了数码相机，走在古巷中，冥冥中想起的是众凤凰名人的身影。而独特的苗家风情和轻灵美丽的沱江水更是吸引着我的眼球。质朴的农民、放学的娃娃，还有顶着绚丽的苗族头饰的卖姜糖女皆是我镜中不可多得的美景。

吃过晚饭，整条街安静下来，夜色中，古朴的凤凰镇如同一个朴实、灵巧的苗家姑娘，在黄昏的薄幕里仄仄地走。街头两旁的红灯笼次第亮了起来，

在沱江边卖许愿灯的是几个八九岁的小女孩，纸做的花灯里有着小小的蜡烛，我买了三个许愿灯，虔诚地一一点燃，祝福家人平安。红红的莲花灯，悠然流进岁月的深处。置身于美丽如斯的江南古镇，心，是祥和安宁的，俨然步入了一个充满星梦的故乡。

鸟语林中听鸟语

听说岳麓山上有个鸟语林,周末,便欣然与几个好友相约登岳麓山上听鸟语。

时令已是初冬,从友人家里走出来的时候,天有些变阴,我们犹豫着要不要折回去拿雨伞,不料一会儿天就放晴了。从岳麓山下拾级而上,青石板铺就的山路陡且险,我们走得气喘吁吁,然而很兴奋。开始,我们还不断停下来拍照,上至半山腰,便有些走不动了。

好不容易到了山顶,观云海苍天,湘江水滚滚东流,真可谓渺渺茫茫兮,归彼大荒。稍做休息,这时已是下午五点,我们想赶在天黑前到达鸟语林,便咬紧牙关,加快了步伐。走近鸟语林,便听见鸟语喧哗,热闹非凡,是都市生活中久违的那种大自然的天籁之音。

鸟语林被一张巨型的铁丝网罩着,成千上万的鸟栖息在这里。那一刻,我们几乎是雀跃着走进了鸟语林。迎面站在一棵模样奇怪的弯树杈上的是几只硕大的红嘴鹦鹉,我掏出随身携带的松子放在掌心,高高地举起来喂它们,心却跳得很厉害。这么硕大的异类,会不会伤害我呢?然而,红嘴鹦鹉只是极轻柔地从我的手心叼走了松子,用嘴剥开来吃掉,动作极为优雅,然后又友好地看着我。

往右前行,一群祖祖辈辈生活在大荒漠的鸵鸟,此刻却悠闲地在南国的山林里散步。一些说不出名字的羽毛鲜艳的小鸟在人行道上蹦蹦跳跳,一边好奇地打量着我们,一边叽叽喳喳地议论着,一点不怕人。那一刻,我想,我们究竟是去鸟语林欣赏鸟呢,还是到鸟语林去让鸟欣赏?

而在左边的一个美丽的人工湖中,白鹤涉水而上。瀑布下,有几只勇敢的鹭鸶鸟正愉快地沐浴着。它们拍打着水珠,快活地戏水。

然而,最精彩的,要算鸟语林的节目演出了。我们有幸赶上了当天最后的一场表演。首先出场的是一只会说话的鹦鹉,它一个劲儿地向人们作揖问好,口里不停地说些"财源滚滚""健康长寿"之类的甜言蜜语,深受观众的喜爱。接下来出场的是一只大嘴巴鸟,拉着一辆精致的小马车,马车上大摇大摆地坐着的是一只贵族般的白鸟。它悠闲地、兴奋地向观众们不断点头致意,游了一圈又一圈。有趣的是,鸟车夫在表演结束的那一刻却把马车用力掀翻,可怜的白鸟被猝不及防地摔出马车,此出好戏立即引得观众席上一片哄堂大笑。而后,有鸟投篮、算算术等节目,都十分精彩。更有意思的是一只据说可以分辨人民币币值大小的鸟。就有观众当场掏出十元和五元的人民币试一试，果然，那鸟用嘴把五元的人民币弃在地上，转而极快地叼着那张十元回到了表演台上。看来，鸟类也是如此嫌贫爱富呢！一些观众为了测测这只鸟到底是不是真的能分辨人民币币值的大小，纷纷掏钱去试一试。于是，那只贪心的小鸟便屡屡把大张的钱币叼走了。

　　一场演出在观众的欢呼声中热热闹闹地结束了。走出鸟语林时，我试着问管理员："鸟儿冬天会怕冷吗？"管理员告诉我，不少鸟已烤上了电炉，有的鸟屋子上也增加了防寒措施。愿这些可爱的鸟儿在这南国的土地上能安全过冬。

澳门环岛游

阳春三月，去南海之滨的珠海做了一次澳门环岛游。

游轮从九洲港口岸出发，行驶在万顷碧波之上。海风柔柔地吹来，带着腥咸的气味。放眼望去，海水是湛蓝的，使人联想起"水如碧玉山如黛"的诗句。

渐渐地，烟波浩渺间朦朦胧胧地出现了几个岛屿，这便是有名的澳门半岛了。不一会儿，依山临海的澳门便清晰地立在我们眼前。这座美丽的海滨小城在晴天里亮晶晶地光彩夺目，犹如镶嵌在我国南面的一颗璀璨的明珠。

颇具西欧风格的建筑群，掩映在绿树丛中，相互辉映，非常壮观。在游客的欢呼雀跃中，首先映入眼帘的是流光溢彩的澳门文化中心花园馆，1999年澳门回归祖国交接仪式在此举行。

随着轮船的前行，景色已是蔚然壮观了：世界闻名的赌彩中心——葡京大酒店展现在我们眼前。它呈弧形耸立，据说到澳门旅游的人，很少有不到此处试一下运气的。在它祥和安静的外表下，不知掩盖着多少神秘刺激的故事呢！

层林尽染中的妈阁山，葱茏的树木，一眼弥望的蓊郁苍翠。妈祖庙殿宇巍峨，雄伟壮观，矗立在风雨中，保佑着澳门人的吉祥平安。耳边似有歌声在轻轻萦绕"你可知'妈港'，不是我真姓，我离开你的襁褓太久了，母亲……"，百年的分离怎能割断千年的血脉？而今，这咫尺天涯的游子终于抖落百年的耻辱，胜利归于母亲的怀抱！

　　绕澳门岛环行，西望洋主教府、澳门皇宫娱乐场等建筑一一呈现在我们眼前，在阳光下展露着迷人的光彩。游轮在湾仔码头掉头往回行。我们还频频回首，愿澳门的明天更美好。

拜谒母校

山茶花漫山开放的季节，我又一次拜谒了母校——湖南衡东一中。

冬日的暖阳下，我在这如诗如画的校园里徘徊，寻觅着历史的踪迹，触摸着岁月的心扉，仿佛又回到了久远的学生时代。

可知否，当年那个画葡萄的少女，已是首都师大的国画老师，当年那个在校园北坡摘茶叶的少年，已是北大的生物学博士后。

是的，八十载的风雨兼程，母校英才辈出：有的在三尺讲台上默默耕耘，有的在商海大潮中搏击风云，有的在科技殿堂里探索奥秘，有的在领导岗位上描绘蓝图……湖南省人民政府原省长刘正从这里走出，中科院院士刘新垣从这里走出，中央电视台名嘴王志从这里走出，2001年湖南省文科状元谭彦从这里走出……仰望苍穹，明星满天；俯瞰大地，桃李芬芳。而今，经受先进思潮的濯涤和坚定目光的擦拭，被列为湖南省示范中学的母校愈发显得英姿勃发，儒雅大气。

人的记忆，有时若幽静的深潭。那些年少的往事，以为已经随岁月的流逝而遗忘了，其实不然，它藏在内心最柔软的地方，不经意地轻触，便激起了千层的浪花。

回首过去，怎能忘记？晨曦中那些琅琅的读书声，运动场上那些矫健的身影，英语抢答赛中那些流利的声音，作文比赛中那些震撼人心的美文。

怎能忘记，那些辛勤教育过我们的园丁？担任班主任的刘水清老师，曾对我们倾注了多少期待与厚望。当年，您曾满怀激情地教我们唱《满江红》《苏武牧羊》，那雄浑的歌声至今仍在耳旁缭绕，民族气节从这里启蒙，古文功底从这里起步。当年，您风华正茂，还不到二十岁；而今，您已是母校的副校长。家境清贫的郭老师，您还好吗？当年，您为我们加班加点，不辞劳苦地讲解代数、几何；怎能忘记，美丽可亲的谭老师，您那时因为我们地理预考没考好，而当着我们全班同学的面哭泣，让我们惭愧万分，从此暗暗用功……许许多多的感受，许许多多的思念，放在心里，无法一一诉说，只在此说一声：师恩难忘，不能忘！

以一种朝圣般的虔诚，沿一条明媚幽香的小径行走。但见当年简易的学生宿舍已是拔地而起的现代化学生公寓，小池塘里，亭台水榭相望，后山坡上，曲径通幽。整座校园绿草茵茵，花香沉醉。

光荣与梦想，机遇与挑战，写意出母校辉煌壮丽的峥嵘岁月。在校史陈列馆，时任校长田新建先生指着建校初期由学校捐赠的飞机图片给我看，骄傲之情溢于言表。

布莱克说："一粒沙里见世界，一朵花里见天国。"虽然，不是每个校友都能活得流光溢彩，不是每个校友都能活得星光四射，但即使是平凡如一芥小草，也足以活出自己的尊严。让我们永远铭记母校的校训"砺志勤学、求实奋进"，在人生之路上扎扎实实地走好自己的每一步，即使是只流萤，也当竭力以微弱的光照人前行。我相信，每一位校友的成绩都是母校的自豪，每一位校友的荣誉都是母校的荣光。

一阵清脆的下课铃声响起，三三两两的学子从现代化的图书馆、科技楼、设备齐全的多媒体教室里走出来，阳光打在他们年轻的脸上，充满着希冀和遐想。

遇见蝴蝶兰

写下这个篇名时，是初夏的夜晚。月疏风静，窗外的香樟树静默着。一个人在电脑前，静静地敲打着键盘，忆起台湾行，这么多日子过去，沉淀下来的，是干净和美好。

去台湾前，颇踌躇，听亲友说，台湾比较破败，不如大陆的许多城市，不值得一去。而台湾在我脑海里刻下深刻烙印的是小学课本里的日月潭，是余光中诗中的乡愁，是席慕蓉诗中那些开花的树，是张晓风、简媜笔下安静深婉的人与事。

直到笔会日期临近，我才加急了签证，从深圳飞往台湾。

下了飞机，置身于这完全陌生的环境，恍惚间，有穿越时空之感。仿佛从喧嚣之城来到一个单纯、宁静的地方。是的，比起大陆日新月异、鳞次栉比的高楼大厦来说，台湾的房屋的确算得上破旧了，如同没落的贵族。

接下来几天的旅行，从台北故宫到阳明山与淡水，从台北到高雄与台南，从佛光山到新竹，从台湾图书馆到莺歌陶瓷博物馆，所行之处，映入眼帘的，不是金碧辉煌的琼楼玉宇，而是沁人心脾的文化元素。墙壁斑驳的庭院前，总有着素洁的花儿开放，让人体会到晴耕雨读的诗意生活。而高速公路两旁的木棉花，开得炽热而浓烈。在休憩处的化妆室内，洁净到没有一张废纸，没有一丝掉发，温馨干净。而且无一例外地，摆着精致的花盆。国宾大酒店的化妆室里，悬挂的是两幅淡雅别致的墨竹图。台湾，历经沧桑与磨难，款款地从历史深处走来，宁静、质朴而又意境深远。

　　古老的中华文化，散落在台湾的城市与乡村的角落。在那里生根发芽，枝繁叶茂。

　　漫步美浓小镇，越往深处走，越觉得豁然开朗，有一种春日迟迟、卉木萋萋的感觉，让人觉得温馨而舒适。

　　钟理和文学纪念馆，坐落在这个偏远的小镇上。给我们当导游的，是当地一位年逾七旬的老人，老得连牙齿都缺了，说话有些漏风。然而，正是那缓慢而低沉的语音，让他的诉说平添了历史的厚重感与沧桑感。从他的娓娓诉说里，我们知道了香蕉是如何靠天收成的，那些果树又是怎样生长发育的。也知道了他大字不识的祖母，是怎样用朴素的乡间俚语，教会他做人的道理。

　　日落时分，一轮金黄的落日在山间跳跃，时隐时现。我们坐在大巴上，纷纷用相机追逐着那一瞬的美丽，为她的美而雀跃。下了车，步行去"老古的家"吃客家菜，一两声狗吠，唤醒了这清野乡间的蛙声虫鸣，此起彼伏，格外响亮。

　　喝了店家自酿的酒，心里有些微醺的喜悦。更让人讶异的是，在饭店的后院里，竟收藏了许许多多美丽的雕刻作品。有侧卧的美人鱼，有悬空的茶壶。门口悬挂着一串铜铃。我情不自禁地用手摇了一下，叮当环佩之声，在满园的花香中荡漾开去。

时光在这个古老的小村落里缓缓流淌。想象晴时日出而作、日落而息，雨时，在向阳的小房间，安静地看书、作画。应是很惬意的日子吧？而那些远游的客家人，如何放得下这片故土？乡愁，成为他们心中永恒的吟唱。

台湾人，予我的印象，也大多是谦和有礼的。文坛老大姐陈若曦对我们一行呵护有加，而台湾华侨总会、台湾侨务委员会、台湾外交事务主管部门、台湾文化事务主管部门那些负责接待的公务员，语声轻柔、儒雅有礼。连酒店里的服务生，都是不卑不亢的，井然有序地做着自己的工作。家美饭店的早餐厅，一位年轻的女服务员，步伐轻快地收拾起客人用过的餐具，显得青春自信。即将返程的那一刻，我拖着行李箱，在饭店的电梯口。遇到一位保洁的阿姨，她自觉地退让到一边，温和地笑着打招呼，"欢迎下次再来"，仿若邻家大姐。他们活得自在而安然，并不觉得自己的工作低人一等。而令我印象颇深的，是台湾文学馆馆长的一席话，他说爷爷、父亲和自己三代人，户籍却分属不同的地区，有一种没有归属的漂泊感和虚空感。是啊，什么时候，台湾才能回到祖国母亲的怀抱呢？

同居一室的，是来自新加坡的作协副主席、华裔女作家艾禺女士，她是一位内敛的资深编剧。她说，近两年新加坡的中国移民添了近百万。她问周边的新移民朋友,爱不爱新加坡,令她吃惊的是,几乎每个移民的中国人,都会回答说不爱新加坡,更爱自己的祖国。艾禹说:"你都不爱这个国家,又怎会移民于此呢?又如何能安居乐业呢?"这些话,的确发人深思。是的,真正的爱国,不是远离,不是躲到别的国度,对自己的祖国来指手画脚,而应躬身自问,从小我做起,尽自己的绵薄之力,像爱惜自己生命一样地爱惜国家的声誉。如果人人做好自己,那么,我们的国家和民族,谁敢小瞧?人因有礼而受人尊重,因宽容而祥和。我只愿我国的每个公民,都能拥有一颗草木心,一身书香气。

在台北机场遇见盛放的蝴蝶兰,散发着幽幽的清香,是我所喜欢的,端详了半天。在诚品书店买下一本张晓风的书,当看到"有一个名字不容任何人污蔑,有一个话题绝不容别人占上风,有一份旧爱不准他人来置喙。总之,只要听到别人的话锋似乎要触及我的中国了,我会一面谦卑地微笑,一面拔剑以待,只要有一言伤及它,我会立刻挥剑求胜,即使为剑刃所伤亦在所不惜",言语之中不知不觉散发出来的大气和厚重一下子叩击着我的心头,不由得热泪盈眶了。

为谁流下潇湘去

"郴江幸自绕郴山,为谁流下潇湘去?"因了郴江绕城而过,便使得郴州这座城市灵动起来,充满了灵性和诗意,也让这一方人灵性起来。郴州人多情好客,如竹般,清新、淡雅,自成风景。

晨光微曦的时候,我醒来,看到满眼翠绿的竹,不知名的小鸟上下翻飞婉啼,想起初遇的美好,心里有淡淡的喜悦和忧伤。

她是一位肤色白皙的郴州姑娘,喜欢穿有蕾丝花边的衣服,妆容精致,打扮得像个小公主。我们曾因工作的关系,同处一室四个月。两人一见如故,像一对失散多年的好姐妹,一起外出觅美食,聊文学,聊人生。

她为了保持身材,不吃晚餐。天色很晚后,又忍不住去燕山街买些鸭脖子回来吃。吃完劲辣的鸭脖后,已是凌晨左右。春寒料峭,也阻挡不住她下楼买冰激凌的脚步。对于她热情递过来的极辣鸭脖与冰冷的雪糕,我往往微笑着推辞。

印象中的她,热情大方,眼睛里总是满含笑意,给人如沐春风的感觉。从没料到,看起来阳光而美丽的她,会有一天从朋友圈里删除我。也曾多方打听过她的下落,可每次都徒劳无功。我曾反省是不是自己做错了什么,问了其他熟悉她的人,也都被她删了好友,无从联系到她。我百思不得其解,是什么让她消失得如此决绝?

在长沙短暂的借调工作结束后,她曾邀请我们几位同事去郴州游玩。

她在高铁站接了我们,到东江时,已是近黄昏。我们坐快艇去岛上的农家乐。两岸渔火通明,湖上一片静寂,只有快艇穿过时激起的水浪如细雨般扑面而来。伸手击水,凉凉的,心底柔软。是骨子深处的欢喜。意外的是,快艇忽然没油了,泊在了湖心。

这时候,夜的帷幕已落下。黑暗把我们包裹住,四周一片静寂。游艇在湖面上悠来荡去的,吓得我们这群旱鸭子心慌意乱。汽车油耗尽时,至少还能稳妥地停在公路上,而没油的船泊在水中央,让人心里充满了不安。

她内疚地向我们表示歉意,几次走出舱外,与船家沟通交流。她本来怕水,想领着我们去爬莽山,但是,大家一致要游东江湖。她只好克服了自身的恐惧,毫无怨言地领着我们来这里。在等待送油的水上油艇过来时,她反而显得异常地冷静。终于等来汽油,快艇靠了岸,她领我们在预订好的农家四合院住了下来。

院子整齐干净,临湖的木椅上,有人在聊天,一问,才知是一群老知青，他们从知青网上相识的，一大群人，从广州、深圳及湖南各地汇聚于此。老得如此愉快和健康，让人好生羡慕。

晚餐有味道鲜美的东江小银鱼、小梭子鱼，农家散养的土鸡很入味，自酿的杨梅酒，让人有些微醺的喜悦。席间她不断给大家敬酒，当她敬我时，我见她喝得微醺，便提议以茶代酒。她捏紧了酒杯，不肯放手："我从没有和一个人同住这么久，一定要敬你。你是个太过冷静的人。"说这些话时，她看着我，眼中已饱含热泪。我莫名有些内疚。

其实，我只是个不善表达的人，总要被人误认为冷静，虽然心里充满了感动，嘴上却什么也不说，有时连自己也会厌了自己这样木讷。那晚，七八个人喝了四瓶啤酒，三壶杨梅酒，直喝得分不清东西方向。

很晚了，我们俩依然侧卧在各自床上，聊张爱玲的《金锁记》。睡意袭来，我边聊边迷迷糊糊睡着了。她怪我聊起感兴趣的话题，又只顾一个人睡了，只管用轻微的鼾声回应她。

早上起来，才看清院子里有几棵果树，结满了青绿的果子，压弯了枝头，伸手摘了一个，是梨。没来得及洗，往嘴里轻轻一咬，一股甜香流进心底。这是我吃过的南方最好的梨。

屋后有两棵枣树，枣子已飘红，她热情地摘给我吃，甜中微带点苦涩。屋后是橘园，结满了果实，压弯了枝头，一直垂到地面，伸手能摘。她感慨："结得这么不堪重负，也太过努力了。"

在湖中住了一宿后，她领大家去了阳山民宅，皆是清代的建筑，雕梁画栋，木雕石刻，精致素雅，栩栩如生。一条鹅卵石铺就的小溪，兀自绕村流着。

阳山民宅还有保存完好的剧院，经过戏台时，刹那间时光恍惚，我似乎看到戏台上水袖起舞，明媚的脸，委婉逶迤的唱腔，不尽地演绎着人世间的悲欢离合。见我一时呆怔，她说，郴州有湘昆团，有机会一定请我去看一场。

就是这么个小小的村落，出过几任状元。门前有好几个拴马柱。民宅依山傍水，有着厚重纯朴的民风，乡民安静地生活着，看到陌生人，一点也不好奇也不围观。连那从狗洞里悠然走出来的小狗，草堆里觅食的鸡，都是淡定安然的，仿佛不属于这个喧嚣的时代，颇有些世外桃源的感觉。

村前，是一个小池塘。最喜的是那一抹水，水上漂着芦苇和荷花，那样疏淡的样子，正是水墨画的最佳境界。我用镜头拍下这些画面，内心充满了愉悦。

若干日子后，她给我打来电话，很欣喜跟我说，郴州有台湾来的昆曲交流会，她已安排好接我的车辆和住宿的地方。临了，我却因事爽约了。

最后一次见她，也是几年前了。她来长沙开会，会后我开车送了她一程，之后再没有联络。不知道她去了何方。常常会在不经意间，想起她来，想起她的一颦一笑。

听说她辞职了，QQ与微信里的好友删除，电话不接，像是从人间蒸发了。没有人知道她去了哪里。她的消失，成了一个不解之谜。

夏去秋又来,但愿她的日子过得明媚温暖,少忧虑而多欢笑。

零散的记忆

盛夏,将自己置身于蔚蓝的大海中,无垠的海水泛着碧波。靠在游轮的栏杆上往下看,只见靠近游轮的地方,白色的浪花簇拥着绿色的海水,有着翡翠般的质感,仿佛是一方巨大的翡翠坠入其中。看久了,觉得那是一种美的诱惑,虚幻而不真实。

更多的时候,我想象自己仰卧在海里的一截木板上,任其沉浮,与世间一切的荣辱,皆不再有任何的交集。从此,只如《河的第三条岸》中的那个父亲。

你知道的,我是个喜欢水的人。我在溪水潺潺的地方度过了我的童年,无拘无束,如野草般肆意生长。稍大后,在一条叫洣河的地方度过了少年时光,内心压抑而很少见到阳光。后来,我去了湘江边求学。为了生存与梦想,不得不日复一日,离开或者抵达,在不断的舍弃中退让或者前行。而大海,始终是我心中向往的地方。

游轮共有七层,分设了几个餐厅。顶部有大的游泳池。游泳池旁边的冰激凌不限量供应。餐厅里的食物,远比我想象的要更加富足，西餐、中餐、餐后甜品，应有尽有。芥末虾球做得尤为鲜美。如果有足够大的胃口，尽管放开肚皮吃。但一定要记得，虽然食物是不限量的，但积食是一件让人很不开心的事情。

　　游轮首站登陆的是韩国的济州岛，韩剧里的大长今曾在这里种植中药材，不免心怀好感。然而，在汉拿山森林公园，我无论如何也想不起《大长今》里那样的画面，只在公园的一角，落寞地喝下一瓶酸奶，吃了几块南瓜似的糕点和一只硕大的烤章鱼。

　　抵达韩国的第二大城市釜山后，热情的游客，几乎把乐天免税店的奢侈品洗劫一空。我囊中羞涩，却也记得买一瓶防晒霜、一把小折叠伞。

　　黄昏的海边是我喜欢的，有"落霞与孤鹜齐飞，秋水共长天一色"的胜景。银色的海鸥俯冲下来，搏击着水面，游人在沙滩上逐浪。孩童用树枝在沙滩上画的画，令我讶异和欢喜。许多太阳伞有序排开，而那些贝壳编成的风铃，在海风中长长久久地吟唱。岸边的咖啡馆，浪漫且有情调。我们只是匆匆过客，没有时间停下来喝杯咖啡，好好感受这异国情调。

　　航行的第三天，游轮在福冈靠岸。犹记得2011年的福冈大地震，心有隐忧。小店里的日本妇人却是笑容可掬，把那一场惊动全球的海啸只当作樱花的开落。许多地方，已展露出灾后重建的模样，简洁大方。

　　喜欢这种漫无目的的游走，目光所向，素履以往。我看见白鹭在山中飞过，清泉自山中潺潺流出，蒲公英飞扬着梦想。小小的昆虫在大树下纵情歌唱，而金色的夕阳，在云层中若隐若现，一如日出般壮美。

福冈的乌鸦旁若无人地随处游走，并且大胆地朝游客索取食物。据说它们因反哺而获得人类的青睐。我向来不喜欢乌鸦，却在树下与一只乌鸦对话良久，不过是简单的叹词，故作惊讶的一声："哇！"一唱一和，不亦乐乎。最终我败下阵来，结束了这场无聊的游戏。

太宰府小小的日式庭院，外观平和，内里错综复杂。如日本人，满面笑容下是冷漠与拒绝。在便利店，友人买了三盒明太子鱼子酱，送给了导游两盒。

街边的小店卖梅枝饼，趁热吃了一枚，松软甜糯，一枚放置了一天后再吃，已经像烧饼的味道了。

喜欢随处可见的玻璃风铃，飘逸灵动，在风中浅唱。有扫货的冲动，最终，一只也没买。有一位同游的女子买了只漂亮的玻璃风铃，视若珍宝地捧着，军绿色的蝴蝶结松散了，她打开来，用纤纤手指温柔地系上。那一缠一绕的纤细心思，我不知道，收到这份礼物的人，是否能感受得到。被这样一个心细如发的女子爱着，是一份平实的幸福吧？

太宰府的小桥流水，有些霞光万丈的感觉。

太宰府附近，有一小湖，据说是仿照杭州的西湖而建。然而，西湖比这阔大柔美许多。

游轮上有间小小的书店，一位眉目疏朗的女子，膝上摊开一本书，安静地阅读。《你若安好，便是晴天》摆在醒目的位置，是白落梅写林徽因的文字。在我看来，那个走过人间四月天的女子，是无数人心中的人间四月天。清灵、美好，是不可以轻易着笔的女子。翻了一下精装的《湘行散记》，去过辰河与凤凰古城等地的我，想象若干年前，那个乡土气息浓郁、个性倔强的青年，在去乡多年之后，乘了简易的渔船，又一次还乡。只因为心中爱着一个人，这山这水，便成了描摹不尽的美景，可着劲地向三三描绘自己故乡的山、水、人。这种笨拙而执着的爱恋，让人感动。低到尘埃，非是妥协，非是懦弱，而是一种坚守，一种忘我的姿态。心中有爱，下笔便饱含了深情。而这些美好的文字，如一剂良药，把人心里的愁苦涤荡。端坐在书店一隅，翻看着这些散淡的文字，闻着那淡墨的清香，有一种安宁与美好，自心底涌出。人多的地方，内心也可以如此宁静，只要手中有一本书，只要心中怀有对美的渴求。

　　是的，人生恰如一趟旅行。为一朵花弯下腰去，为一只飞鸟驻足，为一本书动容，为一些细节之美流连，都是生之旅的乐趣。

第二辑

且听风吟

把心事编成一串风铃,系于窗前,那些心语的浅唱,你可曾听见?

灵魂在高处

我熟知的一些写作的朋友，大多有着孩子气的单纯，有着一般人所没有的执着，甚至是执迷。很多时候，他们会不自觉地把灵魂悬在高处，而肉身却陷在柴米油盐的俗世里苦苦挣扎。生老病死，天灾人祸，没有一样是他们可以用自己的力量逆转的。

那些暗夜里的纠结和拷问，甚至看不见的搏杀，不过是与自己的灵魂在较劲、在斗争。谁胜谁负，哪个占了上风，只有自己心里才能明白。

有一回看昆曲，我忍不住感慨，昆曲是让人沦陷的。朋友说，一切与艺术有关的东西，都容易让人深爱，并且沦陷。这话也不无道理，写作是一种危险的游戏，它让写作者沦陷，也让看作品的人沦陷。这种沦陷，不一定是消极意义上的沦陷，它可能使人深陷迷惘和绝望，也可能使人深陷之后警醒奋进。

今年网上有一句话颇为流行，就是"我读治愈系……"是的，人或多或少有些明病暗疾。写作呢，不过是庞大的治愈系中一个小小的科目，但许多人终其一生在苦读苦写，而不得其解。

很多的人就犯有这种"写作病",在顽强地读着自己的治愈系。很多时候,于他们来说,写作不过是一种对抗、一种疗伤。有些人在童年时代便有着不同常人的经历,而这些年幼时暗结的伤痕,可能要用一生去治愈和化解。这需要有强大的内心力量,才能从容面对、持久抗战。

很多写作者的初衷,并不是要去炫耀什么,而只是想把内心的渴望和理想诉诸笔端。或者只是因为害怕复杂的人世,害怕与人打交道,而选择与文字为友。因为文字不会欺侮你,她就在那里,你可以读或者不读,可以写或者不写,没有人能强迫你。

一个人如果不迷恋写作本身,在我看来,是一件幸福的事情。如果是之前喜欢写作,但后来主动放弃,更是需要相当大的勇气,我只能恭喜:您治愈成功了。我想,如果有来生,如果可以,我一定不会继续选择写作和阅读,而是以另外的方式度过自己的生命,最好是能像猪一样,从此过上吃了睡、睡了吃的幸福生活。

我还记得学生时代,有一位老师在课堂上痛心疾呼:书之多,阅读之慢,吾生苦短,能读几本书?我那时不以为然。这么多年来,我其实什么也没做,就让时光在发呆中、在平庸的享受中,从我的指缝间悄悄流走,把我的最好年华在不知不觉中消耗掉了。我的阅读是如此贫乏,我的写作也不过是刚刚起步,我离自己的写作理想是如此遥远。我只是蹒跚地走在路上。

我常常见到各式各样搞写作、搞艺术的人,他们大多是非常敏感的，而且生活很随意。有一位朋友，写出来的小说语言相当优雅、唯美，但是她会不梳头发就和我一起去吃饭。于我看来，这并不矛盾。因为每个人的精力有限，如果把时间用在打扮上，她一定会把自己收拾得阳光灿烂。

其实，对于那些在人生的道路上执迷不悟，甚至在文学梦里深陷不醒的人，我在可怜同情之外，还抱有一种敬意，因为他们活得纯粹。在物欲横流的时代，要把梦想当成生活本身，需要非常大的勇气，甚至需要付出生命的代价。

有一位我很尊敬的作家，平常展现在公众面前的都是大气、宽容，甚至悲悯之心。他有着书生救国的抱负，却无处可以展现自己的才华，也无从让人理解他内心深处的绝望和痛苦。当我听到他说，他已经失去了写作的激情，因为对读者失望、对出版界失望、对人性失望。他觉得自己写出来的作品得不到认同，他的价值观得不到别人的认可。这番话，对我的内心震动非常大。但我深知，他不过是暂时倦累罢了，他一定能写出更好的作品来。还有一位不知名的博友，我常常会去看她的作品，她真实而有些自闭，像草木一样顽强地活着、写着，呈现着一种与草木一样低微而别样的美丽与善意。

对许多的写作者来说，作品中呈现的应该是他理想中的样子，而非他生活中本来的面貌。要把自己的灵魂展示给别人看，是需要很大的勇气的，出于本能，会或多或少地加以美化。人有多种，写作便有多种。生活太过平庸乏力，有些人会刻意把自己作品中的人物营造得高大。但对于某些人来说，他们会尽量去做到文如其人，贴近或是力所能及地接近自己所要表达的理想的人格。但我不认为写作者本身一定都是灵魂圣洁的人。所以，当你有一天见到他们生活中有别于作品的另一面，你千万不要过度惊诧和失望。

　　当一些可贵的东西离我们的生活渐行渐远，我们该怎么办？其实没有人能给你答案，除了你自己！但我相信，精神的高度，决定作品的高度；人品的高度，决定作品的高度。

蕙叶释字

简

不过是安置在竹制小房子下,门内的一份小小温暖,如日照般,温暖着人心。

是的,简单是一种美好,你瞧,自然界那些不起眼的植物,很小的昆虫,那样恣意而美好地活着,让人心起微澜。

太多的奢望,才会让人患得患失吧?有些东西,越是想得到,就越是容易失去。名利如是,情感如是,灵感亦如是。所谓的繁花似锦,从来只换取个南柯一梦。太复杂的东西,莫若不要的好。太复杂的人与事,莫若远离的好。当世间所有的繁华褪尽之后,唯有心头的那份温暖仍在。所以,尚能安然、简单地活着。

戒

暗夜里,灵魂与理智做斗争。理智挥舞着一把长戈,将心底的欲望之草、情感之苗,一一戕割,便是戒。

人非圣贤,贪念之心时时探头。那些欲望之苗在心田里蠢蠢欲动，快速生长。那株长势良好的叫名誉草，它高傲地微扬着头，理直气壮地傲视着其他的几株；那株枝叶粗壮的叫利益草，它俨然有功之臣一般占着一席之地；那株分外妖娆的，却像藤蔓般，匍匐在地，羞于见人，犹抱琵琶半遮面的样子，便是传说中的情感之草吧？凡尘纷扰，它也不甘寂寞地前来凑热闹。这些草挨挨挤挤地，彼此不让步，一副要长成参天大树的样子。杂草纷长，人便徒生痛苦。暗夜里，理智便与灵魂做着斗争。

人始终绕不过去的，从来都是自己吧？心总是在有了贪念之后，才会痛苦，才会不满足，才会不自信。所谓得寸进尺，得陇望蜀。

所以，人终其一生，不过是自我斗争。

声

以耳倾听，自然界的鸣钟振玉之声、丝竹之声、花开之声、鸟语之声、泉水叮当环佩之声。这些天籁之音，声声入耳，让人怦然心动，让人心驰神往，是一种多么美妙的听觉享受，如听觉的盛宴。

一直以为，声音其实是有形的。有的似坚硬无比的利器，有的若重磅炸弹，有的却柔如水，像棉花糖。

声音传递一份情感，让人高兴、忧虑、怜悯、爱与恨。故有《孟子·梁惠王上》："闻其声，不忍食其肉。"正如俗语所说："好言一句三冬暖，恶语一句酷暑寒。"

每个人的声音，都是独一无二的。久不联系的朋友，也许只是一个电话，你便能很快辨出她的声音，双方都会因为被对方记得，而觉心底温暖。

而情人之间的呢喃细语，应是这世上最美的乐音吧？让人如沐春风，让人恨不能融化在其中。

岁月流转，回忆辗转，谁记得谁的浅唱低吟？谁记得谁的魂思情动？

爱

胸中捧着一颗跳动的心，这便是繁体的爱字。对人对事有很深的感情，才可以言爱。可是，现代的简化字把中间的这颗最重要的心字简化掉了，不过只剩了些友情似的喜欢。于是，这个字便开始被滥用、被亵渎。

可是，心若不在，何以言爱？所以，便有了一夜情等快餐式的速食情感，有了一枝红杏出墙的恣意。

佛说："爱是恒久忍耐又有慈恩，爱是凡事相信，凡事盼望。"

可是，我说："爱若佛理，最高境界便是无言。"

信

人守住自己所言，谓"信"。信守承诺，讲信用。所谓"君子一言，驷马难追""言必信，行必果"。

可是，要做到一个"信"字，何其难也？古之氓，抱布贸丝，信誓旦旦，不思其反，是一个典型的负心汉形象。

不要太相信那些华丽的语言，就像漂亮的蘑菇有毒，华丽的语言也有毒吧？所以老子说："信言不美，美言不信。"

对人诚信以待，人便不忍心欺我；对事物诚信以待，便没有做不成的事。

富兰克林说过："失足，你可以马上恢复站立；失信，你也许永难挽回。"

尽量地做到"忠为衣兮信为裳"，不求名不贪利，只求以信用立于人世。

累

一个小小的人物，头上压着一亩待耕种的薄田，一些待织成锦缎的蚕丝，能不合成一个"累"字吗？这种累，也许是体力上的，是形累；但如果是劳心活，那么，可能心形俱累了。

而这种累，并非就会被压垮，并非就没有希望；相反地，有点蓄势待发的味道了。你瞧那"蓄"字，用草将蚕丝与田悄悄掩盖好，分明有一个惊喜在那儿藏着呢。只假以时日，便可以收获多多。人生苦短，也许在不得已的时候放弃过，但既然看准一个目标，选择了一条路，别管有多艰辛，只管走下去吧！苦也好，累也好，能坚持就好！

安

所有的汉字中，最喜欢的，便是这一个"安"字。如一位通古博今的知性女子，恬淡安静地坐在屋子里，有着一种大气和从容，万象更替，却能有以不变应万变的沉着、从容。

然而细看之下，"安"又似一位英姿飒爽的女子，无拘无束立于天地之间。让人想起"安能辨我是雄雌"的花木兰，"谁料纱帽罩婵娟"的女驸马，实乃刚柔并济，安静中蕴含着无尽的力量。

心安即为富足、心安即为幸福，女子心安则天下安！

疑

"疑"字如手举一把尖锐的匕首，"矢"便是一个人的心窝。看起来外形稳稳当当，内心却恰如利剑高悬，形宁而心不宁。周瑜多疑，故而心病难医，气短身绝。

一个人怀有疑虑，便如同失去了主心骨，坐卧不宁，忧思如黑暗中的蝙蝠，在胸口肆意妄为地撞来撞去。任是坚强的体魄，也经受不住这种摸不着头脑、看不到边际，亦得不着求证的碰撞。

心生疑，疑生病，心病终需心治。正如一个人所言："粉碎一颗心必定要用另一颗，否则，怎么能够？"

淡

以水熄火便成"淡"。

要做到淡然,是件很不容易的事情。人是欲念的奴隶,欲火中烧时,会很容易失去自我,失去理性。凡事过于贪婪,过于强求,便易导致心中悲愤。所以有多少恋人成仇,父子反目,皆因做不到一个"淡"字。

说到底,人心也易生贪念,得陇望蜀,得寸进尺。有多少欲念交织,便有多少痛苦相随。

人生苦短,百年之后皆成灰。凡事多为他人着想,给自己以时间,以平和的心态,慢慢平息心中的各种贪欲,真正做到一个"淡"字,岂不是很好?

朋

"朋"字,是两个"月"的组合。仓颉造字时,将象征人类美好情感之一的"朋"字用两个"月"来表示。

人是很复杂的动物,孤独的时候,会渴望理解、渴望温暖。相识之初,因为彼此不了解,彼此陌生着,客气着,会多一些尊敬,少一些抱怨,站在对方的立场考虑问题会多些。但是,亲近起来后,反而不分彼此,觉得受到照顾是自然而然的,会少了感激之心,而索取之心增加。可是,人性里的一些东西,是脆弱而自我的。自尊心,会让人产生自我保护意识,会让人自觉或不自觉地减少自己受伤害的机会。所以,如果两人走得太过亲近了,反而会互相刺痛。我常想起看过的一则寓言：豪猪天冷的时候，会挤在一块，相互以各自的体温取暖，而挤得太近，身上的刺又会刺到对方，同时也会被对方的刺刺痛，所以，它们会不断分开，不断聚拢。人与人之间，又何尝不一样呢？

对朋友，永远不要失却真心和热心，但是，绝不可以依附人家。如果凡事依赖，甚至进行人身依附，那么，任是怎样坚强的人，也会觉得负累。最后的结局，必然是放手。

封

且以岁月之土，尘封方寸之心。冬种秋收般，掬一把盈盈的幸福在手，握一把微微的温暖在心。如蚕之作茧，渴盼羽化为蝶；如潜龙在田，期待飞龙在天。

让爱尘封，让恨尘封，让思念尘封。时间的积雪层层叠加，也许会冷，也许会冻，也许会有深深的不安与疼痛。

可是，仍然坚持不表述，不疑虑，不深究，不追问。《列子·杨朱》曰："聚酒千钟，积曲成封。"且待时光为我们开启一樽香甜的佳酿。

隐

以右耳，贴于心，静听。心却反刍，无言。所有的心事便高悬，甚或隐匿不见。于是，便有隐忧与疑虑徒生。

古人云："夜炯炯而不寐兮，怀隐忧而历兹。"此为心中恻然而痛，不能置中正吧？隐忧，也许会摧毁一个人的意志和定力，但也许会成就一个人的伟大。结局如何，全凭各人的承受力。

初见《百喻经》里"身常安隐，无有诸患"之句，颇为吃惊，好一个"隐"字，与"稳"字竟有异曲同工之妙。

让心归隐、安静，"结庐在人境，而无车马喧。问君何能尔？心远地自偏"。

蛰

"仓廪物宿储，徭役犹未已。方惭不耕者，禄食出闾里。"

想象着春雷滚动，大地欣欣然苏醒，连泥土里的虫子都从冬眠中懒洋洋地伸出头来的样子，心里忽然有一丝悸动和向往。是的，春天即使雨多，但毕竟有众多的花儿可期待，只要有充沛的阳光和雨露。桃花、梨花，比赛似的开了，此消彼长，这种农耕时代的田园风光，多么美好。"蛰"字，原来是这么可爱的一个汉字。冬至之时，遥想惊蛰之美！

童言稚语

一、盘古把天空举得太高了

一天,儿子忽然嘟着嘴说:"妈妈,那个盘古开天辟地时把天空举得太高了。"我说:"有什么不对吗?"儿子说:"如果他不把天空举得那么高的话,我们就可以坐到屋顶上摘星星玩了。"

二、长腿的月亮

"妈妈,月亮为什么老跟着我们呢?我走它也走,等我们到家时,它也就在屋顶上等着我们了。"末了,儿子很肯定地说:"妈妈,月亮长着腿呢,只是我们看不到。"

若说诗,那么四五岁的小孩是最有诗心的吧,内心纯洁,富有想象力。

三、神仙姐姐

二十多天没见的太阳,终于露了脸。一家子高高兴兴地坐着吃饭,儿子忽然说:"播天气预报的是个神仙姐姐。"我问:"为什么呢?"他认真地说:"她用小棒一指,说哪里会下雨,哪里就真下雨了,说哪里会下雪,哪里就下雪。"停了一下,又说,"她昨天说湖南会出太阳,今天就出太阳了。她真了不起!"

四、水像箭一样

儿子第一次洗淋浴,仰着头新奇地说:"妈妈,水像弓箭一样射到我的身上。"

五、那盆花在树上荡秋千

带儿子去邻居家的花圃里观花,儿子忽然欣喜地说:"妈妈,你看那盆花在树上荡秋千呢!"我顺着儿子手指的方向一看,原来是一盆吊兰,正挂在香樟树上呢。微风拂过,可不是在荡秋千吗?

六、开心与关心

儿子:"妈妈,我知道关心的意思,就是不高兴。""怎么这么说?""开心的意思是很高兴嘛,那么关心,连心也关了,就是不高兴了吧?"

七、白云睡觉了

有一天从幼儿园接儿子回家的路上,他突然问:"妈妈,白云睡觉了吗?它们为什么一动不动呢?"我抬头看去,满天的白云，果然像被扯碎了的一床巨大的棉絮，凝滞不动。

八、老天爷的脾气

天突降大雨，儿子问："妈妈，老天爷为什么要下雨呢？"然后，他又自问自答了："老天爷伤心了，就下雨了；老天爷高兴了，就出太阳；老天爷要是发怒了，就闪电呢。"

九、课间是天堂

儿子终于上小学了。刚开学时，每日里回家身上都弄得脏兮兮的，问他在学校里感受如何，他眼神明显地暗淡下去，点点头勉强说"还可以"。问起课间，他的眼神立马明亮起来，说："啊，课间简直是天堂。"

十、心碎了

去外边吃晚餐，儿子说什么也不肯动筷子，说是没胃口。出了饭店，他一手牵着我，有气无力地说："妈妈，我心里好难受，我的心都要碎了。"眼看到了麦当劳店，他立时两眼发光，又活蹦乱跳起来。我逗他："你不是心碎了吗？"他说："看到麦当劳，我的心又好了。同学们说肯德基是洋垃圾，妈妈，咱们就吃麦当劳吧。"

十一、我把我的心掏给你看

在电脑前痴看一篇小说,儿子三番五次过来吵我,津津有味地说着一件事。我不耐烦地说:"不是这样的吧?"他一着急,说:"我把我的心掏给你看。"居然把手上的一件心形小玩具递了过来。"呵呵,原来这就是你的心啊。"我大笑,他也笑起来。

十二、奶奶妈妈

小孩的堂哥父母离异,从小在奶奶家长大。儿子三岁时,去奶奶家玩,忽然问我:"妈妈,哥哥有没有妈妈吗?"我一时不知道该如何回答他。过了一会儿,只听他说:"我知道了,哥哥有个奶奶妈妈。"

十三、我要是长到这么大真好

儿童节,儿子非要我领他去看看正上高三的表姐。一进校园,看到高中生三三两两地走出来,他立时羡慕地说:"我要是长到这么大真好,就可以跟朋友好好地交流了。"我问他:"小学生不也可以交流吗?"他说:"都是些小孩子。不小心碰他一下,就跳起来,说什么打他啊,立马就撞过来,然后就呱呱地叫起来。有什么意思啊?"

愿伤痛是朵冰凌花

太多的伤痛郁积在心底,没有好好地释放过。它们来不及结痂,复又叠加。有人说心底的伤痛成花,竟至让我羡慕了。我想,那该是多么凄美的一种伤痛,居然能像花开一样的美丽。而我的伤痛,虽然也在心内生根发芽,却无论如何成不了一朵花。它们纠结在一起,充溢在胸口,似一团乱麻,无处不在,触哪儿都像触痛了它。那种痛,无论如何形容不出来。有时它又似乎全然已没有了踪影,好像一切都已经过去了,然而,稍不留神,那种痛的感觉又来了。

于是我清楚地意识到,自己不过是自欺欺人地,以一种伤痛,掩盖着另一种伤痛。

人说大爱无言,而我,落到一种伤痛无语的境界。这些伤痛,甚至于让我羞于见人,耻于言爱。它们纠结成一个巨大的自卑,横亘在我的胸口,赶不走,驱不散。

为了遮盖这些乱如麻、成不了花的伤痛,这一年的三百六十五日,竟有了至少三百日的晚上,我在孤灯下加班,只为逃避那些伤痛的造访。春去秋来，我做了许多令自己也惊讶的事情，做好本职工作之外，出了专著，评了高级职称，整理编出两本在当地有一定分量的书籍，美其名曰《千年诗经》《千年游记》。我唯愿那些已历经千年的华美文字得以千年万年悠悠地传载下去。

偶尔也会写点随笔。人说我的文字淡雅如菊，这回轮到我惊讶了。原来，我竟可以把自己的伤痛捂得这么深，藏得这么好。也许，淡雅、放下，始终是自己的目标吧？所以，在自我挣扎、自我说服中，便有了那样一种不着痕迹的淡然自若。那日，只一句"知己者不必解释、不知己者何必解释"让我心中一热。

朋友圈中有一个人昵称居然叫"你是我心中永远的童话"。呵呵，心中有一个童话多好。可是，在现实面前，多美的童话也不堪一击。虽然我是如此清楚地知道她童话背后的那些真实，好几次我都想善意地提醒她。我一忍再忍，终于不忍心打破她心中的那个童话。

没能忍心戳穿她的童话，她反倒劝慰我，你也简单糊涂一点吧，保护自己就好。

我笑。我会的，尽量糊涂到麻木。

只缘修行尚浅。所以，坦白地说，恨也原是有过的，不过恨的只是自己的痴傻和较真，恨的只是自己的不能轻易放下。只愿有一天，那些爱恨皆能消融，唯剩下心底的感恩。

岁末，气温终于降到冰点以下，五十年难遇的雪灾。寒冷的清晨，推开窗，望着户外那些曾经绿意盈盈的香樟树，那些开过大朵白花的广玉兰树，还有芳香远扬的桂树，而今，已被沉重冷酷的冰霜压得东倒西歪，或死或坏。我长叹一声，无言心痛。

夜晚看电视新闻，更有许多漂泊在外的游子，因为雪灾而滞留在车站、在机场、在码头甚或是在异乡的旅馆，不能及时归家，脸上聚集的那份愁苦与那份惶惑无助，让人心生怜悯。而我的室内，开着空调、电烤炉、电热毯，我不禁又阿Q起来，想，我心里的那些小苦小痛，比起自然界的残酷，还有贫困下岗与疾病来，原不值一提。

心底的伤痛也变得愈发冷冷的，带着耻笑的意味。我想，我与它们白白奋战了一年，筋疲力尽，它们却依然还好好的，示威似的提醒着我它们的存在。这不免让我有些沮丧。我清醒地知道，疼痛终是绕不过去的。我想，既然不能很好地逃避这些伤痛，遮不住也盖不好，那么倒不如静下心来，勇敢地面对。我把伤痕一一展开，只是为了做一次很好的清创。

每个人都有可能受到伤害，在所难免的，有太多的理由让我们活着，有太多的理由让我们好好地活着。那么，偶尔的伤痛来临时，便需要我们自我清创、自我疗伤。如果伤痛果真能成花，心底有了一个盼望，盼望我的伤痛能变成一朵美丽的冰凌花。纵然，阳光久不来，但我想，冷到极致，老天爷终归有一天也会失去了捉弄的耐心。那时节，我的伤痛，便可以在春来，在花开的时候，与这寒冷的冰霜一道消融。

林下小语

一

连接感情的那根线,是那么脆弱,似乎风一吹,就会断似的。

曾经心手相携的朋友,不知不觉中竟成陌路。随着时空的改变,心与心的距离再也无法缩短,那份最初令人心动的感觉已渐趋麻木,曾经亲密的友谊化成一片随风而逝的云。没有重温旧梦的欲望,甚至不想去问一声"过得可好?"感情的变化,让你无可奈何、无能为力。

心中的空寂,那种无爱又无恨的空寂,叫人害怕,叫人惊讶!

真怕自己也会有那么一天,跌进友情渐远、爱情难觅、亲情渐淡的低谷里。我想,那时,我还会有活下去的目的和勇气吗?

二

感情的付出亦如水之覆地,再也无法收回,而且,每种感情都是那么新颖,那么唯一。你不会怀着同样一种心情,用同一种方式去关爱一个人,去怀想一个人;感情亦如流水,是时时更新的。

有所爱,有所寄托时,你便是这世间最幸福之人。

三

人首先得自爱,人恒爱之。不必让一个人整个地占有你的心,左右你所有的喜怒哀乐,你须让出一席之地给自己来休息一下疲惫的心。否则,如果有那么一天,你心中所盛满的那个人已不再需要你的爱、你的关怀,也不需要在你心中驻足停留时,你便会失去一切,心空空的,没有半点自我的存在。所以,自私一些来说,你应该在关爱别人的同时,学会爱护自己,并不断地完善自我,让自己永葆青春的魅力。

四

人们往往以为自己是天下最孤独的人,认为无人能理解自己。可为什么不互相看一看,原来别人同样有自己的痛苦,有不得已的苦衷。有趣而又悲哀的是,别人也正好以为"举世混浊而我独清"。

五

有时,明明知道只不过是一些甜蜜的谎言,却心甘情愿地上当受骗。爱情中的道理,你永远也说不清、道不明。当爱情之花逐渐走向枯萎的时候,也许,那一段情缘应该就此在心中打个结，锁住那个迷人的梦。

六

其实，寂寞、空虚都是自己强给自己咽下的果子，你未必非吃它不可。你应该拥有一片属于自己的天地，用来调养一下那颗一不小心就受到伤害的心。

交友、爱友、帮友，固然都不错，可你为什么不花点心思来关爱一下自己？别人不重视你尚可原谅，自己不重视自己则实在是一种悲哀。所以，没有真正的朋友还不算悲哀，真正的悲哀是没有你自己！茫茫人海，不知自己身居何处，更不知道爱什么，需要什么的人生，是一种糊涂的人生。

试想，如果一个人连自己在想些什么，甚至要干些什么都弄不懂，又何以去奢望别人来理解？所以，在慨叹知音可遇不可求之前，还是试着好好地检视一下自己对自己了解几分吧！

七

失意、空虚时，为什么不离开尘世的喧哗与嘈杂，寻一份自然界的纯朴与美丽？置身于绿的世界里，你才会真实地感到自我的存在。没有了许多的感叹与牢骚，那份心如止水的感觉又有何不好？

八

"得失笑傲然""不以物喜，不以己悲"，这些智者的语言都是说出来容易，做起来却是难而又难，岂是我辈俗人所能做到的？我想，能达到如此境界的，除非是神明，抑或是没有七情六欲的圣贤之人，除此之外，又有何人？得意之时，我欢歌笑语；失意之时，我涕泪长流。其实，不也是一种很真实的人生吗？

九

很多时候，你都清楚地知道，潜伏在自己内心深处的，一直有两个令你深恶痛绝而又无计可施的敌人：一是害怕孤独，害怕待在独立的空间，渴望与人交流；二是要面子，害怕别人的嘲笑。其实你早该战胜自己，早该寻回些自尊。只有自己尊重自己，别人才会尊重你。否则，你还能奢望些什么呢？

十

人之所以痛苦，是因为有欲望。倘若人的欲望永无止境，那么，人的痛苦也就注定永无止境了。每日的体验千变万化，痛苦也恰如流水，是时时更新的。活着，就好比在攀登一座无形的天梯，每上一步，都得付出相应的代价。所承受的痛苦也就相应有更高、更深的层次，有人云："小苦小智慧、大苦大智慧。"此言善也。

心处闹市

一

成功与失败,不过是生命长河中转瞬即逝的泡沫,唯有从中体验到的喜悦或痛苦,才是生活赐予我们的更有价值的馈赠。

二

幸福是什么?幸福其实是一种方向。如果我们终日像夸父逐日一样,追求所谓的幸福,而忽略了过程的美,结果只会愈来愈偏离幸福的轨道。

三

人的一生即使没有真正地美丽过,但只要由衷地快乐过,也就足够了。

四

如果有前世来生,那么我的前世是在怎样的光环之中生存的呢？是快乐大于悲伤，还是悲伤大于快乐？

五

佛自端坐高台，淡看芸芸众生为着各种愿望祈祷赐福，而佛自己的愿望，又该向何处诉说？

六

有些人，需要我们用一辈子去怀想；有些事，需要我们终生去铭记；而有些人和事，需要我们用一辈子去忘记！

七

改变我们能改变的，接受我们不能改变的，摒弃我们不能接受的。唯如此，我们才可以轻装上路，人生才可能活得更精彩。

回望鲁院

回望在鲁迅文学院学习的时光,实在是一段很舒心的日子,安静、美好。仿佛多年以来,在心里叠积起来的褶皱,被一一抹平,有了些微醺的喜悦。而眼中的岁月尘埃,也被一一拂拭,眼神变得更为洁净透亮。我想,这是大多数在鲁院学习过的人或多或少拥有过的生命体验吧。而那些互相之间表达过的,或不曾表达过的喜悦和欣赏,恍惚的或是明亮的,都在心底最柔软的地方,留下了深刻的印记。

而今再翻看有关鲁院的同学录、博客,看到那些人名,碰触他们的文字,心里都会莫名疼痛。鲁院,于我来说,是生命中的永恒的存在、永恒的念想。时光将像沙漏般,漏去许多的回忆,而鲁院,在我心里,一直不会走远。

从俗世的生活中剥离开来,置身于一种近乎童话的氛围中,不能不说是一种莫大的幸福。说实在的,鲁院的师长对于我们这些学员,几乎算得上是宠爱了。白院长那时被误诊为癌症,却承受了巨大的压力,微笑着走上讲台为我们授课。施战军院长总能发现同学的长处，恰如其分地评价学员的作品，兴致勃勃地和我们打乒乓球。而女博士郭艳老师，优雅、知性，连服饰都是那么有品位。她内心执着地坚守着一些高贵的品质。班主任陈涛老师，牺牲了太多的节假日陪伴学员，总是阳光灿烂，尽可能地付出。我还记得赵兴红老师始终甜美的笑容，严谨的严迎春老师偶尔露出的迎春花一般灿烂的笑容。那些盈盈的关爱，让人感动。

在鲁院的日子里，李敬泽、雷达等老师的课程，给了我太多的触动。每一堂课，都如同为我开启了一扇窗户，像一个封闭已久的空间忽然注入了新鲜的空气。经年以来，我囿于一个较狭窄的空间写作，几乎没有多大的进步，而进入鲁院，我忽然像找着了航向的一叶小舟。我跟着老师悉心的指点，重读那些经典，真诚地听取同学对我文字的善意的意见，并固执地表达自己对他人文字的看法和自己的文学主张。

我们五十二名学员来自五湖四海，生活习惯和经历不尽相同，写作观念也难免会有一些碰撞。我固执地认为，写作者应该尽可能地拓展与延伸自己的精神领域和视野，形成一种较高的精神趣味和审美格调，对生命保持同情和悲悯之心。

而越来越多的写作者开始向世俗化的现实生活妥协，沉迷于写作技巧的卖弄，缺乏对世间人事善意的关怀。对精神世界的领悟，多半停留在个人情感与体验的表达上，如披着一件华美外衣的稻草人，是看不到精神内核的。

我想，无论时代怎样飞速发展，无论文学的形式怎样变化，文学作品固有的美好品质应该保留下来。那就是，应该注重救赎之"美"，直面苦难之"真"和关爱生命之"善"。

一篇好作品，不仅仅可以描写一个物质的世界，还同时能营造出一个精神的空间，引发人们对生命价值和意义的思考与追问，使读者从中得到心灵的慰藉或超越苦难的力量。一个好的写作者，一定要以朝圣者的虔诚，为读者在喧嚣的尘世之外构筑一片心灵的家园。而且，很不好意思，我一直喜欢冰心、朱自清等人的散文。许多人认为已经过时了，甚至有人说他们的文字让人作呕，听到这些话，我便会激烈地争辩。我一直以为，散文抒的情不是虚情，不可以以写小说的方式去写散文，利用人家的同情心获得一种成就感，是不可取的。

与同学的那些场合各异、有关文学话题的对话和讨论，给了我许多文学上的启迪。我知道，它的作用是终生的。我终于开始意识到自己的不足，并摒弃一些成见，缓慢地成长。

同学们大多是默默用功的。四楼寂静的楼道里，你感觉不出住着人，大家在各自的房间里看书、写作。有时在食堂用餐或是在院子里那棵大的梧桐树下，遇见了，彼此友好地微笑、点头。大家都是爱好文字的，内心敏感、善良，我特别欣赏一些同学的作品，也欣赏他们的为人处世。奇怪的是，即使是开始颇有些讨厌的人，也会有足够的时间让我打消自己的成见，觉出了他的可爱。

常常地，从窗口看到天空中成群的鸽子带着鸽哨声掠过。计文君说,这是北京的鸽子独有的风景,在南方,鸽子是不带鸽哨的。她几次邀我去她朝北的小屋看那两只辛勤搭窝的喜鹊,她用手势和生动的语言描摹,她表达能力之强总是让我羡慕。然而,每次都不凑巧,等她大声地唤了我去,受了些惊吓的喜鹊已飞离正在建设中的窝,用一种很警惕的眼光打量我们。

离愁别绪弥漫着的那些日子,鲁院门前的烧烤摊、一楼的大厅,到处是同学们在依依不舍地交谈、喝酒。大家尽可能地珍惜着不多的相聚时光。

我还记得,结业那天,酒喝到一定程度后,同学们纷纷离席,去其他的桌子敬酒,我不明白怎么有那么多同学在煽情、在流泪。最后,我们桌只剩下我和郭艳老师坐在那儿,我还镇定地劝郭艳老师说,新鲜的鲈鱼很美味,多吃些。后来,我也被大家的情绪感染,站起来敬酒。现在回想起来,原来不会表达也是一种莫大的遗憾。

盛可以在院子里的龙爪树下种了辣椒,她说要等吃完辣椒再离开学校,那一抹青葱的喜悦,在她眼眸里闪着亮亮的光泽。这个写小说的女子,总有着她倔强坚韧的生命力。

而今,回望北方,回望鲁院,如回望梦中的家园。我在小结中写道:我想,若干年以后,我一定还会记得在鲁院的这种臻于童话般美好的学习生活,它将幽远深长地在我的人生之路上散发着清香,一如夏日里的七里香。

最是潇湘深夜月明时

一、云水禅心（古琴曲）

初见你时，只觉得心静若禅，只当是首飘逸柔和的曲子，清澈、澄明，如溪水般从心头潺潺流过。

却不料，当琴声响起时，却如刀在心头悄悄划过，心头为之一颤。那些伤痛的感觉竟被轻轻唤醒。那一刻，所有的委屈与思念，皆在十三弦上起舞若蝶。

月凉如水，是怎样的素手在撩拨，那些锦瑟年华？是怎样的情怀在倾诉，那些深藏的心事？心，刹那间凝重起来。如处无人的郊野，只有风声、水声、鸟鸣声。一种似曾相识的感觉氤氲开来。前世，我一定是那位抚琴的女子，于微风轻拂中，为你用心弹奏过。所以，今世的我，才会了然于胸，才会一听倾心。

新荷上，悄然跌落的，是谁千年前流下的那滴泪？丁香枝上，又是谁在轻轻叹息？而我深知，那一弦一扣中，揉着多少的爱与哀愁。

江南岸，烟云再起。今夜，纵有圆月湛蓝，今夜，纵有妙曲绕梁，然而，云山千叠，相思终无从寄。

"楚客欲听瑶瑟怨，潇湘深夜月明时。"今夜，且让我聆听、感动，渐渐为你心柔如水。

二、潇湘水云（古琴曲）

衡山脚下，水榭楼台，是谁在轻抚琴弦？琴声似灵醒的轻敲，似初阳的薄照，又似轻盈的水滴在花瓣的轻颤。

暗红的彤管草随着琴声轻舞，给这清野的乡间添了些悲怆、凄婉的意味。还有一种叫不出名的植物，也撑起无数的白色伞状花序，在旋律里震撼着。

琴声忽然激昂起来，惊起一只白鹭在田间振翅掠过。

琴声呜咽，一声紧似一声。是谁在当空舞长练，是谁在对镜贴花黄？又是谁在长亭外执手相看泪眼？

坐看云起处，潇、湘二水骤然相拥，便融为一体，流向渺茫不知的远方。而远眺九嶷山，却云遮雾绕，终不得见。

你眉峰紧锁，满腹的忧与怨，说与何人听？而你只如潜龙在田，春蚕作茧，且将心事分付一管一弦。

三、湘妃竹（箜篌曲）

泠泠丝竹之声响起，如雪山清泉般，激扬、清越，声声入耳入心。

融于这乐声中，心慢慢开阔起来，仿佛置身于洞庭湖畔，君山脚下，竹影幢幢，鸟语花香。空灵之音于平静的湖面上微微地震动着，一如明眸似水、娇柔婉转的江南女子。

可是忽然间，有风拂过，竹林幽咽，莫名就浸了一身的轻愁。而湘妃竹上那些褐色的泪痕、那些千年前暗结的伤痛，再也无法在箜篌声里轻舞飞扬。

断鸿声里，是谁在迎风含笑？绿汀洲头，是谁在搅动一池春愁？二十二弦凤首箜篌，弦弦都是怨。

那一刻，惊魂摄魄的是那份熟知与感动。一颗心，忽然就温软无力，再也不能复归初始的宁静。

"江娥啼竹素女愁，李凭中国弹箜篌。"人世间，多少的华丽转身，多少的爱恨成空。

天不老，古曲千载悠悠。

风铃鸟

微风吹动了我窗前的风铃,发出清脆的叮当环佩之声,空气中弥漫着淡淡的栀子花香。收音机里此时播出的,正是那首千古绝唱《梁山伯与祝英台》小提琴协奏曲,心头掠过的,是一种温馨与满足。

一直很想有这么一串风铃,挂在窗边,当清风摇曳时,响起一串串的浅唱低吟。然而,市面上出售的,大多是些廉价的玻璃风铃。虽然其形也美,其声也脆,但总不免让人担心,那撞击声中隐藏着一种即将破碎的美,让人不忍听,不愿听。那种真正的纯金属的风铃倒很少见。一直也很想养两只鸟,倒不一定要有多么名贵,只是那种羽毛纯白的小鸟,有着美妙的红唇,在晨曦中唱着欢快的歌。去了好几趟花鸟市场,在众多品种的鸟中徜徉,每次都流连忘返,然而又下不了决心,生怕自己买回来侍养不当,鸟儿来不及长大便夭折,那将会多么令人伤怀呀!风铃与鸟,便成为我魂牵梦萦的两件物品。

前些日子,在南岳的小镇上,我的眼前突然一亮,我见到了这样一件工艺品：上方是一个精致的鸟笼，笼中一只纯白的小鸟，仰头静栖在小片翠绿的树枝上，形态惟妙惟肖；尤其叫人喜爱的是，这是一只声控的小鸟，当你拍手，或是提高音量讲话时，它会发出清脆的啼鸣，婉转动人；而鸟笼下端连着的，正是一个金属的风铃，有着好听的声音。我当下满心欢喜地为自己买下了这份礼物，取名"风铃鸟"。

而今，风铃鸟静静地栖在我的书房前。在我写作时，风铃鸟总是在微风中摇曳出绝美的音乐，使我的内心平和而愉悦。当我疲惫时，我或朗诵或歌唱，小鸟也和出婉转的啼鸣。尤其让人喜爱的是，风铃鸟还有一种令我始料不到的功能，那就是，当我心情烦躁，说话的声音不自觉提高到一定的分贝时，风铃鸟竟也受了惊吓似的，闻声而啼，让我自觉不好意思，渐渐平息心中的不快。

而思想中的精灵，也一如那窗前静默的风铃鸟，只有当微风拂过时，才发出阵阵的浅唱低吟。

那些醒来的植物精灵

春夏之交,其实是一年之中最美的季节。许多植物在这个时候醒来、开放。我细细观察它们,渐渐悟出一个道理:花开得快,便凋零得快。比如扶桑,早上嫣然展露一张笑脸,然而,到黄昏时,便已枯萎凋零。而丁香,半个月前,便已含了花苞,却迟迟不肯开放。我蹲下来,看着那些细小的花蕾,像熟睡中婴儿甜美的脸。渴盼某一个瞬间,它会在我的轻唤中醒来。诗人笔下,丁香是静美忧郁的。它在唐诗、宋词中摇曳出不绝于缕的芳香,在戴望舒的《雨巷》里结着淡淡的轻愁。且把你一生中的空隙留下来,欣赏植物精灵在自然中的舞蹈与歌唱。

一、苦楝树

老屋门前有株青葱、挺拔的苦楝树,枝叶秀丽而繁茂,只有当微风轻拂时,才听见她低吟浅唱,却又是仪态万千,优雅而静谧。母亲在树上系了个秋千,便灿烂了我的整个童年。

春夏之交,苦楝树也有着繁忙的花事,会热烈地开了满树的花朵。那时节,小小的我,总是疑惑不已:那么高大的一株树,却开出这种温柔淡紫的小花,将心事缜密地藏于千万个花蕊中,欲说还休,欲说还休。

苦楝花虽远不及桂花的幽香,但香气却是淡雅而悠远的,直沁心脾,让人回味无穷。

间或,也有一两只羽毛绚丽的鸟,拖着那样一条长长的红尾巴,在苦楝的树枝上,上下翻飞,婉转啼鸣,翠绿中那抹嫣红让人眼前一亮。

这种温馨诱人的景象并不长久,某一个夏日的午后,你会猛然听到那样一种凄厉婉转的鸟鸣声:"这里不是久留之地。"然后红尾巴鸟就那样倏地振翅飞远,它的离去是突然的,一如它突如其来的造访。苦楝树呢,仍旧是那样静悄悄地,从容而淡定地立在那里,看不出一丝伤痛的痕迹,仍旧笑容浅浅地看着蜜蜂、蝴蝶在她的花心里唱着些不太委婉的歌谣。我想,她一定是强忍着将委屈和幽怨深藏在心里罢了,要不然,在绿叶的轻颤中,我何以分明听见她心里无数的叹息声呢?

繁花过后,苦楝也会结出一大串一大串的果实。那些椭圆形的果子,小巧精致,状如红豆,起先是嫩绿的,成熟之后变成黄色。这些玛瑙般的果实,总是一再勾起我的食欲,让我隐忍不住地向往。奶奶说:"苦楝的果子是可以入药的,不过不可以生吃,吃了会消化不良。"然而,越是这样,就越是抵挡不住那些果子的诱惑。终于,在某一个荡秋千的空隙中,我趁奶奶不备,偷偷地搬了凳子，摘了一串，终是不敢品尝，就那样久久地护在胸口，久久地闻着那股淡淡的果香。

苦楝的生命力也是极为顽强的。那年父亲不顾我的哀求，把她砍伐下来，做了家具，小小的我，心疼到流泪。

来年春天，沿着树根竟长出了一圈小树苗，父亲将周围的小茎砍掉，留下最大的一株，不久竟又是一株枝繁叶茂的苦楝树了。再生的她立于风雨之中，继续默默昭示着一种不变的情怀。

或许是童年时代与苦楝树相伴太多，在我的内心深处，便有了一种深深的苦楝情怀。我想，有了这样一种苦楝情怀，人世间，还有什么割舍不下的呢。纵然是千鸟飞过，纵然是万木同悲，总还有些挺立下去的风骨与勇气吧。即便是偶尔有些什么让灵魂隐隐作痛，那又能怎样呢？我也只能是把自己幻化成一株苦楝树，立在南国微凉的夜空下，以一种亘古不变的姿态，一任风吹雨打罢了！

二、湘妃竹

第一次见到这种植物，我心诧莫名，仿佛见到了自己的前世。一颗心，突然温软无力，被牵扯得再也不能复归宁静。那双久不曾流泪的眼里，竟有冰凉的东西在忧伤地回旋。

我想，我的前世一定就是这样一株植物了。在春光中，在丽日下，一任爱情疯狂地拔节生长，一任情感冲垮理智的大堤，泪流满面，相思成灾。任凭日月将泪水风干，只留下满身褐色的泪痕！前世的我，该是怎样一个痴情的女子，经历着怎样一场撼世之恋，千古绝唱，余音缭绕，令今世的我抚摸着那些暗结的泪痕，仍然愁肠百结，心动莫名！

原来我的情感早就在前世挥霍尽了呀，原来我的泪水早在前世就流干了呀。所以今世的我，才会如此隐忍，才能如此负重。所以今世的我，就只能任由理智挥着一把大刀，与灵魂在暗夜里做斗争，把"心"生生地劈成三瓣，每瓣都只能见到一滴仅存的泪水。这点滴的泪水，还得像金子般地捧着、呵护着，不能任它流干。流干了，"心"安何处？

有清脆的鸟语从耳际忧伤地滑过："不如归去！"把我猛然唤醒，这才想起，自己是在五月的江南，是在烟雾重锁的岳阳君山，是在青葱的湘妃竹林。

三、女贞树

早起，慢悠悠地踱到单位上班的时候，见院子里那些樟树叶子已经很茂密了，在晴空里泛着亮光，像撑开的一把把碧绿的大伞。雪松静静地立着，几簇火红的芭蕉花在大院的一角热情地开放。有时会爱极了这些不能言语，又似乎是一直在对你喃喃细语着的植物，于静默中舒展着一种别样的风情。

有清脆的鸟鸣声从绿油油的叶片间传来，此起彼伏，像一支森林之曲。

修剪得齐整的，便是可怜的女贞树。无论在何处，它们都被修整成各种整齐的模样。令人头晕的是，某些新来的花工，甚至会笨拙地把它们修剪得像新起的坟堆。尤其是清明时节，怎么看，怎么也像竖着一排排的冤魂。

　　这种人为的整齐划一，其实压抑着许多自然之美。妒贤嫉能，一直是某些花工的特长吧。想想，手中挥舞着一把巨大的剪子，把那些旁逸斜出、长势过快的女贞树枝叶咔嚓剪下来，实在是身为花工的一种简单的快乐！我想，这也是我们这座城市里，为什么女贞树这么多的缘故吧。除了女贞树，没有任何植物会这样听任修剪，而不长出些荆棘予以反抗。可是，这些人为修剪过的树木，总让人心生不忍。女贞树是安静从容的常青树种，即使在寒风凛冽中，依然摇曳着一树的绿荫，那种不屈让人振奋，所以常用来做绿篱和庭院树种。用女贞树做的盆景，也随处可见。那种伤痕累累畸形扭曲的美，让人回想起旧时妇女的裹足，驻足欣赏之余，一时心悸无语。

　　女贞树的逆来顺受，甚至让人忽略了它可怜的花期。初夏，女贞树的花冠上披着洁白细碎的花，像洒落一层雪霜。萧瑟的秋风起后，女贞树青紫的果实也渐熟了。《神农本草经》将其果实女贞子列为药中上品，说其"主补中，安五脏，养精神，除百疾"。

四、吊兰

　　搬新居时，为了清新空气，我曾专程驱车去花鸟市场买回几盆吊兰。吊兰不是什么名贵的花草,所以市场上用的都是清一色的廉价塑料盆装。不像蝴蝶兰、君子兰等用名贵的花盆装着。为着能与素洁、淡雅的新居相配,我坚持另外花钱让店主换上了黛青色的,印有蓝花图案的古典韵味的瓷花瓶。花盆下面的盆托,便是父亲从景德镇带回的碟子。安置在有葡萄架的阳台上,偌大的新居立即平添了许多的绿意与生机。

父亲看过后,心疼他买的瓷器,只悠悠地说了句:"你挺奢侈嘛。"

因为爱着这盎然的绿意,父亲的话,我只当没听见。

一天早上起来,无意之中,忽然发现吊兰已形同萎去,枯枝败叶,不堪入目。这才想起,大约已有半个月了吧,竟然忘记给吊兰浇水,更不用讲施肥什么的了。现在,看着她的枯萎,无法面对,已是一种无言的心痛。那一刻,我几乎要放弃,准备请钟点工把它们搬运出去。

然而,我还是试着给吊兰浇了点水,不抱多大的希望。不料第二天早上起床一看,竟蓬蓬勃勃地完全活过来,一派郁郁葱葱的喜人景象。尤其令我意想不到的是,其中一盆吊兰,竟还开出了一朵纯白色的小花。这是我第一次见吊兰开花,不由得惊喜地蹲下来仔细欣赏了半天。

其实,只要给它一点点水,它就会向阳生长,向美而开。给你灿烂,给你微笑,只要你愿意,它什么都可以给你!其实有时候,它期望的,不过是我们所能给予的一点点举手之劳的安慰罢了。可是，漠视是最无形的，最为可怕的杀手。我想，我差点就要错过它的美丽了。

人与人的友情亲情不也是如此吗？挫折中一个安慰的眼神，迷途中一个指点的手势，都足以令人产生活下去的勇气。那种盈盈的关爱，足以温暖人的一生。有爱心和慧心呵护的感情，才会是世界上最永恒的感情。

五、桂的清香

春天的时候，院子里大规模地移植过来一些树。稀疏的叶子，树干不见得多高大挺拔，且被粗大的稻草绳捆着，打了结实的桩。问过几个人，都不清楚种的什么树。我想，要是桂花树该多好。不多久，那些捆树的稻草绳里竟长出碧绿的秧苗了，我想象秋天里长满稻穗的样子，心里便要笑出声来了。

那些树就那样静默着，走过春天，又走过夏天，每一片碧绿的叶，都深怀自尊。

那些鲜花开放的季节，蜜蜂或是蝴蝶，从未为她们歌唱。我甚至想象，花海成阵中，它们一边吸吮着蜜汁，一边嘲笑她们无花无果的模样。在孤独的蛰伏中，她们承受风，承受雨，即使面对烈日的炙烤，也始终缄默无语。霜冷寒重，一声紧似一声的蝉鸣，终于唤醒了她们千万朵金黄，于秋风中舒放出浓郁的香。那花香氤氲开来，整个城市柔和在一种淡淡的花香中了，如开启了一坛桂花的陈酿。

有鸟语从桂花树中传来，有一种俗世的喜悦，爱极了这份大自然赋予的美丽与祥和。不能面朝大海，那么，面朝阳光，脚踏实地生活，总可以的吧。人始终绕不过去的，从来都是自己吧？心总是在有了贪念之后，才会痛苦，才会不满足，才会不自信。如果自己不心生贪念，凡事宽容，凡事慈悲，那么，便应该是快乐的吧？

自然之灵

一、蝉

那是一个秋日的黄昏,落日熔金,大地笼罩上了一层辉煌。绿油油的香樟叶泛着金光,气温高达三十九摄氏度,热浪灼人。我走进家门,开空调降温。谁知就在我关窗的一刹那,一只大的蝉忽地振翅飞进来,落到我的案前。

我起身一看,这是一只体长达五厘米的大蝉,薄而透明的蝉翼,像一位穿深色晚礼服的歌唱家。

未曾想,蝉也是一种向往光明的生物。它如飞蛾,一而再,再而三地扑向我看书的台灯。每一次,它都要遭受一次重创;每一次,只是徒劳地挣扎。我有心要放飞它,它竟然亮开嗓门使劲唱着:"实在热呀,实在热呀。"歌声高亢,雄浑有力,堪与歌唱家媲美。我颔首一笑,想:不如暂留它在室内凉快凉快吧。为了让它少受些撞击,我有意早早地关了灯休息。

如水的月华,照着我清冷的梦。半夜里,我依稀听到蝉扇动翅翼的声音,我迷迷糊糊醒来,只见一轮昏黄的明月,高悬在对面楼房的屋顶上。恍惚间，我又沉沉睡去。

早上起来，我记起那只蝉，于是满室寻找。在白色纱窗一隅，它已悄无声息地死去。这漫长的一夜，我不知它是如何地挣扎，又是如何在绝望中归去。我大愧，后悔自己一时心软，将它留在屋里。有时，过分的热心，并不见得是好事情啊。

禅说：天下万物，各有各的位置，各有各的容身处，随缘才是福啊。

二、珍珠与蚌

一粒沙，本是天地间最为平实普通的生命。他虽毫不起眼，然而活得自由快活，可以随风起舞，亦可以随波逐浪，可以在海滩自在地呼吸新鲜的空气，也可以潜入水底追鱼逐虾。可是，忽然有一天，他在混沌不知的情况下，进入了一个健康的蚌的体内。从此二者呼吸与共，血肉相连，水乳交融。

蚌将沙子孕育成珍珠的过程中，沙的粗糙最初是否将体内柔软细腻的蚌磨得痛不堪言？蚌是否想过要将他放弃？她又是如何坚忍地分泌着物质，将沙丝丝侵入、层层包裹、层层打磨。这是怎样的一份痛楚，是我们可以想象得到的吗？是我们可以经受得住的吗？人体内，如有哪怕一丝的异物，也会痛不可忍。而自由自在惯了的沙粒，囿于蚌的体内，又曾是如何痛苦煎熬过？苦苦挣扎过？我们都不得而知了。

我们只知道，若干年后，自蚌的体内取出来的，不再是一粒普通平庸的沙子，而是一颗洁白圆润的珍珠。

而相爱的两个人，注定经过多少相互打磨的痛苦，忍受多少不为人知的疼痛，才能相互成全，才能功德圆满，才能相濡以沫。

三、蛇

若有人相问，你最害怕的动物是什么？必会不假思索地回答"蛇"。那样一种湿冷的动物，一直让我惧怕。它是我童年挥之不去的梦魇。它们常常成群结队，纠缠在我的梦境中，直至我大汗淋漓地惊醒。

童年时代，走在窄窄的田埂上，常会与各类蛇不期而遇。有菜花蛇、竹叶青、蟒蛇，甚至剧毒的五步蛇、眼镜蛇。因为惧怕，所以远离，所以也从未被蛇伤害过。

有一次跟大我几岁的姐姐去山上耙柴。随着耙柴的竹具飞舞，从茶树根下的小洞里，忽然蹿出一条长约一米的蛇来，高昂着扁平的头，绿莹莹的眼侧目而视，火红的芯子从口里吐出来，吓得我掉头就跑。

上了学，每周六照例要回村中的奶奶家，归途中要经过长长的一条小溪。那时，是刚收割完稻子的季节。我唱着刚学的歌谣，一蹦一跳地回家。冷不防，前边一条蛇正等在路口，静静地注视着我。我只得转回头，快跑着走上小溪的另一条道。可是，等我走到另一边时，居然又有一条蛇拦住了去路。我只有在原地静等了许久之后,见蛇大摇大摆地溜进了稻田里,这才壮起胆子回家。

有一天,当我走向水渠,准备去捉鱼时,忽然听到很大的水响。我心中惊喜难耐:莫不是游来了一条大鱼?我快步跑近水渠。不料,是一条大的蛇正在水里闹得欢呢。我一时头晕腿软,庆幸自己还没有下到水渠里。

记忆中最深的一次,是我翻箱倒柜地找那副乒乓球拍,待掀开床上的垫子,忽然发现床头处有一团暗花的什物,以为是一只花鞋底呢,不料凑近一看,是一条大花蛇。我吓得惊叫起来。奶奶说竹是蛇的舅舅,便央了本村的人,拿来一根长长的竹棍,点了香火,口中念念有词,终于把蛇引出了家门。此后,一直不太敢东翻西翻的。

《圣经》故事里,亚当因听信蛇的谗言,偷吃了果子,和夏娃一道被逐出了伊甸园,从此知道羞耻,并在仇恨、嫉妒、穷困等种种情感中挣扎。"耶和华神对蛇说:'你既做了这事,就必受咒诅,比一切的牲畜野兽更甚。你必用肚子行走,终身吃土。'"

《新白娘子传奇》里的白蛇和青蛇,是唯一让我产生好感的两条蛇。由赵雅芝扮演的白素贞,历经千年修炼,变得神勇而果敢,并已化为人形,能直立行走。为报答许仙千年之前的救命恩情,她不惜以身相许。许仙虽是那样一介手无缚鸡之力的文弱书生,白素贞却依然待他深情款款,演绎出千年绝唱。历经千难万险的白素贞,此时已一扫蛇的邪气,变得温雅有礼,知性善良。

而修炼五百年的小青，亦是多情多义，与白素贞情同手足。

古代图腾中，也有视蛇为神明的。蛇杖亦是国际医学组织的标识之一。某药店开业时，要做一徽标，我钟情于三叶草，设计师提议用蛇杖来做。我期期艾艾地说，好是好，可是，我一向怕蛇呢。设计师闻听此言，朗声大笑起来。

四、鸟

周末回家，一进门，便传来清脆的鸟鸣声，如此近切而生动。我诧异地抬头，正迎着可儿狡黠的笑。她调皮地说："奶奶又养了两只鸟呢。"我循声去到阳台，一看，闲置了许久的鸟笼里果然有了两只小巧精致的，类似云雀的小鸟。

母亲刚退休那两年，热衷于养花种草，终日里翻看花卉书籍，精心浇灌，施肥除草。家里阳台上，四季盛开着各种姹紫嫣红的花儿。我又替母亲到花鸟市场买来两只红嘴绿鹦哥，母亲精心饲养。真可谓锦色添声，静中有动，家里一派春意融融的景象。

春节回家，两只漂亮的鹦鹉已在宽敞的客厅里飞来绕去，在前来拜年的亲友肩上手上驻足停留，悠闲自在地梳理羽毛。偶尔叼走亲友手中的松子或葵瓜子，极优雅地嗑开食用，让亲友大为惊喜，也让母亲脸上喜色大添。

母亲先后喂养了六只鹦鹉，因为一再面临失去的痛，此后几年没再养鸟。

此刻，鸟笼中的两个清新伶俐的小家伙，时而警觉地把眼瞪得圆圆的，侧耳倾听，时而叫声尖锐地在笼中左飞右突，寻求出口。

我好奇地问母亲："这是喂的什么鸟？"母亲笑着说："是从户外飞到鸟笼里来的呢，我放了些米在鸟笼里，鸟儿就自觉飞进来觅食了。"我望着这两只可爱的"不速之客"，不由替它们担忧起来。它们终日在大自然中自由飞翔，而今，因为食了笼中的粮食，迷惘不可知的情况下，被困在了鸟笼中。即使食无忧，即使日晒不着，雨淋不着，可是，少了那份自由，它们又怎能甘心？

可是，如果强行让母亲打开笼门，母亲一定不舍得。看着那两只正在焦急地寻找出口的鸟，我试探地问母亲："你觉得它们可以适应笼中的生活吗？""我想不能，"母亲语气肯定，接着又惋惜地说，"四天前飞进来的那只，因为一再挣扎，已经没了呢。"我说："那么，不妨把鸟笼的门窗打开，让它们来去自由吧。"母亲同意了，立即打开了鸟笼。有一只鸟终于试探着飞了出去，不到一刻钟，它又飞回了笼中，与它的伙伴上下翻飞，清脆啼鸣。

那一刻，我想，当我们刻意要拥有时，也许只会使其加速地失去。名利如过眼烟云，财富亦不过是生命里的匆匆过客，唯有情感，唯有文字，才可以永恒持久。且让我们学会感恩宽容，学会惜缘惜福，抱着失去的心，才可能更为长久地得到。

梦中的白兔

母亲退休后,便在阳台上种了些茉莉、扶桑、三角梅之类的花。夏日里摇曳出缕缕清香,把整个阳台装扮得流光溢彩。

母亲生日那天正值周末,我赶回家中。母亲早听人说南街有一个宠物市场,便想去看看。由于骨质增生引发起居坐卧诸多不便,母亲已很久不曾上街了。

这是一个晴朗的天气,我搀扶着母亲,七岁的侄女可儿在后面亦步亦趋。阳光温柔地洒在我们的身上。

经过若干个服装店、美容店之后,我们好不容易来到南街。母亲的脸上流露出兴奋的光彩。然而,走遍了整条南街,并没有找到别人所言传的宠物市场。

忽然,我们的眼前一亮。几只可爱的小白兔正在路边的笼子里跳来跳去,悠闲地嬉戏玩耍。纯白如雪的毛在阳光下闪闪发亮。可儿眼睛盯着那些灵性的兔子,双腿便再也不愿移动,执意要买一只兔子回家。母亲也笑意盈盈地盯着那些兔子看。

于是可儿央求卖兔子的小贩:"把这笼兔送给我们行吗?"

最终，我们还是抵挡不住那些嘴唇红润、伶俐可亲的兔子的诱惑，挑中了一只毛色纯白的兔子，用一个网袋兜着。又买了些菜叶，可儿兴奋地提着跑到我们前面去了。

回到家里，母亲找出一个硬纸盒，我花了整整一个下午的时间，用小刀在纸盒的四周刻出一个个小窗户来，一个简易的兔笼便做好了。母亲又找出个塑料的方形小盒，放置在兔笼里，一边装上水和菜叶。小白兔就这样住进了它的新家。它好奇地伸出脑袋打量着我们。

有一刻，兔笼里的小白兔就那么侧着脑袋与我对视着，它的眼神孤傲而美丽，在炎炎的夏日中显得如此宁静。我痴痴地想，这样一种动物为什么有着如此高贵的表情呢？在笼里欢跳扑腾了一阵之后，小白兔就丝丝缕缕地吃起菜叶来，一副惬意的样子。

回到雁城后，我每次打电话，都要问候一声那只纯白高傲的小白兔。

忽然有一天，母亲略带伤感地告诉我，白兔死了。原来，母亲买回一些青翠欲滴的菠菜，给白兔喂了些。白兔似乎很爱吃这新鲜的菜蔬，然而吃下去后不久，两腿便开始乱蹬，浑身抽搐起来。半天之后，白兔终于阖上了它美丽的眼睑。母亲不住地叹气说，悔不该让白兔沾了那贪心菜农上了药的菠菜。可儿因此大哭了一场，一个劲儿地让母亲赔她的白兔。母亲和可儿把白兔埋在了学校背后的小山上。电话的这端，我不由得呆了半晌。

许多次梦中，我又见到了那只小白兔，它的眼神是如此忧伤而美丽！

简单活着

院子里一片静谧，连秋蝉的鸣叫也渐渐消失了。深蓝的夜幕上，半个月亮寂静着，只有一枚孤星，不离不弃地陪伴着。而这个季节，我的沉默，越来越如冰川般灼目。

这样的夜，是真正属于自己的安静时光。

人到中年，活得越来越简单，不过是一蔬一饭、一茶一书而已。不肯轻易苟同，不肯轻易妥协，很多时候，便选择无言。也越来越相信，懂我者无须解释，不懂者不必解释。若遇知音，便可以海阔天空，肝胆相照。即便只是相对坐着不说话，可以自由畅快地呼吸，也是一种享受。有一种无声的美好。

而对于别人的误解，宁愿相信他是无心与善意的，这样比较容易心安，也会过得相对轻松些。人生苦短，带着沉重的心思上路，必然会累。我懒，希望短暂的生之旅，不要太负重。锱铢必较地活着，多辛苦，所以时常地用阿Q精神胜利法安慰自己。释怀，也是一种自我调节的能力。我的U盘丢失了，里面贮存着这些年已发表的原稿和尚来不及改好投递的初稿。我虽然懊恼，但一言不发。一如当年贴满自己发表文章的剪辑本一样，失踪得莫名其妙，这么多年过去，它一直下落不明，而我一直缄口不提。我想，唯一能做到的是，无论遇到了什么事情，都不能停下我手中的笔。

我并没有预想的那样慌乱。我想，也许有些东西是注定要失去的。我每天视若珍宝地从家里带到办公室，又从办公室带到家里，可是，一不留神，它还是丢了。丢了就丢了吧。该出的书稿已经交付出版社了，正修改的书稿呢，家里电脑里还存着一部分。

我一向是个随性的人，偶尔还会开些小玩笑。不经意的，便让人不舒服了，自己还懵里懵懂地，得意于自己的风趣幽默。午夜梦回时，躬身自问，也会后悔自己的口无遮拦，虽然并非恶意。怕自己于不知不觉中，因过分的率真而伤害了别人，给人带来不愉快。也自知口拙，一向不会巧言令色。很努力地改，但过了一段时间又忘了，又喜形于色，又口无遮拦。等吃到哑巴亏后，恨不能像鸵鸟一样把自己的头埋进沙子里。

人生百态，一些人喜欢成人之美，一些人却反其道行之。对于生活中的点滴帮助，甚至是一抹真诚的微笑，我都深怀感恩。对于那些善意的付出，我此生未必就能回报。而对于那些有意的伤害，我未必就要报复。记得一位远方的文友说，对于一些心态不平衡的人，与其报复，不如以同情、怜悯之心去理解他们，也许更为妥帖。是的，人生处处充满磨难，活着就是一种漫长的修行。

　　这段日子其实是忙碌的。干了许多的活，不过是证明自己还活着，唯如此而已。百忙之中，应《知音》编辑之约，去采写一篇父子换肾的深度报道。采访中，患者谈起父亲对他叛逆的谅解，几度流泪。细心的父亲替他拿来餐巾纸，默默地为他拭去腮边的泪水。我忽然心生不忍，连声道歉，在他刚换过肾，身体稍稍好转之时，让他情绪起波澜。他却连声说没关系，如果能通过报道，让那些患了肾衰竭、又找不到相同血型肾源的人，有生还的希望，是他最大的心愿。他说在治病期间，眼睁睁地看到有些病友筹措了换肾的资金，却因为长时间等不到合适的肾源，绝望地离去。而他，在自己患肾衰竭之际，幸有老父亲不计前嫌，甘愿将自己一个肾换给他，他才有了重生的机会。是的，生命中的赤诚挚爱，不到生死攸关的那一刻，是难以体会到的。

　　家乡的小城举办土菜文化节，邀请到央视的《激情广场》栏目组助兴。一位在小城身居要职的朋友盛情相邀，想着正好顺道看看父母，便告了假。

　　没在宾馆用招待餐，不过是贪恋母亲做的家常小菜。到家时，母亲正在厨房忙碌。不过是深秋，她却添了厚厚的毛衣，略显臃肿和苍老。母亲做得一手好菜，小炒羊肉、溜白薯、素炒木耳、青椒焖鱼等，不过是几道家常小菜，却被她做得有滋有味，很是地道。

　　换好发放的服装，我和母亲排队进广场观看节目。母亲仍是腿痛，她告诉我，医生说她的关节里有骨膜碎片还有骨刺生长，要手术才能取出。母亲摇头说，都这么大年纪了，手术就不必做了。她已历经大小七次手术。

广场上红旗猎猎。歌手大多是从北京请来的，来自空政的易秒英和来自海政的陈笠笠，老家都是湖南的，唱的是清一色的红色革命歌曲。这些年，也去过别的地方看过这种大型的文化活动，大多是趁机会宣传本地，做些地方特色极浓的节目。而我的家乡，却显得过于纯朴本真，除土菜节获奖厨师颁奖活动有些特色外，无他。

母亲开始在我耳边轻轻地诉说一些人与事。

原来，三舅前两天过世了。在那个偏僻的小山村，曾经英武的三舅突发脑溢血，一切的抢救措施都来不及。从突然发病到去世，不过短短几天时间，母亲回老家去看望过他两次，然而无济于事，三舅终归还是与她阴阳相隔。匆忙中，母亲还差一点遭遇车祸。母亲兄妹七人，她排行第七。外祖父早逝，外婆含辛茹苦地把她拉扯大。几位兄长都当过兵，母亲借钱用功读书，得以跳出农门。而今，兄弟姐妹都相继离去，仅存她在人世活着。我侧身看了一下母亲，她两鬓斑白，头顶上新长出的发根也在阳光下白得刺目，忽然觉出她的孤独与沧桑。我嗟叹之余，母亲却悠悠地说，他活得那么艰辛，去了倒也是一种解脱。

是的，母亲仍是那么坚强。身体的衰老，并没能改变她内心的坚定。生活中的磨难，也只是让她变得更加从容与豁达，总是以善意烛照人心，以温暖鼓励亲友，活成了家族的一棵精神之树。

由于长年在外工作，对于年迈的父母，我并没有尽到赡养的义务。父母退休后，安然执子之手，与子偕老。他们尽量不给儿女添麻烦，顽强而有尊严地活着。于儿女来说，是莫大的福气。

正想着，北京一位编辑来电，问有没有关于幸福的稿子。我想，简单活着，便是人生最大的幸福了。正在拥有的才是最为真实和珍贵的幸福。那些要走的，终归是自己得不到的，也是命里注定不属于自己的。不如善待，并以微弱的心灯照之上路。是的，在时间的长河里，浮华名利亦不过是稍纵即逝的泡沫。我们都不过是匆匆的过客。我们还有什么理由不真心善待？不虔诚感恩？不释怀爱恨？

试着学会删繁就简，从容面对尘世纷扰。只求简单地活着，尽量开心地活着；只求简单地爱着，尽量安心地爱着。已然足够。

隐蔽的快乐

有些快乐是源自内心深处的,如细细的泉眼,那样自然而然地微漾开来。这时,你眉目疏朗,展颜一笑,觉得上天真是待你不薄。有如此好的心境,有相对健康的体魄,还有什么比这更让人快乐的呢?曾经跟一个朋友探讨起"舒心"这个词。我说,舒心是心像熨得妥妥帖帖的衣服,不起皱,透明、简单、明了。如此心便觉着舒服,简言之,是舒心。而那些心眼多、心事重的人,藏着掖着,有些欲盖的弥彰,有些待圆的谎言,有些不足与外人道的小小伎俩,心承载了如许的秘密,必定累得层层叠叠地起皱、起茧,又如何能舒展开来?快乐肯定也就少了许多。

古人云:"天地有大美,于简单处得。"的确,心思越单纯的人,越容易满足,也就越容易快乐。你在行走时看到沿途的花草,或是听到好曲,欣赏到一段好文,都是快乐的由来。

阿甘笨,但他执着,锲而不舍,终能获得外人意想不到的成功。

知足者常乐。人复杂起来,或是,当人自以为聪明起来,觉得自己应如何如何、怎样怎样，陷别人于不义之中，很把自己当回事时，就容易犯蠢劲了。可悲的是，还尚不自知，以为能融入世俗当中，游刃有余，因此沾沾自喜。

真正的快乐是无声的，无以言表，无须刻意张扬。那些喧嚣的，需要展露给别人看的，带着表演性质的快乐，其实并不是真正的快乐。它需要太多旁人的认定。

秋日的午后，从纷杂陆离的人际关系中抽身，做短暂的逃离。泡一杯绿茶，看茶叶在沸水中轻展、曼舞，做最后一次舒放，茶水浮在舌间，有一种微涩的甜。细细地品读一些文字，灵性、智慧，入眼入心，仿佛一场前生的约会。

有阳光温暖如许，心里是欢欣的。这份隐蔽的快乐，不需要也不足以道与外人听。

空气里弥漫着一种若无若有的淡雅的花香。原来阳台上的丁香花终于开了。我满心欢喜地蹲下来，细细观察。四十多天了，丁香花一直默默地举着花蕾，而今，在帘外风的呼唤中，这些花骨朵终于绽开笑颜，露出这样纯美的笑容来。

丁香花枝叶柔韧，清高绝美。中间的几瓣，有着小巧精致的蕾丝花边，像古罗马公主竖领衣裙上的荷叶边，显得典雅高贵。

楼上那位在楼顶花园种了许多菜蔬的邻居，说起种菜的好处时，眉飞色舞。他说，在城市里重温菜农的感觉，真的不错呢。末了，他肯定地对我说，种菜肯定比种花好。

可是，当花丁也不错呢。种菜宜身，而种花宜心呢。活着的理由及快乐，往往在于那一点点爱好，让人心生向往。

有些文字，若清流，若彩虹，是这世间不可多得的，也只有彼此懂得的人，才能照见内心。好的文字，一如花开，醇香醉人，读毕，唇齿留香，仿佛不经意之间，连空气中也有了暗香浮动，眼中有了花瓣纷飞。

有些语言，只有寻梦的人，才能彼此听得见。

看惯了风雨的年纪，心慢慢地淡定下来。一切皆由心生，心近，便近了。所谓天涯咫尺，心生间隙，远了，便咫尺天涯了。

有一道测试题是，以下几个景观，你最喜欢哪个：崎岖山路，和食物有关的景色，草原风光，海天一线的远眺景色。我本来骨子里爱的是海，可犹豫了一下，选择了草原。再看答案，"你的性格特质就是勤奋，你从来不贪图，只要把分内事完成，就觉得愉悦满足"。由此说来，我的性格注定一生奔波劳碌。而我心中却怀有美好的梦想，这便是我一路辛苦的由来。我脾气倔，不会偷懒，不会讨巧，更不会走捷径。

我想，为什么自己会那么喜欢植物呢？因为它们无声无息中传递着美好，不贪心，不抱怨，不具有攻击性。喜欢它们，亲近它们，分明是有了一种避世的倾向。然而，又不能因此而自闭起来。有些东西，必须面对，无处逃逸。

有些生命里很重要的东西，缺失了之后，不会使人迅速枯萎，它只会，使日子一天天地暗淡下去。

师问："世间何为最珍贵？"弟子曰："已失去和未得到。"师不语。经数载,沧桑巨变,师再问之,弟子曰:"最珍贵莫过于正在拥有。"

是的,唯有正拥有的才是最为真实和珍贵的。那些要走的,终归是自己得不到的,也是命里注定不属于自己的,那么不如善待,并以微弱的心灯照之上路。

真正的快乐也是无言的。累有时并不是来自形体的,而是心累。人往往会从一种忧思里逃出,又遁入另一种忧思。心,其实更渴念的是充实吧。哪怕再累些,仍然会觉得愉悦。

一直是喜欢安静的人。一路安静地走来,走过花开花落的春,走过落红成阵的秋。

岁月更迭,流年飞转。愿或不愿,时光之手,都将翻开新的一页。

我想做农人

汽车在一望无际的田野上奔驰,扑面而来的,是一望无边的稻田。冒着青烟的农舍前,桃红李白、芳草如茵。内心突然有个强烈的愿望,我想做一个农人!在春天里播种,到秋天,便是金灿灿的收获季节了。那种丰收的喜悦,是一种纯真的、朴实的、痛快淋漓的喜悦。

我想做个农人,在院子里养几只鸡,池塘里养几只鸭,可以充分地享受阳光、空气,享受大自然恩赐的雨露。这不是一种很好的人生吗?

人们千方百计地脱离贫苦的农村,终其一生,又无时不在苦苦地怀想农村的山山水水,一草一木。一位友人慨叹:奋斗后没有收获,成功后没有喜悦,不也是一件很悲哀的事情吗?

星期天看中央台《佳雪女人的故事》,那位援藏的女主角说了这样一句话。她说,现代的都市人大多是皱着眉低着头在路上急匆匆地走。闻听此言,我不由得笑出声来,是啊,为什么会如此呢?捧着一颗焦躁不安、急功近利的名利心,在钢筋水泥的围城中，在尘埃飞扬的大街上，在浓烟滚滚的废气里，去钻营、去投机，把自己弄得面目全非，甚至支离破碎，那又何苦？名利像无形的鞭，赶着众人夜以继日，明争暗斗。浮躁的都市人，何时才能从无谓的格杀中惊醒？

所以，千百年来，许多饱学之士最终弃甲归田，隐居南山。鄙人既非饱学之士，更非圣贤之人，只是一个普普通通的尘俗之人而已！然而，此刻，心底有一个愿望不可遏制地升腾：我想做个农人，一个上古时代的农人，一个纯粹的、与草木相伴的农人，一个守望着一季收获的，日出而作、日落而归的农人，一个在风中歌唱、在雨中欢笑的农人。

人生百态

一、散

终日的忙碌中,她忽然在 QQ 上见着卿的留言。原来,在湘读研三年的卿终于回了鲁地。她长卿几岁,想起卿曾"姐姐、姐姐"地甜甜叫唤,还有那些轻俏明丽的文字,她忽然有了些若有所失的感觉。

她不过是在一个网站上偶尔看到卿的文字。卿的文字清冷优雅,写的是古典韵味颇浓的小说,那些个湘竹帘动,美目流转,水袖轻舞,一下子进入了从小深受母亲影响,喜爱戏剧的她的内心。无异于雪地一枝红梅,于那些无病呻吟的杂草丛中,傲然一树清香。"淡挑青灯执古卷,隔窗风雨任喧哗"合了她的口味。

那一刻,她心中颤然。

不日,卿也从众多或浓墨重彩、或轻浮缥缈的文字中,独独喜欢上了她的文字,双方温雅又不失礼地相互问好。

偶有诗词来往,全由卿起头,她不过是淡淡地回应。

那年的七夕,卿给她打来电话,也无非是诉说些母亲得闲在自家院子里种的瓜果菜蔬之类的,她听了,心中有些温暖,也仅此而已。

那年,她感冒上火,出身世代中医之家的卿来短信,指点吃什么什么药,她果然很快好转。

卿也曾说过要来看她,两座城市相距不过是火车一个小时的行程。她总有小小的借口婉拒,心思细腻且颇为自尊的卿便自此不再提及。

卿说:那晚梦见你,沉静端庄的样子,是我喜欢的神态,醒来后想给你发消息或打电话,却怎么都联系不上。

她说:一直喜欢你的文字。

卿说:知道,所以,很感激,知遇之恩,哈哈。

她说:我对你何来恩,反而欠着你的情。

卿说:论坛里,也只有你的文字让我心动。可惜。

想起卿在论坛上写的那段文字:斯是有证,无可为证。被她偶尔看到,嘲笑为林妹妹般的叹息。卿反驳道:有证无证,心如明镜。

她再去论坛,查卿那些美的文字,不料显示的,是该用户已注销。

她笑,有些欣赏,只需远远的,已然足够。如水中月、镜中花。

而今,分明是散了,各自天涯,从来没有相聚过。

相交,始于文字,止于文字,便好。

二、物价上涨

无人售票车上,一妇女投币后,掏出一把零钱,坐下来细细清理,一面仰头向坐在后排的同伴说:"为了方便,我特意把家里的零钱都带上了。"她的脸长条形,穿着一套看不出牌子的白色运动服。这身打扮令她乍看还显得年轻,细看,却有一些皱纹在她的唇边聚拢来,使得她长条形的脸如秋后没有及时采摘的丝瓜,充满了沧桑感。后排的那个圆脸短发的女子答道:"现在零钱不经用啊。"她一扬眉,迅速道:"连整钱都不经用,何况零钱。"一车人大笑。

三、都是风惹的祸

集体宿舍的一楼住了对年轻夫妻,那妻子是个惯常描着浓眼线的黄短发女子。某日下晚班回来,忽然见床上有根黑色的长发,便一把揪住了她的先生,厉声喝道:"你好大胆,居然敢把女人领到家里来。"先生莫名其妙,一时百口难辩。两夫妻便一顿好吵。

隔日,该女子正临窗打扮,一阵风吹过,一缕黑长发飘飘然落到靠窗的沙发床上。和前日的长短质地一样,她立时跳将出去,一看,原来二楼住的一位妙龄女子正在梳头呢,她恍然大悟:都是风惹的祸。

四、不是我做菜

她与姐姐去附近的一家饭店吃饭，坐定下来，有两只苍蝇受了惊吓，乱舞起来。她心生嫌恶，立时起身，看到不远处有桌客人已买单，便要求换张桌子，系着青裙的服务员满脸堆笑地说："到哪儿不一样啊，店里到处都有苍蝇。"

姐姐笑："真是傻得可爱。"她只得又坐定下来。不一会儿，服务员端上一道菜，顺势扯桌布抹了一下手。她笑起来："什么素质啊，这是！"又上一道菜，服务员复又来扯桌布抹手。她忍无可忍，说："你应该用自己的围裙抹手啊，怎好扯桌布呢？不雅观。"服务员笑嘻嘻地说："围裙难洗啊。你不高兴我就不用这抹手了。"她摇头，只想快点吃完离开，便说："你替我去看看下道菜什么时候能上？"服务员说："菜来了我就端上来了，我也不知道什么时候能出来啊。毕竟不是我在做菜，对吧？"她大笑："很对，你忙你的去吧。"

秋日的私语

一

偶过憩园,听到花开的声音。回眸一看,彩蝶斑斓、绚丽、灿烂。有谁会料到,正是这擦肩而过时的回眸,一株树的弦语,竟凝成胸口亘古不变的轻颤。而往事辉煌如血,掀起层层波澜。猝不及防,湿我青青的衣裙,淡妆的容颜。从此,那些无眠的静夜里,爱而不能的悲伤,便如水草一般在内心深处摇曳蔓延。

二

我吟诗作画,只为把刻骨的思念,酝酿成一坛芬芳的酒。无数次见过你的容颜,在花香馥郁的小径,在风送笛声的黎明。梦里的你,浅笑嫣然。而今,我跋涉千里,只为相逢一刻的欢颜。相思,这坛酝酿太久的陈酿,开启的刹那,便已沉醉千年。执手无言,你离去的那一瞬,长风满怀……

三

等你,忽然有清脆的叮当环佩之声响起。蓦然抬头,见你自视线之外款款而来。你的眼神深邃如斯,又如湖水一般纯净湛蓝。

风在林梢,鸟在云端,而你,莫名地就栖在我的心头。如若从未相逢,是不是就不会有依恋?

冬日里橘红的太阳在山间跳跃,与火车一同赛跑。千里之外,思念渐行渐远。

依然想你,梦里雪落无声。

四

秋色渐起,遥远的彼岸,芨芨草枯了又荣,勿忘我败了又开,红帆点点,何处是思念停靠的港。海鸥迎风而上,眼眸明亮而忧伤。无法触及,无法淡忘。父亲的脊背,驮着晚归的那抹夕阳,母亲的手,沾满稻草的芳香。南飞的雁,瘦成一阕宋词。乡愁,远在袅袅的炊烟之上。

五

妈妈告诉我,萱草能忘忧,我采撷了许多。碧绿的叶,橘黄的花在风里飘,那么多的忘忧草,足够忘掉所有烦恼。一路行来,却怎么也忘不掉你的好。七夕夜,两颗星,一座桥,温暖了人间的别离,照亮了尘世的祈祷,我看见忘忧草在银河里摇。岁月轮回,你在彼岸,我在此岸,忘不掉那些哭泣与欢笑。我不会给你打扰,我只是长在你心上的一棵忘忧草。

六

前世,我不过是君山脚下一株静默的斑竹,为你相思成灾,泪痕满面。今生,我所有的心事,串成一串风铃,静默于你的窗前。那些心语的浅唱,你可曾听见?

今夜,圆月湛蓝,烟花绚烂,梵歌声声,经筒已为你转遍。可是亲爱的,你可曾梦回江南?

隐忍与思念,汇流成河。胸口刹那的疼痛,猝不及防。谁能敌得过,岁月日日无视地流淌。

七

盛夏,雨季,一些苍白的爱的诗句,慌慌张张地敲你门窗。而你年少的倨傲,让那些细致的情怀,轻易地洒落一地。而谁会知道,多年以后的你,怀着一颗忏悔之心,俯拾起那些爱的碎片,仍然心疼莫名。那些爱的细枝末节啊,也足以温暖人的一生。

有云雀的歌声自天外响起,那些爱的玄语,深深地嵌入你的梦境,令你拼却一生,也走不出那个夏日的雨季,走不出那长满青苔的记忆。如果,真有轮回,请你,请你,一定要温柔地对待那些最初始的诗行。

八

晨光乍现,叶儿一碧如洗,桃花开得正艳。你在诗经里浅笑,你在宋词中徘徊。梨云梅雪,花落花又开。

你穿越唐风宋雨,化作一只蝶前来造访。你可否看见,我所有的花瓣都在阳光下尽情绽放?花香满径啊,粉红、浅白自清妍。你能否认出,哪朵是我千年等待的容颜?

衡岳韫玉女儿姝

有道是"衡岳韫玉,蒸湘藏珠",衡阳女子纳衡山之灵气,吸湘水之膏泽,一个个出落得如清水芙蓉,个性中既有北方女子的爽直利落,亦不失江南女子的温婉淡雅。别看衡阳女子低头巧笑时有着不胜凉风的娇羞,却是绵里藏针,柔中带刚,可谓韧性十足。

衡阳女子多侠气。湖湘文化积淀下来的敢为人先的大气和果敢,像一条生命线,深深地融进衡阳女子的血脉里。翻开史书,从汉风唐韵的册页,到 21 世纪的长风,可谓千年弦歌不断,千年翰墨飘香。而唐群英、伍若兰、毛泽建、夏明衡,这些真性情女子,在近代史的长河中熠熠生辉,令人景仰。

在井冈山的雕塑园里,站立着一名器宇不凡的双枪女战士,她是朱德的妻子伍若兰烈士。湘南暴动时,她为了掩护朱德而惨遭敌人迫害。美国友人史沫特莱《伟大的道路》一书中,曾记载了朱德赞誉她的一段话:"她是个坚忍不拔的农民组织者,是一个又会搞宣传,又会打仗,能文能武,智勇双全的难得女子。""烈士碧血洒大地，化作幽兰吐芬芳"，逝者长已矣，而那些可歌可泣的流金岁月里的往事，被时光之手翻转成辉煌的一页。

去女权运动先驱唐群英的故居参观时，正是七月。车子行驶在机耕道上，扬起漫天的尘土。是吾家的吟香园里，汇集着海内外人士献给她的诗词翰墨。当年，她不顾身为曾国藩湘军将领的父亲劝阻，与秋瑾赴日求学，只为理想与信念。她胸怀丘壑，心忧天下，成为中国同盟会第一个女会员。为争取女子平权，她大闹同盟会，掌掴宋教仁。后听从孙中山先生劝导，耗尽家产兴办女学，以致晚年生活困顿。她与蔡畅、秋瑾、向警予、宋庆龄、邓颖超等一同被中央认定为"中华百年女杰"。她领导的女子参政运动，载入了世界妇女运动史。

源远流长的湖湘文化赋予了衡阳女子以果敢刚毅的品性，无辣不欢的饮食习性，也让她们的性情里添了泼辣的一面，行事风风火火，行侠仗义。她们小小的清梦，是身骑白马，仗剑天涯。她们性情耿直，不惹事不怕事，她们多情重义，敢爱敢恨，喜欢为朋友两肋插刀。若有亲友相托，一定尽力而为。路见不平，最先拔刀相助的，十有八九是衡阳女子。有着侠义之气的衡阳女子，一旦被惹急了，嘴上什么狠话都能说出来，却是刀子嘴，豆腐心，心底如水般柔软。她们纵横政坛、驰骋商场、泛舟学海，从不甘落后。纵使再寻常的衡阳女子，也不会讨巧卖乖，不做依附的藤蔓，即便开不了花，也要努力朝下长根须，活出树的模样，向着天空，向着大地，发出自己独特而真实的声音。

衡阳女子多才气。学者资中筠，言情大师琼瑶，先锋文学标杆残雪……在文化的长卷里，她们有着不可或缺的地位。资中筠眼界开阔，对民族命运的忧思，对文明和正义的呼唤，彰显了知识分子的良知和胸怀，让人心存敬意。

琼瑶为故乡写下的歌谣也是饱含深情："回首衡阳，遥望湘江；白云深处，是我故乡。寄语白云，归我故乡；告我亲人，未曾相忘。浪迹天涯，怀我故乡；眉间心上，皆我故乡。"

残雪曾被视为先锋派的代表人物，在中国文学界是一个极为独特的存在。她不断开拓和挖掘深层的精神世界，具有鲜明的个性化创作风格。她以纯粹艺术家的感悟，结合自己的创作观念和体会，独辟蹊径，以创作与评论相融合的文体形式，对卡夫卡、博尔赫斯、歌德、莎士比亚、但丁等经典作家做了全新的阐释和描述。其作品多关注女性内心状态，对其给予深层关怀。

衡阳女子多灵气。"淡烟十里锁江楼，湘水南来抱郭流"，因有湘江绕城而过，这座城市灵动起来，也赋予了衡阳女子特有的灵性，而南岳烟雨让她们有着别样的柔情。曾获世界冠军的运动员凌洁、周艳辉，著名的节目主持人仇晓、柳岩、YOYO，电影演员伍宇娟均来自衡阳。

灵性的衡阳女子，总有办法把日子过得摇曳生姿，举手投足间有着与生俱来的气质。她们三五成群，喝茶、品酒、谈论国事，一点也不让须眉。她们既不故步自封，又不至于妄自菲薄，总能很好地在俗世的日子里找到适合自己的坐标，在传统与现代中找到自己的平衡点。她们敏感而不流俗，她们从容而自信地保持着小城女子独有的雅致与美好，不至于被各种潮流冲晕了头脑。如同衡阳随处可见的竹，清新、淡雅、挺直，自成风景，美丽而且自信。

她们在各自的岗位上奉献着绵薄之力。闲暇时或是轻舞水袖，明媚的脸，委婉逶迤的唱腔，不尽地演绎着人世间的悲欢离合；或是挥斥方遒，妙语著华章；或是挥毫泼墨，寥寥数笔，就氤氲出几片芦苇和一塘荷花，正是水墨画的最佳境界。

衡阳女子活得不紧不慢，不慌不忙，因为她们知道，峰峦托日，来路正长。她们播种着希望和幻想，也收获着小小的荣光。她们尽可能地让艺术与生活交融，努力活成自己想要的模样。

"一代女魂"与玉泉寺

"湛湛玉泉色,悠悠浮云身。闲心对定水,清静两无尘"。始建于明朝初年,历经六百年青灯古佛的玉泉寺,经异址重建后,静静地栖在湘江岸边书院南路的闹市里。青砖、黛瓦、黄窗、绛柱相得益彰,去奢见朴,清净庄严,一草一木都蕴含着楚楚禅味,与"西麓山、北开福"形成三足鼎立之势,成为长沙市最具影响的三座佛教古寺之一。

玉泉寺一代又一代的僧人,秉承佛祖慈悲济世的情怀,弘法利生,续佛慧命。而声名远扬的女权斗士唐群英,更是在玉泉寺为世界妇女运动史写下了浓墨重彩的一页,被"万国女子参政会"称颂为"在东方作第一声惊人之鸣!"

唐群英1871年12月8日出生于湖南衡山县,父亲是曾国藩手下的湘军将领,因屡建奇功,被封为振威将军。她自幼聪明好学,会骑马,善诗文,十五岁时便写出"邻烟连雾起,山鸟放晴来"的佳句,被塾师称为"女中奇才"。

1891年,二十岁的唐群英嫁与湘乡荷叶堂曾国藩的堂弟,与秋瑾毗邻而居。时外侮频仍,国势日蹙,康有为等人正在力倡变法维新,唐群英"尝以不能易髻而冠为恨"。她写道:"斗室自温酒,钧天谁换风?"

秋瑾赴日留学后,给唐群英去信一封。她追随秋瑾,东渡日本,寻求救国之道,并由此结识了刘揆一、刘道一、黄兴、赵恒惕等湘籍仁人志士。1905年,中国同盟会在东京成立,唐群英成为同盟会中第一个女会员。

1911年4月,唐群英在东京创办《留日女学会杂志》,旨在"发起女子爱国之热忱,以尽后援之义务"。武昌起义前夕,唐群英回国尽力革命事务。1911年10月,她与张汉英发起建立"女子后援会""女子北伐军救济队"。南京临时政府成立时,她作为"女界协赞会"的代表,受到孙中山的接见,被孙中山誉为"巾帼英雄",并荣获总统府"二等嘉禾勋章"。

辛亥革命以后,临时参议院取消"男女平权"的内容,不让女子参政。唐群英"以女权运动领袖为己任",积极领导女界精英争取"男女平权"的活动。她积极组织湖南的"女国民会"、上海的"女子参政同志会"等团体,在南京成立"女子参政同盟会",并先后五次向孙中山和临时参议院上书,请求于临时约法正文之内写明男女一律平等,均有选举权和被选举权。遭临时参议院拒绝后,唐群英率众女子冲击参议院,驳斥吴景濂,质问宋教仁,并勇敢地向袁世凯宣战。

1912年5月,南京临时政府北迁。唐群英又率湘籍女同盟会员联袂北上，掌掴宋教仁，"誓以死力"达到"男女平权"的目的。1912年10月22日，唐群英在北京发起成立"女子参政同盟会"，被推举为本部总理。因在《女子白话报》上发表文章抨击袁氏政府，袁世凯遂令取缔女子参政同盟会，查封《女子白话报》，并悬赏一万银圆通缉唐群英。

被迫回到湖南的唐群英，便在玉泉寺（时名天妃宫）创办了《女权日报》，发出了"中国妇女运动第一声"，"实为五千年来女权运动之曙光"。报纸左侧注有"本报开设长沙省城南门外天妃宫侧"。并在天妃宫成立女子参政同盟会湖南支会，会员达800余人，唐群英被推为支会会长。

从1912年10月至1930年的十八年间，唐群英在玉泉寺积极领导湖南妇女界争取合法权益，并以极大的热情致力于兴办女学，为争取女子参政权做长期打算。她先后创办长沙女子法政学校、自强女子职业学校、女子美术学校、湖南女子法政专门学校等十所学校，在中国女子教育史上首屈一指。为筹措办学经费，她变卖了自己大部分家产。

她将爱国主义教育与女权启蒙教育结合，轰轰烈烈地开展妇女维权工作，在玉泉寺把女子参政同盟会搞得风生水起。湖南女界同胞聚会，来会者竟达五千余人，场面盛大。

1924年，在赵恒惕推行"立宪自治"时，唐群英首倡恢复湖南女界联合会，为争取女权而斗争，终于使湖南省宪政委员会同意在省宪法条文中载明了"无论男女，人民在法律上一律平等，二十一岁以上男女有选举权和被选举权，享有受义务教育以上的各级教育权"，开创了宪法收录"男女平权"的先河。

唐群英在玉泉寺培养出了一批批有觉悟、有知识、有本领、精神独立、自立自强的新型女性。她与秋瑾、宋庆龄、邓颖超等人被誉为"中华百年女杰"。她也被誉为"一代女魂"，玉泉寺更因此闻名遐迩，光耀千秋。

拈花一笑

一

所谓怨偶,便是在对的时间,遇上了错的人。

二

婚姻是一袭袍,外人所看到的,只是它的炫目与华美。里面爬满了蚤子,只有身居其中的,才能感受到它们的啮咬。而干净的破袍里边,也许裹着一份幸福平和的爱情。

三

爱情的天平,必须是两边的砝码持平。当一端掉了一部分砝码,必然引起天平的失衡。所以总有人在哭哭啼啼地问:"你到底爱我多少?你给予过我什么?"啊,这便是已经开始倾斜。

四

任何东西,抱着失去的心,你才可能得到。

五

爱情无所谓对错。当你孤单时,请你一定要珍爱自己。上帝给你一颗心,除了为关爱别人,也为爱你自己而跳动。

爱情不仅仅需要懂得相互欣赏,还需要学会相互承受与宽容。

六

当爱消失时,让祝福跟随着你曾经的爱人,而让恨消融在时空中。

七

生命在你脚下,而希望在你心中。

八

爱如佛理,最高境界便是无言。

九

世界上最远的距离,是心与心的距离。当心意相投时,可以咫尺天涯。而心意不相通,即便只是咫尺,也觉天涯。

抒音语录

抒音与女友在街上闲逛，见路边摆着一个气球摊，便自告奋勇地托起枪柄，拿出化妆描眼线时所练就的功夫，左眼微闭，俨然神枪手一般推弹上膛。只听"叭"一声，一颗状如大头针般的子弹已斜插在气球与气球之间的空隙中。她不泄气，再次勇敢地拉开架势，不料又是虚晃一枪。她发扬屡败屡战的精神，一口气连发了好几十发空枪，直把友人逗得心里痒痒的，也跃跃欲试。没想到，第一枪便击中了一个红气球，再发第二枪，又一个黄气球被炸成了碎片。她先是看呆了头，继而摆出一副满不在乎的架势，始终不肯说一句赞赏的话给友人听。女友一气之下连击了六个气球，然后得意地转向她："怎么样，够厉害的吧？"谁知她大言不惭地撇撇嘴说："瞎猫碰上了死耗子呗！"女友气极："那么，你为什么就碰不上一回死耗子？"她振振有词地说："因为我不是瞎猫。"

抒音乘公共汽车，往投币箱里丢了一元钱。车门关时，见车下还站着一位欲上车的乘客，便冲司机大声地叫道："稍等，还有一元钱要上车！"

有一回抒音与女友拌嘴，女友生气地嚷："我走了，再也不来你家玩。"她笑着说："可不是吗，从此通往我家的路上就长满了青苔。"

抒音大学毕业那年，与同学约好一道去广东发展，临上车前，却又突然不愿意去了。同学抱怨说："你这人怎么这么多主意呢？"她答道："我总共才两个主意。一个是去，一个便是不去。"

抒音有一位长时间不曾见面的同学，那天偶然相遇，她大呼："你简直瘦成了一幅静物素描了！"

抒音有一回突发奇想地对父亲说："我知道这个世上有三个女人都很爱你，你也很爱她们。"父亲好奇地问："是哪三个女人呀？""一个是你的老婆，一个是你的女儿，另一个就是你的母亲。"

抒音有发福的迹象。友人劝她少吃肉，她却只管吃，说："我偏不节食，看看自己到底能胖到什么程度！"

一位靠投机取巧致富的私人企业主让抒音帮忙写篇吹捧文

章,她说:"好啊,等鸡长出来牙齿时,文章就写好了。"

抒音养了一只红嘴鹦鹉,表姐问她:"你的鹦鹉怎么老不见长大呀!"她说:"是啊,对面家里去年养的那只小猫,早就长成一只大老虎了。"

学会自我调理

生之旅途，自是有诸多的不如意。为生计劳累之时，很少忧及情感；而衣食无忧之后，却忧思人生的意义在何处。人的一生，的确短暂而不可预知。树可活千百年，五百多年的老树，尚可以移植，可以枯树发新枝，可是，人在形成一定生活习惯后，却很难改变生存的环境。长期从事同一种职业或是面对同一些人，更是叫人滋生些惰性。

当心灰意冷，情感、思维皆处于低潮，难免会有一种心游离在尘世之外，而身，却深陷尘俗之中的感觉。这种心身相离的痛苦，让人难忍，甚至绝望。

这种时候，你甚至会觉得周遭的人都有负于自己。其实，人最大的敌人，便是自己吧？源自自我本身的一些矛盾，一些冥想，会很大程度地左右一个人的情绪。这个时候，就需要静下心来，做一番自我调理。

心中郁积的坏情绪，与生活中的垃圾没有什么分别，需要及时清理。该摒弃的，一定要勇于摒弃，要以轻松愉悦的心情，来面对生活，面对家人。

年轻的时候，尚知道去拼搏，可是，这样一个将老未老的年龄，却平添了许多的忧思。不甘心年华就此老去，却又没有老树被移植的勇气。已固守一种生活模式，没有勇气去取舍一些东西。

真正的隐士，的确应该是从绚烂归于平淡。这么看来，不成功的人，竟连做隐士的资格都不具备了。

心，静下来，才会自省，才会少些抱怨，而多一份悲悯。人生是一个不断自我救赎与自我完善的过程。试着学会忍耐，学会感恩，学会如何正确去爱，学会如何从容淡定地走自己的路。

质朴、淡泊，也许是许多人都想要达到的一种境界，但真到了这样一种地步，那么，活着，就少却了烦恼，不是吗？

唯有试着不后悔，把一切的过往，都当成生命中的必由之路，以感恩的心，去善待，去缅怀。

谁动了我的奶酪

　　夜阑人静的时候，在灯下细细品读斯宾塞·约翰逊先生著的《谁动了我的奶酪》一书，深受启发，仿佛有一种神奇的力量使体内积聚的压力逐步释放。该书以丰富的想象，以童话般的语言，通过两只小老鼠和两个小矮人寻求奶酪的简约故事来反映丰富多彩的现实生活，从而展现深刻的思想内容。字里行间里无不流露出作者对人生、事业的挚爱之情。使人读后豁然开朗，给人以生命的启迪。

　　时间的长河川流不息，没有永恒的幸福，亦无所谓永远的失败。倘因暂时的成功而傲慢，而形成一种惰性，就会一味躺在过去的功劳簿上，妄想日复一日、年复一年地依靠它，而从来没有想过需要再努力和改变。像故事里的哼哼，只愿空守着自己熟悉的奶酪站，根本不去想如何应对已经变化了的周遭环境，甚至不想看到变化，而一味恪守旧俗，沉湎于眼前琐屑的享受。一旦形势发生变化，只会唉声叹气，怨天尤人，而不去尝试着改变面临的处境，其结果只能是越来越失望，越来越虚弱，离成功与幸福的方向越来越远。

该书使我们明白一个深刻的道理：人生像一个迷宫，并非一切幸福都没有烦恼、一切逆境都没有希望。当危险逼近时，善于抓住时机迎头痛击它，比犹豫躲闪更为有益。而墨守成规，不敢面对危险，只会使自己陷入更尴尬、更艰难的地步。

我尤其喜欢书里的这句话："当你无所畏惧时，你会怎样？"它发人深省，引人深思。是的，我们应该像唧唧一样，看清自己所处的环境，坦然面对自己，改变自己，从失落中抽身出来，打点行装，尽快上路，主动去尝试冒险，去享受新奶酪的美味。在艰难的寻觅过程中，想象自己正享用着新的奶酪，使事情变得更有希望。当想到变化能使事情变得更好时，你就会有很大的兴趣促成变化。朝前看，把注意力放在发展的大方向上，这样才能把一切做得更好。

该书使我们明白：我们生活的是一个迷宫的时代，不能只停留在求生存的阶段，而必须始终保持一种竞争的状态，当困难来时，我们必须勇敢地迎着它，而不是消极被动地等待。当我们超越自己的恐惧时，才会感到真正的轻松自在。

不错，社会在不断地发展，不管我们是否愿意，我们将会面临更加波澜壮阔的变化，也将面临着更加复杂的困惑。我们理应不断地找寻出路，尽快抓住机遇，与时俱进，学会冷静地思考、明智地选择，从而积极地行动，然后去获取新的更大的成功。

密码

　　我在北京短训时，为着安全起见，将一部分现金存进了学校附近的工商银行储蓄所。然而，临近学习结束时，却忘了密码。这下可糟了。我一遍又一遍地试，将与生日或是电话号码等有关的各种数字输进去，电脑仍是一遍又一遍毫不留情地打着叉。储蓄员的目光由不耐烦到逐渐怀疑我的身份了。我紧张得手心、额角等处都不断地冒出汗来，脸也极快地红到了耳根。如是反复几次后，储蓄员终于失去了耐心，说什么也不让我再试，只能办理密码挂失。

　　可是，更让我为难的是，办理密码挂失还得有两个北京市户口的人担保。于是，我找到培训部的张老师，犹犹豫豫地说出了我的请求。所幸对我并不是太熟的她竟一口答应了，然后又央了在北京工作的学友帮忙。可即便是这样，存款挂失后按规定还得一个星期后才能取出来，怎么办呢？此时培训已经结束，总不能因为取款而滞留在此吧？好在北京的同学主动先从家里拿来了几千元，让我先拿着回去，然后再去取那被挂失了的存款。

又有一次，一位同仁提着装满资料的密码箱去外地签合约，不料临到目的地开会时，却突然忘了密码，箱子怎么也打不开。一干人面面相觑，签约只得延期。

日前买了一台电脑用于写作，为着不让人把写好的文件弄丢，特意设置了密码。洋洋洒洒地输入了上万字后，单位安排出了一趟差，不料回来以后，竟然把密码忘了个一干二净，怎么试也打不开了，只得凭着印象重新写。

密码本是为着安全所设，然而却往往事与愿违，不但没有防到别人，反而锁到了自己。生活中往往能遇到这样的情况，也许，你正急于做一件非做不可的事情，或是要取一笔存款去赴某个宴会，或是急于打开密码箱、密码柜取一件急需的东西，然而越是着急，就越是回忆不起那些稀奇古怪的数字。最终因为忘了密码的缘故而不得不耽搁了时间，让你哭也不是恼也不是。

利益是把双刃剑

情感一旦与利益相撞,立时退到一个可怜的角落,任利益挥舞着一把大刀上演一出爱恨情仇的血淋淋的争斗戏。任他爱情、亲情、友情昔日有多浓厚,这会儿统统可以轻视,甚至可以无视。这是人类的悲哀,更是世间许多不幸上演的根源。可以置情于不顾,可是,最后夺取了又能怎样?不过是塞翁失马罢了。如果能意识到自己的不足,尚可以自我救赎,可是,一旦只瞧见他人的弱点,而只觉得别人有负了自己,那么,便是任怎样也不会静下来检视自己,息了这腔怒火。

利益是一把双刃剑啊。想逃离,却又深陷其中,丝丝缕缕的情感牵绊,让人不可轻言放弃。掺杂其中的情与利的大拼搏,可以闻见血的腥味。不可以,不可以参与这样的纷争,人生苦短,这种赤裸裸的利益纷争,不是非经历不可的,也不是非得承受的。

谁也不能说自己的灵魂是圣洁的,可是,却可以往这个方向努力。不是吗?人活一世,不过几十年。几十年的恩怨,几十年的情仇，于浩瀚无涯的历史来说，不过只是弹指一瞬，我们能真正拥有什么？能真正带走什么？拥有的，不过是一种感觉；带走的，只不过是一丝悔意。

我一向单纯，可是并不痴傻，对于那些莫名的所谓的关照，并不领情，亦不能接受，相反，只是觉得委屈。可是，这份委屈，亦是自己自找与自愿的。如果能委屈了自己，让他人得着一份便宜，岂不是很好的事情？

大戏《满城尽带黄金甲》活脱脱一个古代版的《雷雨》，通片充斥着乱伦、谋杀、遗情、投机、背叛和报复，剧中唯一可爱的，便是次子元杰，尚有正直，爱心，可是，面对强权的父亲，亦不免有些盲目和冲动。这样轰轰烈烈的大戏，看完之后，内心却清凉如水。

能让你觉得寒冷的人，可能正是给予过你温暖的人。能让你失望的人，可能正是你寄予希望的人。能伤害你的人，往往正是你很在意的人。如果能狠下心来，一跺脚，戒掉那份温暖，也就无所谓寒冷了，戒掉那份微薄的希望，也就无所谓失望了吧？可是，人往往很难。好了伤疤之后，往往会忘了疼痛。所以会周而复始地，犯同样的错误。也许正是这些错误和疼痛，才构成了有着深刻生命体验的独特的人生。

静思

我自小深受儒家思想影响，没有激烈的爱恨。所谓悲愤出文章，所谓愤怒出诗人，我是一点也没得着好处，因为生活中仅存的一点愤怒，总被我仰头和泪咽下，仅存一丝丝的悲悯之情。

我其实更是一个没有什么远大理想与抱负的人，去农村参观，见一农户门前开一池青莲，屋后种一丛翠竹，立时就艳羡不已，流连忘返。梦想有朝一日能荷一池、竹一丛、诗书一卷伴我眠，痴梦蛙声中。私下想，若人生果能如此，任是换作神仙也不前行了。

看着别人撼天动地的，我除了感慨万千，便是想法子让自己冷却下来，生怕小小的心脏承载不了那么强烈的使命感和责任感。

"短的是人生，长的是磨难。"很喜欢张爱玲这句话的冷峻与清醒，饱含着人生哲理。挫折之后，说服自己认命，于是继续碌碌无为。没有改天换地的勇气和力量，那么就踏踏实实地走好每一步吧。

上网十年，我从不在网上与人争论，皆因网事如风。然而一周来，在诗歌论坛探索，我和另一位文友，为了撕破一位用下半身写作的垃圾派诗人的伪装而口诛笔伐，发帖无数。置身论坛，只觉屎尿遍地，臭不可闻，并有苍蝇乱飞，蛆虫苟营，实在是令人恶心之极。

最早来诗歌论坛，因有人推荐一个叫云朵儿的女诗人，当时觉得祥云在天，且有普洱茶香四溢，更有摄影爱好者摄下的小精灵。那时尚有些诗作可读，恕不一一列举，所以进来探看，偶尔流连。岂料林子大了，什么鸟啊兽啊都引来了，不过几个月的工夫，一些所谓的用下半身写作的男诗人充斥论坛，动辄脱裤子，屎尿都能入诗，且开口便粪污女性，搅得恶臭连天。人说，一个人的笔下所反映的，便是他内心的写照。人格都分裂的人，难道还能期望他写出什么美的作品吗？我也本不是自以为分行便可作诗的诗人，诗在我心中一向是美好的，我既不是驯兽师，也非垃圾清扫工，那么，何必与兽们为伍？何必勉强自己读那些垃圾？

是时候离开了，这样一个不洁的是非之地。不如安静下来，自己扎扎实实地写点东西。

户外，阳光灿烂，初春的阳光温和，桃红李白，女贞树也欣欣然换上了新绿的衣装。更有鸟鸣声此起彼伏，广场上三三两两的人们在悠闲地漫步，生活原来这样美好而阳光。

有人感叹中国电影和中国观众是"山有木兮木有枝，心悦君兮君不知"。那么现代诗也如是吧？北岛、顾城、海子也同样陷入曲高和寡的境地。一位认识多年的同龄的书法界朋友，很早便把自己炒出了名气，可是他后来的书法大都如学龄前的稚童拿树枝画出来的字，颇有争议。我虽然不能欣赏他目前的字，但我只能说他当年的书法功底还是不错的。中学的一位同学画国画，十四五岁时画的葡萄已经很神似，而现在不画这些了，听说把西洋画的技法融入国画，实在也让一般的人难以看懂。

许多的定义与程式化在今天已失去了意义，艺术的美也不断多元化。而我一直深受某些程式化的影响，善恶标准与审美观念也经年不曾改变，并深深融进血液。可我一介庸人，时常自忧，既然成不了大器，那么，且学会欣赏，学会宽容，学会理解和爱。其实自信的艺术向来不需要阐释，只需要欣赏与懂得。爱极海子的那首《春暖花开》，这是唯一让我喜欢、记住并觉得温暖的一首现代诗。当然，席慕蓉与舒婷等诗人除外。总觉得顾城和海子一直是童心未泯的人。

看着一些美好的东西慢慢逝去，无法面对，却无计可施。这是我忧伤的症结所在，可是我却找不到医治的良药。只能眼看着忧伤在心内，肆意地起暗涌、掀狂澜。如果可以重新选择，我一定远离文字与思索，这样我也就远离了痛苦和忧伤。可是我却发现自己越来越深爱。爱到极致，便是茫然不知所措。我想应该懂得扬长避短，而那位远在海外的作家朋友，眼看着我参与这样的争论，数次力劝我，生怕我误入歧路，失了自己文风中的淡雅与质朴。

其实，对古今中外文学名著精髓的继承和传承，一直是写作者要力求做到的，传承不是简单的模仿，而是一种知识的再生和再创作，不能简单地东施效颦。文字跟书法是有区别的。

而用下半身写作的人口口声声地反文化、反道德、反传统，终究不过是下下策，他们要么故弄玄虚，晦涩难懂，要么干脆写些不堪入目的低级下流的垃圾。他们为了出名，不惜以牺牲自己的脸面为代价，所谓无知者无畏，无耻者无畏。

苏非舒在北京脱裤子朗诵口语诗后，被公安机关处以拘留，不能说不是给这些毫无廉耻之心的人当头一棒。

无意中翻开一个本子，上面记录着一位老师在讲座上的几句话，虽然大而空泛，却可以拿来一读："文学作品少一点浮躁之心，多一些攀登的勇气，要有狂气，狂放之气，却不可以狂妄。要有宽广的胸性、学识和才气，要有精神的高贵。"那么就这样吧，用十二分的功力倾一技之长，把自己能做的兢兢业业地做到极致，不成功也不会后悔。不要左顾右盼，迷失方向。做好自己，便是最好，扎扎实实地朝着自己能走的路子走，不刻意也不张扬。

第三辑

陌上花开

谁掌心的暖,让你的记忆苏醒,氤氲出淡雅的香。

茶亦醉人

大学毕业一年后，惠来到心仪已久的古都北京，参加中国政法大学举办的法律培训班，以迎接当年10月份的全国律师资格考试。重返校园学习的日子是那样充实而愉快。每天六时不到，惠就匆匆来到法大的菁菁校园晨读，尔后再去教室听课。在这里，她结识了一位叫安的男生，他大学学的是土木专业，在省属一家有名的大型企业从事监理工作，因为对法律感兴趣，便趁一个工程结束的空闲自费来法大进修。

接下来的日子，安总是早早地来到教室，帮惠也占一个座位。课间时，他们各抒己见地讨论案例，偶尔，他们也谈文学、谈人生。有着浓厚书卷味的安，总爱穿一件洁白的T恤，一条洗得发白的牛仔裤，是那种清清爽爽，挺招女孩喜欢的男孩。

一天下课后，惠拿着饭盒飞奔进食堂，一路冲锋陷阵，好不容易买到了一份油淋青椒，好久不曾吃过辣椒了，她正吃得津津有味，耳边忽然响起安略带磁性的男中音："噢，原来你在这里呀！"他拿着一串钥匙，额角上满是汗，惠这才想起，自己光顾着打饭，把钥匙丢在座位上了。因为到处找她，安没能买到合口的饭菜，两人只好就着一份辣椒吃饭，这时，外面忽然下起了雨，纷纷扬扬地敲击着户外的旱柳，惠不由得想起了多雨的江南。安狡黠地笑着说："想家了吧，可不许哭鼻子哟。"雨一直下个不停，他们只好东一句西一句地聊天。惠惊异于学理工科的安，竟涉猎了众多古今中外的文学名著，而且，他居然和自己一样，是如此痴爱旷世才女张爱玲。于是，不约而同地，他们背出张爱玲作品中的一段名句："于千万人之中遇见你所要遇见的人，于千万年之中，时间的无涯的荒野里，没有早一步，也没有晚一步，刚巧赶上了，那也没有别的话可谈，唯有轻轻地问一声'噢，你也在这里吗？'"背完，他们相视一笑。看着安熠熠生辉的眼睛，她忽然有些心慌地低下了头，想，安，会不会是冥冥之中自己所要遇见的那个人呢？

一个月的短训很快就要结束了。分别的日子日益临近。

结业那天，无意之中惠和安又坐到同一张桌子吃饭。安慢慢地用筷子挑着饭粒，一副落寞的样子。他轻轻地问她："今晚班里举行结业舞会，你会去吗？"惠点点头。晚饭后，安早早地来到女生宿舍前的大树下等她。两人一前一后地来到学校的舞厅，灯光闪烁中，许多同学已翩然起舞。

安拥着惠旋入舞池，他的舞姿很优雅，与他共舞，惠心里有一种说不出的惬意感。得知她将乘第二天下午的飞机回家，他便邀她出去散步。两人沿着法大开满金盏菊的小径，慢慢地往前走。那晚的月色很好,洒在惠光洁的前额,有一种迷人的光彩。

第二天,惠一直在等安来与她话别。然而,直到下午两点还不见安露面,她这才颇感失望地急急忙忙往机场赶。在即将跨入候机大厅的一刹那,她看见人群中立着的安。他把一块石刻扣进她的掌心,上面是他俊逸的字迹:"沧海月明珠有泪,蓝田日暖玉生烟。"一时间,开朗的她,竟无语凝噎。

回到家乡后,惠投入到紧张的复习中。然而,当阳光孤寂地照到她的书桌时,她还时时回想起那些在北京的日子,回想起与安一同度过的那一段真真切切的求学历程。

初秋的一天,惠突然收到了安的来信:"惠,记得吗?今天已是我们分别的第十五天了,这些天来,我一直试着把对你的思念深深地埋藏在心底,可是,不经意间,恬静恰如一泓湖水的你,总是在我的脑海中绽开一片美丽的风景……"安的话语,如一片鸟羽,轻柔地撩拨着她的心扉,透过安那俊逸的字迹,她仿佛又看到了他粲然的笑脸。原来,安回长沙后不久,便被单位派往上海做一家外资企业的监理。惠连夜给他写了回信,叮嘱他工作和学习之余,要好好照顾自己,并随信给他寄了厚厚的一沓律师考试复习资料。

从那以后,安的来信和电话多了起来,常常是一封还没来得及回,另一封又到了。安的来信有时只是一首新歌,有时只是从报上剪下来的小幽默、小漫画。但它们给惠平淡的生活增添了许多亮丽的色彩。书信、电话,把安与惠的心,从距离那样遥远的两座城市间慢慢拉近了。在那些准备律考的日子里，拆阅安的来信，成了她学习之余最大的乐事。

转眼到了 10 月，律师资格考试如期进行，安也从上海飞回湖南。考完后，安绕道来看惠，沪上生活两三个月，使他更添了一份成熟与稳健。他们一起登上了南岳七十二峰的首峰——回雁峰，看脚下不尽东流的湘水，惠给安念"雁阵惊寒，声断衡阳之浦"的诗句，给他讲雁城古老凄美的传说。但惠敏锐地感觉到，安有些心不在焉，不像以往交往那样热情投入。因假期临近，安决定乘当晚的火车回上海。惠托一位朋友买票，因时间太紧，那位朋友情急之中呼了在铁路工作的佳，在佳的帮助下，安得以如期返回。

不久，惠顺利通过了律师考试，并被单位任命为法制科副科长。当惠怀着激动的心情打电话告诉安时，安只是淡淡地说，他因 20 分之差而名落孙山了。

元旦，惠意外地收到了一张署名佳的贺卡，惠想了半天，才想起是谁。惠随手把那张只写了一句"祝你节日快乐"的卡片收进了抽屉。从此之后，佳的电话却多了起来，每次都只说一些平平常常问候的话语，偶尔，他也会邀请惠去喝咖啡、听音乐。当冬日的第一场雪轻叩门窗的时候，惠接到了安邀请自己去上海过春节的电话，惠婉言谢绝了他的好意。虽然一直以来，惠是如此地神往着大上海，但惠并不是一个随随便便就为爱走天涯的女孩。安于是说，要在某一天突然来雁城，给她一份惊喜，并将登门拜见惠的父母。惠听了心里万分地感动,心想安毕竟是喜欢自己并理解自己的。然而,春节过去了,安美丽的承诺也如惊鸿般地消失了,留给她的,徒有无限的惆怅。而那个并没因惠无数次拒绝而灰心的佳,依然隔三岔五地问候惠,偶尔,被安搅得心情灰败的惠,也会坐着佳的摩托车去茶座。他不善言辞,只是默默地注视着她。耳旁的萨克斯管如泣如诉,让她有一种释怀的感觉。佳,像大哥一样的呵护,令惠觉得踏实而平和,不知不觉地,惠把一些心事告诉了佳,甚至是与安之间的起起落落。他总是很用心地倾听着,并不妄加评价。

冬去春来,栀子花开的季节,安的来信,终于像经过了冬眠的蝴蝶,又翩然而至。安告诉惠,自己去了一趟昆明,他还踌躇满志地说,他业余已加盟上海的富海传销公司,也许若干年后,他将开着属于自己的轿车,在上海的十里洋场驰骋。欣喜之余,惠的心里掠过一丝隐约的不安:那个在菁菁校园与惠谈诗谈小说的安,会不会在茫茫人海中迷失呢?

这时,惠蛰居了两年的集体宿舍终于要拆迁了,单位打算在此建一栋新住宅楼,惠也被列入了分房名单。安知道后,很快汇来一笔钱,说借给惠交房款。惠没有接受安的钱,因为家人凑的钱,已足够惠交付第一期的房费了。然而,惠的心里,还是对安充满了感激。

不久,惠收到了安的第 42 封来信。信中画了一个大大的等边三角形,一边写着事业,一边写着爱情,而底边写着家庭,三角形中则醒目地写着"I love you！"信中，他恳切地问惠是否愿意与他共造人生的等边三角形，并约她于近日赴上海做一趟旅行。接下来的几天，安在长途电话中一遍又一遍地温柔呼唤着惠，有着一种抵挡不住的诱惑。于是，惠开始打点行装，向单位告假，决意去赴那一场生命之约。

送惠启程的是佳，两人并排坐在计程车里，默默无语。看路旁的霓虹灯飞速而过，惠的心里忽然涌上一种莫名的惆怅，眼泪就不由分说地往下流。

上了火车，佳在车窗外一个劲儿地叮嘱她要小心，平时沉默寡言的他，那一刻却很像一个饶舌的哥哥。

经过二十几个小时的长途颠簸，晚上九点三十分，惠终于来到魂牵梦萦的上海。夜上海灯火辉煌，恍若隔世。然而，欣喜的惠很快变得焦虑起来，安并没有在约定的出站口等候。茫然失措的惠，在人群中来来往往地找。他会不会在另一个出站口呢？惠试着走向半里之遥的另一个出站口，果然，安正伸长脖子向里张望着。安看见惠后，来不及问候，便牵着她的手往大街上跑，说是要赶最后一班地铁。待二人气喘吁吁地到达地铁口时，大门已无情地关上了。"只有坐计程车了。"安一面叹气，一面连声抱怨惠走错了出站口。两人上了一辆红色桑塔纳，安一路上紧盯着计程表，一边喋喋不休地说："司机不敢乱打表的，否则，我拨打投诉电话，让他吃不了兜着走。"到了目的地，计程表显示18.5元，安掏出18元给司机，拉着惠扬长而去。在附近的广场上，安找着了自己的自行车，把惠载到他租住的小屋。屋内一张窄小的铁床，一条薄被，一张用铁架和胶合板支起的桌子，让人体味到独自在外工作的艰辛。"其实在上海能租到这样的房子已经很不错了。"安略带炫耀地告诉惠。昏黄的灯光中，惠看不清安的表情，只是明显地感觉他比在校时胖了许多。安用暖壶烧了一壶开水，又摆出些女孩爱吃的酸奶、巧克力之类的东西。也许因为事先有了那样一个待回答的约定，两人反而有些尴尬，只是说着一些无关痛痒的话。过了一会儿，安起身去同事那儿搭铺，惠关上门，和衣躺在床上，听对面窗户里传出的吴侬软语，有一种恍惚迷离的感觉。

第二天正好是周末，安与惠上街逛商店。大上海高楼林立，呈现一派繁荣昌盛的现代都市景象。在外滩、在商厦，着玄色衣装的靓女汇成了沪上一道道撩拨人心的风景线。一路上，安的呼机响个不停，他告诉惠，晚上传销公司有一个大的聚会，正好一起去感受感受。

到了传销公司，只见人声鼎沸、热闹非凡。这时，对面一个体态丰腴的高个儿姑娘笑着走过来与安打招呼。安告诉惠，这是他的上线韦小姐，韦小姐以为惠是新的客户，便扭捏作态地对惠进行传销启蒙教育。一边说，一边在手里的稿纸上画了许多枝枝丫丫，"鸡生蛋，蛋生鸡，鸡又生蛋，蛋又生鸡……"不停地向惠讲了一大筐传销的美妙前景，一双凤眼还不断地向安扫来扫去。趁安去大厅看那些色泽鲜艳的传销服装时，韦小姐便直截了当地询问惠与安是什么关系。惠淡淡地说,"同乡而已",韦小姐仿佛终于松了一口气似的展开了笑容。又看惠并不热衷搞传销,便不再与惠多费口舌。这时,安已提着一条质地很普通的麻色长裤过来,标价却为1200元。惠正纳闷这家传销公司货物的质次价高,韦小姐却娇滴滴地拍着他的肩膀说:"你穿上这条长裤一定更气宇不凡,可与当年周润发媲美,况且买了它,积分就会增加,不久就可以升级为主任呢!"安粲然一笑,当即买下这条价格不菲的裤子。

接着安又坚持要给惠买一件礼物,左挑右选,终于挑中了一件纯白的羊毛外套。惠试了一下,很不合身,不知是想着要送她一件贵重的衣服,还是想着那可爱的传销积分。安不顾惠的反对,以2000元的价格买下了这件在南京路不过400元的衣服,并与韦小姐一唱一和地幻想通过发展下线怀抱千年的幸福。韦小姐不断投向安的媚眼,令惠浑身不自在。

看着得意扬扬的安,惠的记忆像断了电,无论如何也不能把眼前的安与记忆深处的人重叠。惠一遍又一遍地问自己:这就是我魂牵梦萦,不远千里来寻求的真爱吗?

从遥远的爱情中逃离,回到雁城,心情沮丧的惠,不知如何才能把自己从情感的低谷中解救出来。好几个晚上,惠都忍不住拨通了安的电话,听到电话那端安的声音,又怏怏地挂断了。而那个冬天,北风凛冽地展开攻势,更使她体验着一种枯冷的悸动。

安的来信，也渐渐变得反反复复起来。有时他意气风发地说，准备在上海干一番事业；有时，他又告诉惠，真想找一个宁静的港湾，过一种真实平淡的生活。安的无常令惠难过，又无可奈何。有时，连惠自己也厌倦了那种牵挂，那份不可预知的等待。

经过许多个不眠之夜后，终于，在一个阳光灿烂的清晨，惠把安所有的来信细读了一遍，然后点燃了一根火柴。在淡蓝的火苗中，那些曾使惠心痛的初恋情书化作了一只只黑蝶随风而逝。沧海终究没有变成桑田，而滚滚红尘中，仍然日复一日地上演着别人的爱情故事。

忧心如焚，不久，惠便患上了重感冒。佳知道后，买了好些水果来看惠，并默默地陪惠去看医生。在那些寂寞的日子里，惠的床头盛开着佳送来的康乃馨和红玫瑰。颇受感动的惠在心里说："谢谢你，大哥！"

春去秋又来，安在惠的记忆中已渐渐隐退，惠与佳的感情仍如茶般清淡，然而，惠的心里，有了一种从未有过的祥和与宁静。一位略通茶道的友人在听说了惠与佳的故事后，在电话的那端直呼："茶亦醉人啊！"听着这如佛般的禅语，惠心里慢慢释然：倘若把浪漫的爱情比作咖啡，而把平实的爱情比作清茶，那么，我宁愿在这如茶的爱情中长醉……

初恋的爱情符号

诗慧二十岁那年，是师范学院音乐系的高才生，正是骄傲的年龄。雯把法律系的阿宇带到诗慧宿舍时，诗慧一脸的不以为意。阿宇高高瘦瘦，嘴角叼着一支烟，眼神坏坏地偏着头看着她笑。女友借故溜走后，阿宇邀诗慧去校园散步，他顺手摘下一片树叶来，放在唇边吹一曲流行歌的旋律，诗慧听出那是一曲《你知道我在等你吗》。诗慧很一本正经地问他："业余都喜欢干些什么？"他一脸坏笑着说："除了做贼，什么都干的。"诗慧心下想：雯也太小看我了，把这种圆滑世故的男孩推销给我。

后来女友问起诗慧对阿宇的看法时，诗慧没有说话，雯一再追着她问，诗慧说，她不喜欢油腔滑调、装腔作势的男孩。她以为故事到此就打住了。

三八节那天，诗慧收到了一张挺雅致的明信片，写着"江南无所有，聊赠一枝春"，笔迹隽永潇洒。诗慧有些惊讶，想了想，恍然大悟，一定是阿宇寄来的，诗慧有些感动。

诗慧正犹豫着，要不要给他回封信呢？

便又收到了阿宇的来信，这一回，他已自作主张地称呼诗慧的小名，并自以为是地写道："像你这样清纯美丽的女孩真令人感动，属于珍稀动物了。你应该有人保护才好。不难看出，你是一个外表冷漠，内心火热的姑娘。"末了，便露出了庐山真面目，"周末请你去冰吧吃'红粉佳人'，你该不会拒绝我吧？"诗慧想：奇怪，阿宇怎么知道我喜欢吃冰激凌？一定是雯告的密，这个小叛徒！

诗慧于是决定不回信。两天后，诗慧又收到了他的信："什么时候能把你的语言和我的语言像堆积木一样地堆积起来，盖一栋童话中的小房子，然后两人慢慢地相看着，一直到老？"诗慧这回不由得笑出了声，她对雯说："你这位老乡八成是入错了行，他理应是一位中文系的高才生！"雯不说话，只是意味深长地看着她笑。

接下来的星期天，雯回市内的家中。吃过午饭，诗慧走在校园的林荫道上，她摘下一片树叶，试着学阿宇的样子，把树叶卷成一个小筒，然后放在唇边吹，声音很优美，她不知不觉地吹出《你知道我在等你吗》。这时，突然有人在为她拍掌。回头一看，阿宇正坏笑着看着她。他说一起去散步，诗慧想，反正闲着也是闲着，便跟着他走出校门。

他们沿着河畔走了一圈又一圈。走到桥头，意外地碰到了阿宇的一个朋友，面部表情怪怪的。阿宇掩饰不住脸上的得意，要他请他们吃冰激凌。原来，他在与那个朋友打赌，今晚一定能约诗慧出来,如果阿宇赢了的话,对方必须请吃冰。诗慧竟成了他们的赌资,她有些不高兴。

相处久了,诗慧才知道,阿宇是一个挺不错的男孩。阿宇说,其实,幸福是朝同一个方向看,而不是相向地守着。

相爱的时光是温柔的,让诗慧觉得整个空气中都充盈着爱和关怀。她的心里反反复复地念着这样一句歌词,"让握花的手在风中颤抖"。天知道,当时小城根本没有鲜花,而诗慧却莫名地兴奋。

然而,阿宇的母亲极希望他唯一的儿子能回到她的身边,她瞒着儿子,给诗慧写了一封措辞严厉的信。诗慧表面心平如镜,可内心却心痛如绞。

她哭着用毛笔给阿宇写了一封信,纸上是"……。?……!"她想知道阿宇的态度。

阿宇的回信很快到了:"毕竟你不是卓文君,我也不是司马相如,你能否给我写几个汉字,或者给我一个解释。"这是一个多么骄傲的人,诗慧想,他竟一点也猜不透自己的内心,而且语气居然这么横,可见不是一个可以依托终身的人。他下次来的时候,诗慧把他所有的信还给了他。诗慧要阿宇还她写给他的信,他表面答应,却不还。少年的负气,使她心一横,于是任凭他后来怎样解释,她都不再理会他。虽然两人脸上都有些挂不住,然而最终还是选择了分手。

毕业离开校园,她留校任教,阿宇回到老家当了一名法院的书记员，再次见面，两人竟都无视地走过。

可是听雯说，阿宇后来变得有些不可思议，终日饮酒，而且不久听说添置了一辆摩托车，成了飞车族。诗慧有些恨恨地说，说不定哪天会摔断腿脚的。结果，不几天，阿宇果然因撞车住进了医院，并且很不配合医生，他父亲去看他，他居然连父亲都不认识了，突然从床上跃起，给了父亲一记响亮的耳光。诗慧听了这些，很担心他成植物人。她一遍一遍地在心里祈祷，求上天保佑，那个聪明的男孩千万不要成了植物人。

几个月后，阿宇才恢复出院。可是，不幸的事儿一件接着一件，不久，阿宇的父亲突然毫无预兆地走了。

得知这个消息后，诗慧心里大惊，她疑心又是自己的蛊术害了阿宇的父亲。

两人恋爱时，阿宇送给诗慧家唯一的一件礼物就是一只钟，诗慧决定跟他分手后，便把钟送还给他家。父亲很不情愿地从墙上摘了下来，倒不是舍不得这口钟，而是想告诫女儿从一而终的道理。在他们所在的这座城市，"钟"同"终"音，"送钟"谐音"送终"，诗慧疑神自己不该送钟给他们家。这本不是很吉利的事，诗慧又疑神，自己第一次去他们家时，穿的是一件纯白的衣服，是不是也是不好的征兆呢？

于是，诗慧更加固执认为自己是一个懂得蛊术的女孩，她甚至认为促狭鬼必在她不经意的时候，在她的身上附了蛊术。从那以后，她再也不敢随便地诅咒谁。

两年后的秋天，诗慧突然看到了他的名字频频出现在她所在的城市的报纸上。原来，几经波折，他也来到了诗慧所在的这座城市上班，只是，人已不再依旧。

一天，他们相约在市内一家咖啡厅喝咖啡，说着那些已很遥远的往事，两人都有些感触。他仍然有些怨恨地问诗慧，当初为什么不愿解释那封信。他说，你知道吗？我至今还保留着那封自己当初没有看懂的信呢，说着，他从口袋里掏出了那封信：

……。？……！

诗慧看着他的眼睛，一字一顿地说："省略号表示人生的道路很长很长，句号表示两人之间的恩怨就此结束，感叹号表示两人经受压力共同走完这一生的坎坷，中间的问号是问，我们俩到底该选择哪一种生活方式。你回信的语气傲然而自负，让我完全没有余地。""原来是这样。"阿宇长叹一口气，原来是那么几个看似简单的符号竟然改变了他们的一生。阿宇说，当年，他甚至以为自己完全没有希望了。

诗慧看着他仍然灼亮的眼睛，说："有时，遗憾本身也是一道美丽的风景。"

透过鲜花开满的月亮

认识子衿时,明皓在 S 城拥有一份不错的工作,与女友史琳的关系若即若离。

那年桃花盛开的季节,公司派他去那座以桃花闻名的城市开拓市场。一天,他正百无聊赖地走在这异乡的大街上,意外地遇到大学时代的校友子林,他正要去庆祝小妹子衿二十岁的生日,便邀他一同前往。

子衿任教的那所学校周围,开满了姹紫嫣红的桃花。

子衿微笑着迎了上来,她是一个身材高挑、皮肤白皙的女孩,额前梳一排整齐飘逸的刘海。那天晚上大家玩得很尽兴,烛光轻柔地洒在他们的身上。当子衿虔诚地将 20 根生日蜡烛吹灭的那一刻,明皓清楚地看见她的眼中竟闪动着点点泪光,刹那间,他的心底翻起阵阵涟漪。

接下来的日子,他开始频繁地给子衿写信,控制不住自己对子衿的爱慕与思念。

当子衿对他的热情终于有了回应,他又开始竭力回避着她,不回她的电话，或是不给她回信。然而，这样一来，只是更激起了自己对她加倍狂热的爱恋。

两个月后，他准备回 S 城。临别的那一天，子衿送他一本《诗经》，当他读到"死生契阔，与子成说。执子之手，与子偕老"时，心痛的感觉油然而生。

回家后，他收到了子衿寄来的特快专递，是一件 T 恤，是他喜欢的那种略显忧郁的蓝色。他心里低念着子衿的名字，想她竟是如此地懂自己！

远离子衿的日子，他总是忍不住给她打长途电话。有一回深夜两点钟，他无法入睡，给她打电话，就为了听听她的声音，然后傻傻地说上一句："你是懂我的！"她静默了半晌，突然说："你想听歌吗？"不一会儿，话筒里清晰地传来那首《征服》，"就这样被你征服，切断了所有退路……"，他的眼角渐渐潮湿起来。

在明皓的眼中，子衿像一弯鲜花开满的新月，有多少人在注目追随。而史琳，则是那么温和平淡，像一颗毫不引人注目的星星！

明皓想，自己与子衿相距几百里，与她的这份感情，至此足矣，包裹好这段美丽，让它成为琥珀，有时又不甘心。许多个不眠的夜晚，他这样反复地权衡着，陷入了深深的矛盾之中。

几个月后，明皓终于又启程来到子衿所在的城市。两人正愉快地交谈着，这时，他的手机响了，是史琳打来的。他有点不自然地看了看子衿,起身去听电话。

他回来的时候,子衿低头不语。

半晌,她只那么深深地看他一眼:"告诉我,史琳是怎样的一个女孩?"

他一眼瞥见自己留在桌上的电话本,在9月28日那天,清清楚楚地写着"史琳生日"。

他有些慌乱地说:"一个女生的生日能说明什么呢?"

子衿伤心地看着他说:"我心里只藏着一个你,就觉得怪累的。而你却在两个女孩中做着这种爱的游戏,你难道就不觉得累吗?"

正当他鼓足勇气要向史琳摊牌的时候,家里来电话说,奶奶病危,要他速速回家。

他急急地打车回家。匆匆回到家里,全家已笼罩着一种沉郁的气氛。看到他的那一刹那,奶奶的双眼似乎一亮,史琳已闻讯守候在床前。从小疼爱他的奶奶弥留之际的最大的愿望就是想看着唯一的孙子娶媳妇。她声音微弱地对史琳说:"我把皓儿托付给你。"

一抹红晕飞上史琳的脸,她点了点头,并拉过明皓说:"为了安慰老人,不如我们迅速登记结婚。"当天下午,在史琳的催促下,他们到民政局登记结婚。正当他接过鲜红的结婚证的那一刹那,手机骤响起来,那是子衿的电话号码。

他的心里不由得异常地纷乱,他语无伦次地说:"奶奶病危了,我在民政局登记结婚。"电话那端静默了半晌，传来了嘟嘟声。

两天后，明皓的奶奶溘然长逝。

处理好丧事后，他第一件事就是打电话给子衿，他想好好地跟她解释，请求她的原谅。电话拨通后，他只说了一句"你好"，便再也说不出话来，他听到电话那头子衿长长的叹息声。他终于鼓足勇气说："子衿，我知道你是不肯原谅我的，可是，你好歹骂我几句吧，这样我也许会好受些……"

他不停地说着，突然觉得语言是如此的苍白无力，不由得一下子闭了嘴。

子衿说："你不必对我说这些，其实我一直在心里把你当成大哥的，希望你对嫂子好。"

他于是更加怀想起清纯的子衿。

几个月后，史琳怀孕，他终于不顾一切地来到了子衿所在的城市。对于明皓的到来，子衿明显地憔悴了许多。明皓拉过她的手，拥她入怀，她闭上眼睛，他俯身下去，正要吻她的长睫毛，她倏地推开他说："你不可以这样，你不能对不起史琳！"

"可是，子衿，我又何尝对得起你呢？""正因为这样，所以你不能再伤害另一位姑娘。"

说完，她毅然决然地离去，将他一个人留在了这异乡冰冷的宾馆。

那一刻，他深深地自责，当自己选择星星的同时，也就永远地错过了鲜花开满的月亮！

帘外风

枕木初识夏雪，是在新学期的教师会上。

那天，校长向大家介绍从学校新分配来的老师。当念到夏雪的名字时，坐在前排的一位身着白裙，飘逸若蝶的女孩便站了起来，微笑着向大家点头致意。枕木心里暗暗惊讶：这个女孩怎么像是从《诗经》里走出来的，朴实、清新、纤尘不染。

枕木是高二语文老师。爱写诗的他，在学校创办了诗社，把工作和业余时间的三分之二都悉数投入到了自办的诗歌报。

一个阳光明媚的星期天，枕木将被子拆洗了，正笨手笨脚地在操场上晾晒。夏雪走了过来，她轻盈地把绳子系在一棵树丫上，并帮枕木晾好被子，几缕阳光照在她的额前，刘海变成了金色的风信子。得知他叫枕木，夏雪很高兴地说："原来你就是大诗人枕木啊，让我也参加你们的诗社，好吗？"枕木点点头。

周一晚上开完教师例会后，夏雪走到枕木身边，轻轻地问："你收到信了吗？"枕木脸红地来到传达室，见有两封地址内详的信，字体一样的清秀，拆开一看，都是夏雪写的诗。清新隽永,让人眼前一亮。

夏雪加入了诗社,成为诗社一道亮丽的风景。

枕木住在离校门口不太远的教学楼一楼,那个黄昏,他正伏案写作。夏雪匆匆地推门而入,说:"快,给我一张纸,我有两行诗,别让它飞掉了……"她的胸起伏着,唇红得灼热,光洁的额上也沁出了汗珠,迎着枕木惊讶的目光,她提笔疾书,一首小诗,便行云流水般地从她的笔尖漾出,"是冷寂的青石街巷／久远失落的足音／是灯暖的四方院落／深了又浅的古井／是蓬蓬生霜的坟前草／是故乡洋槐空空的树心／哦!初雪覆掩了青青苔痕／空阶上残留着星稀月明／帘外风一声一声地长／就仿佛唤醒了爱情"。看着这首漂亮的诗,枕木眼里满是欢喜。

夏雪含笑着问:"有茶吗?我好渴……"枕木给她倒了一杯绿茶。夏雪告诉枕木:"我爱喝花茶,尤其是七色花茶,干花经水的润泽后,便一朵朵地鲜活过来,如同一次美妙的再生,那种精彩纷呈的感觉,令人着迷。"枕木却向来不太喜欢花茶,觉得几朵干花经过水的浸泡,那样饱满地浮在水面上,有一种不真实的浮华与灿烂,叫人平添几分不忍。她奇怪地看着枕木,说:"真想不到你会有这么善良的想法!"她离他那么近,呼吸中有一种兰蕙的芬芳。窗外,星星晶莹如玉,枕木指着天边两颗星说:"你看,它们挨得好近。"她的脸立时灿若桃花,仰起头,迅速地在枕木的额上留下一个轻吻,又雀跃着跑开去。一时间,枕木恍惚觉得他们前世一定是一对相知相携、尘缘未尽的情侣,要不然今生怎会如此明了。有时只是一个眼神，或是一个手势，彼此都能心领神会。即便是两人不说话的时候，空气中仍充满着语言。

接下来，在秋色渐浓的湘江，在风光宜人的船山草堂，在古木参天的岣嵝峰，都留下了他们美好而温馨的回忆。夏雪是不由分说地直抵人的灵魂深处的那种人，她的聪慧、敏感、纤细、善良，以及眼里的那一种深不见底的忧郁，都是那样地令人着迷。那时节，枕木坚信，只要他们有一间简朴的房子，几本自己的书和画册，他们的爱便会充盈一生。

有夏雪相伴的日子，枕木的诗作一首又一首诗地被《诗刊》等杂志选用，并入选了当年的《中国年度诗歌》。11月，枕木赴省会参加笔会，短短的三天笔会时间，枕木收到了夏雪几十条短信。有一条至今让枕木记忆犹新："我不知道流星能飞多久，值不值得追求；我不知道樱花能开多久，值不值得等候；但我却深信我们的爱情如烟花般美丽，如恒星般永久，值得我用一生来保留。"

寒冬渐渐来临，枕木决定把自己近几年来的诗作结集成书。为了凑齐出书的钱，夏雪义无反顾地倾囊而出，拿出了自己仅有的一点积蓄，并充当了枕木的校对员。付梓成书的那天，由于连月的劳累，枕木的胃病又复发了，十二指肠溃疡，不得不躺在医院里。

1月26日，是令枕木终生遗憾的日子！那一天，大雪纷飞，夏雪打电话给他，说要给他送鸡汤来，可就是在这一天，她却因为一场可怕的车祸，去了另一个世界，枕木心如刀绞。在火葬场，枕木眼睁睁地看着她被推进了熊熊的烈火中，化作一缕袅袅的青烟，随风而逝。她纯美的二十一岁的生命，装在一个小小的骨灰盒里，葬入公墓，被重重的积雪覆掩着。

夏雪走了，枕木的茶杯里却从此日夜开满七色花。可是，在芳香馥郁中，纵有千种思念，却写不成一纸情书。

春又来临，夏雪坟前草叶菁菁，彩蝶翻飞，往事辉煌如血，掀起层层波澜。

枕木的诗集终于出版了。他在夏雪的坟前拿出一本诗集，在扉页写道："我注定要用，整整一生的时间，来想你、念你、敬你、爱你……"他点燃了一根火柴，诗集燃烧起来，在淡蓝色的火焰中，所有的思念如大雪纷飞。也许，远在天国的夏雪，能听懂他心中泣血的挽歌吧？

风中的紫玫瑰

认识吕杰的那一年,叶妮二十一岁,在市中学当英语教师,业余在市广播电台做客串主持。

那一天,春日的阳光分外明媚。叶妮从广电中心的录制室出来,呼机响个不停,一位在机关工作的好友邀她去凤凰歌舞厅唱卡拉OK。

叶妮走进歌舞厅的"明月轩"包厢,才知道是一位叫吕杰的年轻人做东,吕杰三十出头,风度儒雅。朋友介绍说,他是市青年企业家协会的秘书长,本市最早下海的一批个体户之一。

大家争先恐后地唱着流行歌的时候,吕杰微笑地看着叶妮说:"你主持的节目我比较喜欢,颇有独到的见解和风格。"然后,他顺口背出叶妮所主持的"午夜星空"节目的开场白,叶妮不由得笑了笑,一直以来,她都以为她的听众只不过是一些学生和刚刚参加工作的人,不想他居然还有闲情和兴趣听广播节目。那一年,市电视台正播放着《渴望》电视剧,宋大成那憨厚的笑容在大街小巷的电视荧屏上绽放,叶妮心想,这人笑起来倒颇有点像宋大成。

这时,好友热情地安排吕杰与叶妮对唱一曲,电视荧屏上显示的恰是一曲《无言的结局》,吕杰似乎微皱了一下眉头,便接过了话筒,"曾经是对你说过,这是一个无言的结局",吕杰的声音很好听,有一种金属的质感。叶妮与吕杰的声音很自然地融合在一起,大家热烈地鼓起掌来,又不依不饶地让他们唱了几首。

从歌厅出来,吕杰主动提出要送叶妮一程,吕杰一边熟练地驾驶着丰田车,一边随意地与叶妮说着话。快到学校时,叶妮怕引起同事不必要的猜测和议论,让他在距校门几十米远的地方停车。吕杰打开车灯,一直照着叶妮进了校门,才驾车离去。

第二天一早,叶妮便接到吕杰打来的电话,完全是那种大哥对小妹的口吻,"晚上一块儿吃晚饭好吗?"叶妮犹豫着不说话,电话那边也安静了一下,便用很肯定的语气:"那么,就这样定了吧!"下班时,叶妮看见在离学校不远的街角果然停着吕杰那辆乳白色的汽车。吕杰把车窗玻璃摇下来,冲叶妮招招手,一脸祥和的笑。

叶妮慢慢地穿过人行道,上了车,他们驱车来到一家自助餐厅,两人选靠窗的桌子相对坐下。这时,一位卖花的小女孩走过来,她的怀中,一大束玫瑰正含苞欲放,其中竟有少许紫色的玫瑰。从没见过紫玫瑰的叶妮,一下子便喜欢上了这些与众不同的紫玫瑰。吕杰告诉她:"紫色最不好种,花也开得少"。他们把仅有的几朵紫玫瑰全挑了出来,置放在洁白的餐桌上,显得古朴而典雅。

　　餐厅的食品柜里，密密麻麻地摆着上百种食品，基围虾、螃蟹、椒盐蛇、红烧乳鸽等等。叶妮沿着长长的食品柜转了一圈，不一会儿手中的碟子就堆得冒了尖，回到座位，她才发现，吕杰只夹了一个荷包蛋。她三下五除二地把这些香气扑鼻的食物吃完，又夹了一碟糕点回来。吕杰几乎没动过刀叉，只是笑意盈盈地看着狼吞虎咽的叶妮。叶妮颇不好意思地说："你一定在心里取笑我没有淑女状吧？"他摇了摇头说："不，我倒很欣赏你这种毫不造作的性格"。叶妮反倒有些不好意思起来。

　　这时，夜幕已完全落了下来，城市里华灯初上，刚下过雨的路面干净极了，行人急匆匆地赶着回家的路。窗玻璃上隐约可见叶妮粉黛不施的脸，一双圆圆的大眼睛，小巧精致的鼻子，同样小巧的一张嘴笑起来优雅地展开一道弧线，一副纤尘不染的样子。吕杰颇有些心动，想造物主真是对她宠爱有加呀！这时，临座忽然响起了热烈的掌声，一辆载着巨型蛋糕的餐车正热热闹闹地驶过来。原来，一位头发斑白的教授在此度过他六十岁的生日，学生们为他点唱了一首《九百九十九朵玫瑰》，叶妮颇受感染，吕杰也跟着热烈地鼓起掌来。他说，已经许久没有这样放松、这样开心了，这种感觉真好！很多时候，他的生活都如同上了发条的机器，不停地连轴转，没完没了地应酬，没完没了地干杯，内心早已麻木了。说这话的时候，他一脸的伤感和无奈。这时，他的手机又骤响起来，他安排好手下的工作，走到前台点唱了一曲《透过鲜花开满的月亮》,"你像那天上月亮,停泊在水的中央,永远停在我的心上"。歌词婉转动人,叶妮心里隐约有一种说不出的感动。

其时,叶妮正做着文学梦,散文稿频频见报,吕杰送给她一个颇为精美的笔记本,说用来剪贴她发表的文章。叶妮渴望着有一天能出一本自己的散文集,吕杰说,就让我做你的出版赞助商吧,叶妮于是废寝忘食地写作,计划在一步步地实现着。闲暇时,吕杰便陪叶妮上书店,帮她选购那些令她十分心动的文学名著。在吕杰的细心呵护下,叶妮小小的心,沉浸在无边的快乐中。

偶尔,吕杰也邀叶妮去听音乐。他们有一个共同的爱好便是音乐,无论或喜或忧,倾听一段音乐,都是一种最好的享受。音乐不仅成为他们生活中的调味品,而且也是调节他们心情的最佳选择。

被他的温柔与体贴所感动,叶妮有时不禁感觉,其实,被人关爱着不是很好吗?然而,渐渐地,在被呵护的同时,叶妮的心里却郁结起一个剪不断、理还乱的结:吕杰究竟是怎样的一个人呢?在如此高雅的音乐厅,她的头脑里时不时地想:这样的一个人,他平和稳健的外表下面,该有着些什么不同寻常的经历呢?在他不为人知的背后,又有着怎样的情感故事呢?而且,人们会不会把我当成一个傍大款的小秘呢?而吕杰,会不会把我当作生活中的调味品呢?处在这样一个瞬息万变的年代,叶妮的心善良而敏感，总有一种想痛快淋漓地发泄的欲望，然而，诸多的忧思，使她慢慢不如从前放得开，她小心地包裹着自己。

临近十五的一个晚上，月欲圆未圆之时，吕杰约叶妮到湘江河畔的怡乐园喝茶。他们俩对坐在露天的茶园，月色轻柔地洒在身上，吕杰很会品茶，且颇通茶道；而年轻的叶妮，对茶道一窍不通，亦没有品茶的心境。食品车推过来的时候，叶妮要了一袋开心果，一颗一颗地剥着，月的光华淡淡地照着水面，微风轻轻地拂着叶妮年轻的面颊，她把吃剩的壳放在桌上叠了又叠，最后竟无意中叠出一只振翅欲飞的小鸟形状。吕杰略带忧伤地看着她说："我知道，你虽然踏踏实实地走着每一步，然而骨子里却时刻在渴望着飞翔！"

情人节那天，叶妮意外地收到了邮局送来的一份鲜花礼仪电报。这是一束漂亮的紫玫瑰，精美的贺卡写着："自从与你一相逢，才知什么叫寂寞"。那一刻，叶妮年轻的心，一如这风中颤动的紫玫瑰，花蕾中藏满了欲诉未诉的悄悄话。叶妮把紫玫瑰小心翼翼地插到玻璃杯中，放上水，看它慢慢地盛开，心里充满了甜蜜的惆怅。

中午，叶妮正睡得迷迷糊糊，忽然传来守传达的老大娘呼魂唤魄的叫喊。叶妮一跃而起，穿了拖鞋直奔一楼，是吕杰从海南打来的长途电话。有时，叶妮觉得电话真的很神奇，千里之外，居然能听到吕杰轻微的叹息声："想我吗？"叶妮的心里一颤，嘴上还想说句俏皮话，嗓子一堵，眼里便有晶莹的东西溢了出来。

不几天，吕杰从海南回来，给叶妮带回一捆她平时不敢问津的精装名著。

过了两天，叶妮把其中一朵最漂亮的紫玫瑰小心翼翼地风干，做成一枚珍贵的玫瑰干花，插在书桌上的笔筒里。

晚夏中一个安静的下午，吕杰与叶妮漫步在市郊公园的小径上。天空是晴朗的，阳光在墨绿的叶片上颤动，鸟啼声悠然地掠过树林，远处传来悠扬的笛声，远离了尘世的喧嚣，两人都有一种回归自然的感觉。吕杰说，他其实很喜欢植物，喜欢植物与植物之间的交流方式。他们沿着湖心桥走着，吕杰的话渐渐地多了起来。他说，自己年少的时候，想拥有一番事业，当事业略有所成的时候，却又错过了爱情的花季，望着早已为人夫为人父的同学，望着父母日渐花白的头发，他心里觉得该成一个家了。这时，他妹妹帮他介绍了自己的一位女同学，很小的时候见过，很朴素的一位姑娘，两人来不及相互了解，便在父母的催促下，匆匆结了婚。而今能遇见叶妮，他觉得上天真是待他不薄。他定定地看了看叶妮，然后一把将她拥入怀中："知道吗，我是如此的寂寞，而你却是如此冷漠，我不知何时才能把你心中的坚冰融化。""吕杰已经是别人的丈夫了，我还能怎么样？"叶妮的脑海里不断地闪过这样一句话，内心有一种受伤的感觉。不知不觉中，她哼起三毛的那首忧伤的《橄榄树》，吕杰轻轻地抚摸着叶妮的长发说，让我成为你生命中的港湾吧。这时，有微风拂过林梢，树叶子沙沙作响，仿佛发出阵阵的浅唱低吟。叶妮的心颤抖了,她沉默着不说话。

那年的中秋节,吕杰没有陪家人赏月,而是与叶妮在大街上走了很久,而那年的中秋节,整座城市竟找不到一处开业的酒店。两人只好就着矿泉水吃月饼。

一天,吕杰兴冲冲地带叶妮去看他刚买下的一处商品房,房子坐落在市中心,很漂亮的四室二厅,家具多是红木的,显得端庄典雅。茶几后摆放着一个大的落地灯,嫩绿的灯罩,柔和的灯光使室内显得温和宁静。客厅的墙上挂着几幅名人的字画,角落里摆放着一架钢琴,而书房里摆放的竟是一张令叶妮魂牵梦萦的大书桌。"怎么样,愿意在这儿写作吗?"吕杰期待地望着叶妮,不知为什么,那一刹那,叶妮脑海中浮现出吕杰的妻子那张苍白的脸,她无言以对。吕杰着急地握住她的手,说他已厌倦了为结婚而结婚的生活,他愿意努力改变自己的这种状况,"你能接受我吗?"叶妮摇了摇头,个人的情感,内心深处可以珍藏,却不能淋漓尽致地表白,无心再给他压力;而叶妮心理上的负担,更无意要他跟自己一起去承担。叶妮想,他们之间,也许该做一个了结了。

几天后,叶妮家乡所在的县突降大雨,洪水淹没了家里所有的稻田,一家人沉浸在无边的痛苦中。在这沉重的打击下,叶妮那年迈的父亲竟一病不起。三年的大学生涯,叶妮除了拥有一纸文凭和一颗执着的事业心,一无所有,理想和现实的差距是无法用直尺去衡量的。虽然参加了工作,拥有的却只是微薪和狭窄的出租屋，而年幼的妹妹尚在读书。家庭的负担，像一把沉重枷锁压在叶妮的心头。在父亲住院的日子里，吕杰不管有多忙，总是抽空来到医院，安慰叶妮的父亲，也安慰叶妮，并以叶妮同事的名义捐助，替她承担了一切住院费。那些日子，吕杰成了叶妮精神上唯一的依靠。在吕杰的细心照料下，叶妮的父亲很快康复出院了。

叶妮的心里充满了感激之情。吕杰的坚强与果敢，又一次深深地感动了她。渐渐地，她又打消了要与他分手的念头。在晨光如沫时、夕阳如血时，他们同看日出日落，潮起潮落。曾经，茫茫白雪中吕杰在电话的那端重申加在叶妮身上的感情砝码，他给了她承诺，炎炎夏夜里叶妮在电话的这头，说她相信梦能圆，梦就一定会圆，她甚至深信将来的某一天，自己会一手挽着吕杰，另一手握着鲜红的玫瑰走进婚姻的圣殿。

然而，正在这时，发生了一件叶妮意料之外的事。一天，叶妮刚下课，一位三十岁出头的女士快步走上前来，她神情凄切地告诉叶妮，因为叶妮的缘故，她可怜的妹妹——吕杰的爱人，竟去服毒自杀。叶妮闻声差点惊厥，手中的讲义不由自主地洒了一地，生命原来是这般的脆弱和不由自主。叶妮从来没有想到，自己无意中竟造成另外一个人对生命如此绝望。

不知不觉中，冬已来临，黄叶亦向苦守了一季的墨绿的大树告别，而叶妮的爱情仍然像书桌上那朵未放的玫瑰，把所有的心事都藏在花心中，无人能懂。叶妮想，如果说红玫瑰象征爱情，黄玫瑰象征友谊，那么，曾经令她如此心动的紫玫瑰，不正像那可遇而不可求的、爱情不能承受之重的第三者之恋吗？她决绝地把那曾令她爱极的紫玫瑰丢在风中，她想她应该去寻找那真正属于她的爱情。是该告别的时候了，她想。

　　那晚，叶妮和吕杰慢慢地在月下前行。风吹拂着叶妮年轻的面颊，她倚着小桥的栏杆，不住地凝望着遥远神秘的星空，竭力地挑一些自以为得体的话。她说："你做我永远的大哥好不好？"暮色中，吕杰双眉紧锁，只是沉默不语地望着波光粼粼的湖水。"你是一个好人，但……我们俩真的不合适。"叶妮觉得有什么东西堵住了自己的嗓子，吕杰默默地握着叶妮的手："其实，从一开始我就知道我们俩没有结局的，然而我不断地骗自己，也许有一天，你会爱上我。你如此地纯洁和善良，总让我觉得，你是从小说中走出来的一位不食人间烟火的主人翁。你知道吗，自从遇见你以后，我才明白什么叫真爱，你陪我走过的这段日子，我将永远珍藏在心底。"吕杰最后一次把叶妮送回了宿舍，叶妮头也不回地进了集体宿舍，她怕她一回头，眼泪就会泄露出心中的秘密。从今别却江南路，化作啼鹃带血归。踏进宿舍的一刹那，叶妮泪如泉涌，她仿佛听到了自己心碎的声音。

　　一天，叶妮着一条白色的连衣裙，走在大梅沙的海边，怀想起从前的一切，恍若隔世，心内郁积的郁闷与愁苦也慢慢消融，随身听此时正播着那首《橄榄树》，"不要问我从哪里来，我的故乡在远方，为什么流浪，流浪远方……"，有一种落泪的感觉，她想，其实，人，毕竟是孤独的，孤独地来，孤独地去，孤独地走过所有的繁华与衰落。一位当地的渔民远远地跟了叶妮很久，终于喊道："姑娘，有什么事情请想开点。"叶妮长叹一声，这位好心的渔民又何从知道，她早已设法放下了心中的十字架。自己心中的链锁已逐渐解开，跟吕杰的分手于她来说，与其说是一种难言的割舍，更不如说是一份难得的解脱。她的那份初恋已消融在无边的寂寞中。

风吹动了叶妮略显单薄的裙袂，叶妮深深地知道，未来长路，漫漫历程，唯有执着地走！

化蛹为蝶

云涛一直认为，有那么一天，会有一位美丽而又善解人意的女孩化蝶而来，出现在他情感的天空中。于是，他就这么一直苦苦守候着，直到有一天，他遇到了她。

那是一个云淡风轻的夏日午后，云涛去外文书店看书。那一天，其实与平时的外文书店没有两样，书店里播放着那首理查德的《梦中的婚礼》钢琴曲。

云涛随意地翻着书，问是否有新到的《英语世界》期刊。老板说，只剩下最后一份了，在后排的书架上。

云涛在书架上并没有找到，正当他要失望而归的时候，他的眼前忽然一亮。书架旁立着一位靓丽的女孩，她一袭白裙，飘逸若蝶，极优雅地翻着那本《英语世界》期刊。这是怎样清纯的一个女孩，明眸皓齿，纤尘不染，那一刻，云涛觉得她就是自己佛前千年的祈祷中要等的那个人。

那一瞬间，时间仿佛凝滞了。也许是云涛热切的目光感染了她，她抬起头来友好地冲他笑了笑。

云涛压抑住心跳得厉害的感觉，轻轻地问她："你也喜欢看这本读物呀？"她凝眸一笑，调皮地点了点头。

这时，云涛发现她胸前佩着电视台的实习记者证，原来她有个同样不俗的名字：海诺。

云涛看着她，笑意盈盈，仿佛在哪儿见过似的熟稔。

云涛的心很难平复下来，说话都不免有些结巴。他们礼节性地相互问候一下，接着也就谈了一些琐碎的事，她的语气亲切而随和。他从未有过地主动自我介绍，自己叫云涛，是一家派出所的民警。

在云涛的请求下，她大方地在云涛的电话本上留下了她的电话，并告诉云涛，自己是师范大学英语系大四的学生，两个月后就要毕业了，目前正在娱乐频道实习。

逛完书店，云涛主动要求送海诺回家，她坐在云涛的摩托车后，云涛能清楚地听到她的呼吸。这是云涛第一次感受到异性那诱人的气息，云涛觉得周身的热血在沸腾，他不知她是否感觉到自己的那颗心跳得很厉害。

几天后，云涛买了些时令水果去海诺装修一新的家。开门的正是海诺。她热情地拉着云涛的手，领他进了客厅，大声叫道："爸爸，来见见你们的广东老乡！"海诺的父亲从书房出来："小伙子，欢迎啊！"他给云涛递过来一片西瓜，笑着问："小伙子，在哪里上班呀？"海诺噘起嘴巴："人家早就警告过你嘛，不许向我的朋友查户口！"海诺的父亲赶紧道歉："对不起，来来，小伙子,请坐!"

　　她的父亲是一位开明、健朗的知识分子,很有书卷气。

　　其时电影院正上演着《泰坦尼克号》,云涛邀海诺去看电影,一开场,她便完完全全地沉浸在故事里。当露丝说出那句著名的经典台词"You jump, I jump"时,云涛侧过脸,蓦然发现,一大滴的泪珠正在她的眼眶里打转。

　　接下来的日子,面临毕业的海诺忙着联系分配单位。她走马灯似的在电视台、电台、文化馆等单位寻求就业机会。可是,分配颇不顺利,她没能如愿以偿地分到自己喜欢的单位,颇有些受挫的感觉。她的叔叔在深圳开发房地产,劝她南下发展。她来询问云涛的意见,云涛心里一万个不愿意,不想让自己这份来之不易的情感去面对如此残酷的距离考验。尽管如此,他还是尽力地挤出笑容鼓励她:"去吧,也许特区会更适合你。"

　　那一年的冬季,飘起了经年不遇的大雪。海诺的工作仍然遥遥无期,她终于下定决心要去深圳了。启程的那天,云涛给她买了两盒经典的英文歌曲磁带。

　　云涛送她上月台,一路上两人默默无语。拉着汽笛长鸣的火车,唱着一首单调的曲子。她就这样背着一个索尼随身听,飘出了云涛的视线,渐行渐远,最后消失在遥远的地平线。而云涛的心,亦如承载了太多水珠的荷叶般片片下坠。

　　一周后,海诺终于给云涛来电话了,她说她已进了一家香港合资的公司上班,工作非常繁忙,为了接一桩生意,她不停地在客户中穿梭应酬。

远离海诺的日子里,相思如笋般拔节生长。而云涛记忆深处珍藏着的她的每一个微笑,每一个凝眸,都是那么鲜活。

半个月后,云涛终于不顾一切地来到千里之外的深圳,对于云涛的突然而至,海诺有着一份意外的惊喜。云涛压抑着内心的激动,只是淡淡地对她说,他是来深圳出差的,顺便来看看她。

他们并肩走在这南国的土地上。云涛感觉到许多人正用羡慕的眼光在看着他俩。他觉得一切都是那么新鲜可爱。那一刻,他多想牵过她的手,放在自己的手心里,可是,腼腆和羞涩让他不敢。

黄昏来临,这座现代化的城市里华灯初上,云涛打了的,带她到海上乐园去游泳。累了,他们到一家客家饭店吃饭,她喜欢喝那里一种又酸又甜的饮料,而云涛喜欢喝那里的一种果子酒。

云涛很想带她去世界之窗、沙头角去玩,然而海诺很忙,她说自己初来乍到,必须干出点实绩来立足。看到海诺日渐憔悴,云涛真的好心疼。

很多时候,云涛都清楚地知道,她就是自己梦中多年的等待。云涛想对她说:"我爱你。"然而,他却怎么也鼓不起勇气。她就像在自己情感的天空无意中飘过的一只蝴蝶,是那样空灵飘逸,仿佛比天风更轻更轻,令自己无法追寻。终于,短暂的相聚,云涛没有说出那三个字。

回到家乡后,云涛继续给她打电话,用老式机械英文打字机给她打英文信，写一些平平常常问候的话语。

次年5月，云涛再次去深圳看海诺，她已改行到了美国独资的W公司，担任人事部经理。W公司坐落在深南大道，是一座雄伟的欧式建筑，电梯在房外运行，星条旗在晚风中飘扬，一切都给人一种神秘的感觉。下班后，海诺从公司出来，美丽的夕阳泼洒在她的身上，看得云涛的心都醉了。

公司前面是一个很大的广场，情侣们三三两两地坐在这里休息，驱赶一天的疲惫。云涛极想挽着海诺，可他迎着周围无数羡慕的眼光，仍然不敢独拥她这份美丽。

短暂的相聚，又面临分离了。海诺送云涛上火车时，云涛分明觉出她对自己有所期待，他试着要对她说出那三个字。但他一直不敢说出来，他记得什么人说的话：爱不可说，不可说，一说便错。他怕自己说出来，遭到海诺的拒绝，那么，他与她之间会被无情地画上句号，连普通朋友都没得做，那样太残酷……他害怕失去她。

况且，他没有经济基础，户口的事都解决不了，将来怎么办？而且潜意识里，云涛觉得海诺那样一个事业心强，且各方面都很出色的女孩，他真的无法相信自己能拥有这份美丽。一个声音顽固地在云涛的脑海里吟唱：她比天风更轻更轻，是你永远追随不到的。于是，他再次把自己包裹得像一枚蚕茧，将所有的心事尘封在茧心。

回到家乡后，云涛仍然隔三岔五地给海诺打电话，用英语交流,可是他始终鼓不起勇气向她表白。

元旦将近,海诺给云涛寄来一张贺卡,贺卡上画着一个圣诞老人的袜子。她说云涛的英语进步很大,她称呼云涛为Comrade。云涛心里有些隐约的不安,云涛想元旦自己一定要对她说"我爱你"这三个字。

好不容易盼来元旦节,云涛给她家里打电话,话筒里却传出一位陌生青年男子的声音。云涛心里一惊,追问她,她说,这是她的男朋友,在深圳的一家外贸企业工作。

云涛怀着矛盾的心情再次启程去看她,那个男孩长相很普通,身上佩着手机、商务通,搬弄着一台手提电脑。

随身听、机械打字机早已过时了,电脑、CD机才是这个网络时代的新宠,海诺这样一个女孩,也许应该有一位颇有经济实力的人来呵护她。云涛想:为了爱,自己必须逃离。自己与海诺相距千里,与她的这份感情,至此足矣,包裹好这段美丽,让它成为一枚蝴蝶标本。

海诺当新娘的那天,云涛的心空寂寂的,做什么事都没了兴趣,只在心里一遍遍地为她祈祷着、祝福着。

他终于开始堕落。喝着难喝的烈性酒,用以麻痹那颗痛得厉害的心。云涛吸着很呛的烟,使自己在淡蓝的烟雾中变得虚无。这些以前云涛从来都是很少沾边的。由于时常酗酒吸烟,云涛一天天枯瘦下来,无比憔悴。

云涛大病一场,当他病好一些时,已是几天后的事了。他继续去单位上班，只是，云涛对一切已没有了原来的热情。

下班后，云涛把自己关在屋子里，黑暗中一遍又一遍地听着那英的《征服》，"就这样被你征服，切断了所有退路……我的爱恨已入土……"听得泪流满面……

这期间，云涛在亲朋好友的劝说下，去见过一个女孩，但却一直找不到感觉，云涛不能拂去心中对海诺那份深深的思念。云涛无法忘记她。云涛时常揣想，在遥远的都市、陌生的远方，聪慧的海诺，是否依然有着美丽灿然的笑容？

两年以后，又一个春天来临了。3月5日，是云涛与海诺相识三周年的日子，夜已深，聆听着窗外潺潺的雨声，云涛忽然想起了海诺，于是，云涛试着给她打了电话，她告诉云涛，她的丈夫已于20世纪末移民去了美国，她不愿去，选择了离婚。

还等什么呢？当缘分再一次与自己擦肩而过时，一定要不失时机地抓住它。云涛给自己已待了10年的工作单位递了辞职报告，他决定放弃这份舒适的工作，用自己的一生去呵护她。处理好这一切后，云涛迅速踏上南下的火车。

下了火车，云涛一眼看见月台上的海诺，黑色的裙袂飞扬，五官精致。远非一般女人靠那满头零碎，一脸油彩能装扮出来的。

生活的历练，使她更加成熟。她大方而优雅地拉着云涛的手在人流中漫步。

她带云涛来到自己家里，不大的一室一厅，收拾得很干净，开了门,一个一岁左右的男孩摇摇晃晃地奔过来叫她妈妈,后脑勺留着一根小辫子。她一脸幸福地要小男孩叫云涛叔叔,一副准太太的模样。

云涛能闻到她的体香,心里特别温馨。

她张罗着饭菜,云涛从没想到她能如此熟练地干着这些家务,也许好女孩能更好地担当起母亲和妻子的角色吧。

晚饭后,云涛为海诺点亮了蜡烛,烛光轻柔地洒在她的身上。云涛看着她:"许个愿吧,海诺!"她虔诚地双手合十,刹那间,云涛的心底翻起阵阵涟漪。似乎有一个声音在云涛的耳边说:"如果喜欢一个人,那么就大胆说出来吧,不然你将抱憾终生。"

云涛从香水盒里取出特意为她选购的香水,轻轻地洒在空气中,那一刻,她似乎又成了三年前那个女孩,在阵阵清香中,云涛轻轻地吻了她的手,"让我们化蛹而出,一同飞翔!"海诺倚上云涛的肩头,双眸晶亮。

依妮的故事

最初听到钢琴曲《少女的祈祷》，是在十六岁的花季。那一刻，四周静谧极了，只有琴声悠扬地划过少女的心弦。那是一个明媚的春天，空气中弥漫着淡淡的花香。正在师范学校读一年级的依妮，忽然被一阵曼妙的钢琴声吸引住了。那是怎样的一种天籁之音啊，仿佛一位少女正在虔诚地祈祷着、倾诉着，时而柔和如流水，时而明快如丽日，时而又华美如峰峦。穿越这优美的乐章，她不知不觉地循着悠扬的琴声来到了钢琴房。

琴房内，一位少年正潇洒地挥着灵动的双手，一串串优美的旋律从他的指尖流淌出来。因为这妙不可言的钢琴曲，少年的全身像笼罩着一层圣洁的光芒。依妮发现，那位弹琴的少年，正是自己初中时的男同学子俞。中学时，聪慧、美丽的依妮是班长，善良、直率的子俞是文体委员。因为都喜爱音乐的缘故，他们比较投缘。初中毕业后，依妮选择读师范学校，子俞选择了继续读高中，并师从师范学校的一位老师学钢琴。

两人愉快地聊起中学时代的那些美好的时光，不由得心里乐滋滋。子俞看出依妮对钢琴感兴趣，就手把手地教依妮弹奏钢琴练习曲。靠近依妮那娇嫩的脸庞，子俞有些少年的羞涩，又有些甜蜜的感觉。

从那以后，依妮开始着迷地学钢琴。子俞充当了依妮的老师。弹累了，他们也会去校门口吃上一碗馄饨，或是沿着校园漫步，任清风抚摸着面颊。两颗年轻的心沉醉在无边的快乐中。

高二那年，子俞转学到离师范较远的另一所中学就读，不再来师范弹琴，书信成为联系他们情感的纽带。那些日子，依妮总有意无意地往收发室跑，只要有子俞的信，哪怕只有只言片语，她都十分高兴，脸上红彤彤的，放着光彩，躲到无人的地方看了一遍又一遍。依妮的信总是有着姑娘特有的灵气、富有创意。她常亲手制作一些精致的小卡片寄给子俞。很多时候，她还会调皮地在信封的一角画上一个高音谱号。

不久，依妮师范毕业了。她决定利用暑假在初中同学中发起一个聚会。她精心地设计了这场聚会，并约了一个女同学四处发请柬。子俞的请柬，是她亲自送到他家去的。子俞收到请柬的一刹那，眼睛里闪着亮亮的光泽。

那一天终于来临了，同学们嘻嘻哈哈快乐得像一群无忧无虑的鸟雀。伴随着优美的旋律，依妮翩然起舞，她像一只骄傲的孔雀，悠闲地梳理羽毛，轻快地戏水，热烈地开屏。那舞姿、那神韵，无不给人带来律动的美感。大家热烈地为她鼓起掌来，立在人群中的子俞更是不停地向她挥手示意。他的眼睛满是笑意，心里为依妮生起一份莫名的骄傲来。轮到子俞上台演奏时，他阔步走上台，优美的琴声让人如痴如醉。同学们高兴地称他为"小钢琴家"。那一天，他们俩成为整场聚会的中心。聚会结束后，子俞送依妮回家，两人说了很多，憧憬着美好的未来。分别时，子俞默默地看着依妮，终于下了很大的决心似的告诉依妮，他打算去北京考音乐学院。只一刹那，依妮的眼眶就湿润起来，嗓子也像堵了什么东西。她想说一些祝福的话，可是舌头好像也很不听使唤了。脑海里只有一个念头：他去了北京，还会记得我吗？也许我这一辈子将再也见不着他了。这样一想，眼泪就不由自主地流了下来。子俞一看依妮哭了，就更加慌得不知所措了，只是一个劲儿地安慰她，然而，他越是安慰，依妮越是哭得泪雨滂沱。他搓着手，仿佛一个做了错事，又不知自己错在哪里的孩子。

子俞走的那天，依妮躲在琴房里没有去送行。

然而，子俞没能考上北京音乐学院。

回到家乡后，他很沮丧，心想，自己也许不是搞音乐的材料吧。在家人的安排下，他很快到了一家单位上班。已在某校当老师的依妮，知道这些后，苦口婆心地劝他再去考学校。在依妮不厌其烦的劝说下，他重新回到课堂。一年之后，又一次参加了高考，顺利进入本市一所大学的音乐系就读。两人依旧书信往来，感情日益加深，但谁也没有说出那令人脸红心跳的三个字。

依妮教书很努力，很快就成为一位颇有名气的音乐教师，并跻身全省先进教师行列。

初冬的一天，依妮上完课回到办公室，突然发现子俞正皱着眉头站在办公桌旁，他的身边，站着一位开朗、前卫的女孩。见到依妮，子俞似乎很高兴的样子，正要说什么，女孩大胆地盯着依妮，抢在前头说："我可是真心喜欢子俞的！"依妮心里一沉，不待子俞开口，便头也不回地跑回了宿舍。她不想让子俞看到自己流泪的样子。她把那些写满了牵挂和思念的信件和日记，锁进了抽屉。她想，为什么会这样呢？自己一直在傻傻地为这个人写信、写日记，也许本身就是一个错误。

这时，子俞推门进来，他红着脸说："她已经走了。"依妮低着头，既不说话，也不看他。子俞说，班上的那位女同学老是当众对他表示好感，他反复告诉她，自己已经交了女朋友，但她偏偏不信，非要缠着他带她来看看才肯罢休。依妮还是不作声。子俞便牵过依妮的手，有些害羞地送给依妮一份礼物。那是一只做工精巧的玩具钢琴，朱红的琴盖上刻着"山有木兮木有枝，心悦君兮君不知"的诗句。十六岁时的那一幕，似乎又在眼前了。那首《少女的祈祷》又轻轻地在耳边萦绕。依妮的眼眶湿润起来，一丝甜蜜的悸动滑过她的心头。俩人的心，一下子贴近了……

爱恨悠悠

"洗牌，洗牌"，面容清秀的瞿政把麻将搓得哗哗响，一只手捏了一下坐在他下首的紫苡，递过一张百元大钞。紫苡娇嗔地接过钱来，脸上泛起职业性的媚笑，声音如同被人捏细似的不自然。明眼人一看便知道这是瞿政为博红颜一笑，有意放和的清一色。紫苡是一位染着黄发的姑娘，她纤细的手指上涂着红红的指甲油，着一件淡蓝色的吊带衣，裸露出一大截洁白的胸脯。双脚蹬一双大头鞋，像一只纤细小巧的米老鼠。然而由于长期的昼伏夜出，她看起来更像一只猫。

午夜十二点的钟声敲响，瞿政战得正酣。老婆贾莹给他送过来一碗桂圆乌鸡汤。她是一个身材结实、容貌端正的女人。看着瞿政喝了几口后，她才转过身去。瞿政讲了一个很浑的笑话，又兴高采烈地给紫苡放了一个庄家炮。

这时，贾莹已帮他打来了洗脚水，在贾莹的催促下，他懒洋洋地伸出双脚放到洗脚盆里，他的左腿微跛，贾莹蹲在地上，细心地替他搓揉着。昏黄的灯光下，看不清她的表情。

她并不在乎男人的输赢，这两年男人的生意做得很顺畅，男人轻松一下也是应该的。只是，她有些听不惯这个叫紫苡的女人放肆的尖笑。

贾莹师范毕业那年，爱上比自己小两岁的瞿政。家住市郊的瞿政虽然长得眉清目秀，一副精明能干的样子，但由于小时候患过小儿麻痹症，留下了些微痕迹。贾莹的父亲曾是一名颇有实权的部门领导，他不太喜欢这个看起来有些滑头，且又有腿疾的男青年，极力反对这门亲事。但贾莹横下一条心，非瞿政不嫁。她终于取得了斗争的最后胜利，冲破家庭阻力嫁给了瞿政。

婚后，父亲拗不过宝贝女儿，也不得不动用关系把瞿政调进了市内一所职业中学任教。

一年之后，贾莹生下了一个白白胖胖的女儿。瞿政心里颇有些不悦。日后与别人开玩笑时，总说要生一个男孩，如果贾莹不帮他生的话，找别人也是要生一个的。大家想，瞿政当年依靠岳父老子进城，谅他也不敢怎样，所以只当他是开玩笑，并不放在心上。

在外人面前，瞿政虽然跟贾莹依然有说有笑，背地里却对贾莹冷漠了许多。贾莹没能给瞿家生下一个小子，心里总觉得亏欠了他似的，越发对他关爱起来。在家里不要瞿政做任何家务事，每天好吃好喝地侍奉他。

不久，厌倦了校园单调生活的瞿政下海经商，头一次与人到东北贩卖玉米，就上了当，血本无归。好在贾莹的父母有一定的社会关系，他们也不忍心女儿跟着他受穷，为他联系好了几笔带有照顾性的业务后，他的生意这才慢慢有了起色，且越来越红火起来。

就像许许多多旧版本的故事书一样，略有了些钱的瞿政开始在风月场所流连忘返。他觉得当年找贾莹这样一个比自己大两岁的女人，自己受了委屈。他把自己这种荒唐的行为戏称为"堤内损失堤外补"。

紫苡是他在某美容院结识的四川姑娘。此后，他经常光顾美容院照顾紫苡的生意，还经常请紫苡来家里搓麻将。

贾莹把这一切看在眼里，并不与他闹，心想，这些都是因为自己的肚子不争气，没有为他生个男孩的缘故。因而她下定决心，一定要设法为瞿政生一个男孩，她以为这样就能拴住丈夫的心。

不久，贾莹怀孕，她决定铤而走险，生下这个孩子。超生一旦被查处，是要受到严肃处分的。下半学期开学的时候，已怀孕三个月的她谎称去外地做生意，办理了停薪留职，躲到乡下的一个远房亲戚家。

她怎么也不会想到，当她在乡下东躲西藏，被蚊叮虫咬的时候，她的男人却夜夜拥着紫苡欢度良宵。

12月的一天，她正挺着已六个月大的肚子，在亲戚家门口散步，忽然远远地来了一拨人，原来是她所在的单位领导和街道的干部找来了。他们把她带回了城。在引产室里，随着她尖利的惨叫声,她生一个男孩的梦想彻底地被粉碎了。

身体复原后,贾莹得知告状的就是瞿政的那个小情人——紫苡,恨得咬牙切齿。她喊了几个要好的朋友,狠狠地教训了这个女人一顿。

前些日子,已多日不露面的丈夫忽然把车开到学校来接她,车里坐着紫苡。瞿政轻言细语地劝说她:"上车吧,我想我们三人之间,应当面了结一些事。"

贾莹只当是瞿政终于回心转意,她毫不设防地上了车。瞿政将车开到市郊一个荒无人烟的地方,一把抓住贾莹的手,让紫苡狠狠地揍了一顿,然后像丢垃圾袋一般把她推下车去。

无遮无拦的贾莹,在江南七月炙热的阳光下,泪流满面……

谁怜女儿心

写下这个篇名后,连自己也不禁吓了一大跳,感觉颇像某些流行歌曲中捏腔拿调的呐喊。然而,静下心来仔细一想,不是吗,谁说女儿不可怜呢?

在古文中,可怜即可爱的意思;而在现代,却是两个风马牛不相及的概念。

有一位女友曾颇为形象地说,待字闺中的女儿,就好比洗得干干净净的白菜,摆在拥挤热闹的菜场,任人翻拣,待价而沽,丝毫也没有自作主张的权利。倘若你想发挥一下自己的主观能动性,去寻觅你的梦中情人,那么,劝你还是趁早放弃这个念头吧,说不定尚不待你做出举动,心中的爱情鸟早已被你惊飞了。

一个女孩,倘若她什么都很优秀,那么,她的石榴裙下可能拜倒一大片,等着娶她的人也许正排着长队。倘若不优秀,那也不要紧,有个做官的或是有钱的父亲,不也很好吗,不是说皇帝的女儿不愁嫁吗?再不济,做一个很有头脑、很有商机的女人也很不错呀,她会急急地去外寻找机会,早点把自己推销出去。君不见那些才华、长相都很普通的人，不是往往却有幸钓到了金龟婿吗？张爱玲曾说过这样一段话，"有美的身体，以身体悦人；有美的思想，以思想悦人，其实也没有多大分别"，虽然不敢苟同她的观点，却也说明一个道理：女性永远是要取悦于人，才能求得生存的空间和位置。这难道不是一件很悲哀的事情吗？

倘若在年少无知的时候，爱上一个浪荡子，而自己却浑然不觉，反倒自以为是寻到了至纯至善的真爱，一心一意地爱着对方的优点，甚或是缺点，听不见任何善意的劝告，躲在二人世界里忘乎所以，对方的油嘴滑舌在她的眼里成了风趣幽默，粗暴冷漠成了男子汉魅力，直到有一天，对方露出庐山真面目，将她一脚踢入冷宫。爱情梦破碎，婚姻梦成空，方如梦初醒，涕泪长流、痛苦万分甚至于寻死觅活，直叫人扼腕叹息！真是"惜春长怕花开早，更何况落红无数"。

而那种既有点才华，又有点个性的女性，人们可能会远远地欣赏你，却不会靠近你。也许正是那点可怜的才华，那点不该有的个性让你看不起一般的俗男人，活该独守空房。不是嫌这个不懂五线谱没有情调，就是嫌那个不通唐诗宋词，仿佛不懂文学是一种不可饶恕的错误。浅薄的人看不上，高雅的人还不曾遇见，而当你蓦然回首，已然走过玉米地的一多半，甚至快上坡了还没来得及掰到一穗大玉米。这时你发现满街深沉内涵的男人倒全成了别人的丈夫，可那毕竟是别的女子成就出来的男子汉，你又怎忍心去横加掠夺呢？

平生最羡慕的女人是三毛，倒不是因为她的作品写得怎样惊世骇俗，而是羡慕她那份潇洒走天下的勇气和决心。她为情而生，为情所系，最后为情而死。在她的心中，生死无隔，缘不因生而始，不因死而终。她就是这样带着对荷西的感情追逐而去。我想，她的走，一定是走得痛苦且凄然的。然而，我想，比起那些一辈子都没有自己的思想的女人来说，她的痛苦，甚至她的凄然，都是一份不可多得的美丽！

身处围城内的女人，倘若有幸遇到一位好男人，你也许还能体会到温暖，体会到关爱的滋味，在爱情的旗帜下或是比翼双飞，或是夫唱妇随。倘若不小心遇到"中山狼"，得志之后便义无反顾地抛弃糟糠之妻，则是很可悲的了。细想，似乎亘古以来女人就是脆弱的代名词。《诗经》里那个"匪来贸丝，来即我谋"的氓，不就是一个典型的负心汉形象吗？难怪曾有人充满了同情地疾呼："女人，你的名字是弱者。"

女人在社会上扮演着众多的角色，是妻子，是儿媳，是母亲，是女儿。如果既想扮好贤妻良母的角色，又想在社会上赢得一席之地，那么，其艰辛的程度可想而知，因为这几种角色都不是那么好担任的。每一种角色都将如磐石般压在你的心头，令你丝毫不能松懈。就个性而言，《红楼梦》里的林黛玉无疑是一个颇具人格魅力的女性，然而，她却只是把女儿的角色做到了极致，放在现代，人们终日为生计、为名利而熙熙攘攘，哪怕她再浪漫，再有才情，想必男士们也不一定消受得起，在这个社会也不一定能找到立身之地。倒是越来越多的薛宝钗们如鱼得水地在复杂的人际关系中游弋。

但愿有那么一天，女人不再是弱者的代名词！

单身贵族

单身贵族往往被人为地附上了一层神秘的色彩，人们对其私生活加以种种猜测，对其独身的理由尤为关注。

电视连续剧《家里比较烦》里有一段形象的话："没有嫁不出去的女人，除非她自己不想嫁；没有娶不到妻的男人，除非他自己不想娶。"虽是笑话，可也不无道理。不信你瞧瞧，那些残疾人、智障者不是也幸运地得到了人生伴侣吗？相反，倒是有许多条件出色的人形影相吊地在社会上打拼着。难怪汪国真要发出"孤独若不是由于内向，往往便是由于卓绝。太美丽的人感情容易孤独，太优秀的人心灵容易孤独，其中的道理显而易见，因为他们都难以找到合适的伙伴"的感慨，末了还用"太阳是孤独的，月亮是孤独的，星星却难以数计"等自然原理加以佐证。

人长时间独处，有太多面对自己的机会，自然只有孤芳自赏继而又顾影自怜的分了。因而单身女人与平常人相比，也许更多了一分理性，也更多了一分敏感。所以，单身贵族往往就是那最容易受伤的人。

试想，也许有一位颇有经济实力或是社会地位不错的人曾全力以赴地追求你，甚至陪你去逛书店，心满意足地为你付款；为了改变你的形象，甚至会不厌其烦地带你去选购衣物，其温和与体贴足以感动任何人，可就是感动不了你。久而久之，那扇为你而开的爱情窗户说不定什么时候就关上了，转而朝另一个不需要耗费如此心思的人敞开。

这时候，也许分手对你来说，既是一种难言的伤痛，也是一份难得的解脱。然而，遇到像这样的准好人的机会却是不会太多。而你为什么却偏偏不能稍稍委屈自己，而白白将此机会拱手送人？

其实，每个人都有选择自己生活方式的权利，每个人都以自己的行为对生命负责，无须他人妄加评价。大凡单身贵族，必有其独身的理由，也必有独身的能力。可惜的是，周围的人不见得都能对此理解。这使我想起"曲高和寡"的古训，想必也是有一定道理的。

因而，每每遇到单身贵族，尤其是那些条件极优越的女单身贵族，我便要不由自主地打心眼里佩服。那些一生不是依靠着父亲就是依靠着丈夫的女子，抑或是一生不是依靠着母亲便是依靠着妻子生存的男人是万万不会有这般勇气的。

试想，当一位单身贵族被邀去参与聚会时，昔日那些嬉笑玩耍的女同学大都已初为人母，男同学则初为人夫了。得知你尚待字闺中，又探听不出"阶级斗争"新动向，男女同学能不齐齐地将"事业狂"这顶帽子强扣于你吗？哪怕你心下想，自己今儿个倒实在是遇着了一伙强人。其实，也许外表刚强的你，恰好有着一颗极敏锐、细腻的内心，许是外刚内柔型的人呢。也许你也压根儿不泼辣，是与那种叱咤风云的事业狂怎么也挨不上边的。

一位女单身贵族倘是有幸取得一顶硕士或博士帽，抑或是在什么大赛中得过奖，惊叹之余，众人更会齐心协力地把"女强人"这顶帽子强扣于你，哪管你非但不喜欢，甚至有些讨厌、有些惧怕这顶帽子。

学友们聚会，也许会聊及，谁因为谁是领导，便极尽阿谀之能事，后来因为对方没能帮上忙，从此老死不相往来，谁谁谁又因与同事争提干的名额，而相互打小报告等等。诸种险象环生，而你却浑然不觉，只是每日里读书、习字、练琴。也许接下来为人夫者要痛心疾首地向你诉说妻子的愚笨粗俗，甚至于殃及下代；为人妻者会喋喋不休地向你抱怨丈夫热衷于赌博，抑或是赚钱手段不够高明，从而大谈对婚姻的失望。

这时，独身的你可不要因为自己没有进入这种奇怪的围城而庆幸得太早，因为他（她）们千般抱怨、万般抱怨之后，末了必不忘对你补充一句："还是赶紧找一个吧，条件不要太高。"其言辞之恳切，足以让你感激涕零，似乎纵然你有一千个独身的理由，也不应独自在社会上打拼。

面对如此热情，聪明的你除了颔首微笑，还能说些什么？

爱与喜欢

喜欢,是止于欣赏,你可以清清楚楚地说出喜欢对方的缘由;而爱,则是较高层次的吸引,是高山流水的筝音。真爱一个人,往往说不清爱的理由,也许只是回眸的一个微笑,也许只是不经意的轻叹,也许只是一句简单的话语,便直抵你的灵魂!令你心动莫名,紧闭多年的心扉刹那间轻启。他轻浅的笑容如阳春三月和煦的春光,沐浴着你的心房。而你的心,也愉悦地向着对方奔跑,只想在那里寻一个栖息之所。

喜欢一个人,你可以只欣赏他的某个优点;但爱一个人,他所有的喜怒哀乐都会牵动你的神经,会拨动你的心弦。他的一举一动、一言一行都可以左右你的视线。喜欢一个人,不会为他心动心悸;而爱一个人,会魂牵梦萦,魂不守舍。在用心感知对方时,在他眼里心里,仿佛全世界都不复存在,纯粹得只剩下你们俩。会在感知不到对方时惶惑不安,突然觉得世界变得黑暗,日月星辰失去了颜色,满目繁华无所依。而在下一刻,又因为对方的回应而欢欣不已,仿佛全世界都已牢牢地握在自己的手中。

爱是一无所求，甘愿为对方放弃自己的一切；爱又是无所不求，想拥有对方的一切。只想心身相连，水乳交融，不离不弃。

喜欢，是平静如镜的湖泊；而爱，是奔流不息的江海。喜欢，可以如幼童手中的玻璃球，你可以一路走一路收藏，可以拥有满盆满罐的欢欣；而爱，却是蚌贝里孕育着的珍珠，深山绝处的灵芝，稀有而珍贵，一旦失去，便是一道永不愈合的伤痛。

喜欢可以批量生产，可以复制，可以刻录；而爱是孤本，是珍藏版，它被小心地尘封在内心深处，不愿轻易示人，更不愿与人分享。

喜欢，可以痛快淋漓地表示，可以热热闹闹地怀想。而爱，原是一个人寂寞地怀想一个人，在不知不觉中，会眼神流转，嘴角会漾开甜美的笑容。爱一个人，心里会涌起一些甜蜜的惆怅，一些热切的期待，目中无人的沉醉，一些徒劳的牵挂与不安，还有胸口会有刹那的疼痛。眼里梦里全是她的低吟浅诉，她轻浅的容颜。只想睁大眼睛去追寻，只想闭上眼睛去感知、去回味。

喜欢，可以是在美丽的建筑周围流连；而爱会让你只想走进，哪怕只是一座低矮的茅草房，在爱人的眼中也是一座巨大的宫殿。喜欢，是一间宽敞明亮的中式客厅，清楚明了；而爱，是一座复杂的迷宫，虽然外观平和，但层层叠叠，很难抵达深处。

爱一个人，会心甘情愿地为对方付出一切，会包容他的一切。如果是对方需要，哪怕是隐忍地离去，也毫无怨言。

爱一个人，会因为她的一句话而浮想联翩，会因为她的一个眼神而魂牵梦萦，她不经意的一举一动都会让你心动莫名，她的冷暖寒热都会牵动着你的神经。

喜欢，可以轻松自如，而爱却让你学会了隐忍。爱一个人，会傻傻地追问："你到底爱不爱我？你爱我的什么？"问得对方也傻傻的，始终给不出最佳答案。

喜欢，是一幅淡雅的写意画，可以轻描淡写，可以信手涂鸦；而爱，是一幅浓墨重彩的国画，你庄严地打开画卷，一点一线一面，庄重而认真，丝毫不敢懈怠。

喜欢，可以是众手调制的鸡尾酒，高朋满座时肆意品抿；而爱，是一坛尘封多年的女儿红，在开启的刹那，便已沉醉千年。

喜欢，可以是琴弦管乐奏出的协奏曲；而爱，是素手弹就的高山流水的筝音，只适合一个人静静地倾听感应。

喜欢，可以是众口一词的大合唱；爱，是心灵深处的绝唱。爱一个人，是与他灵魂相通，是水乳交融，心里想的念的，全是一个名字，是一种声音，是一种眼神。是只想陪他走过桃红柳绿的春，走过树木青葱的夏，走过落红成阵的秋，走过寒风萧瑟的冬，一直走到天荒地老。

爱是天意

冬日的暖阳照耀着脸颊，如耳语般让人无端地觉得温暖、惬意。一个人懒懒地在广场散着步，看三三两两的人群席地而坐，是一派俗世的温和景象。

想起那部轰轰烈烈的大戏《夜宴》。那晚，与几位文友热热闹闹地去看了，走出影院时，个个都是一脸的肃穆与悲哀。该片旨在揭示历史是一部悲壮与荒凉的决斗戏，爱情亦如是。我们见到的只是繁华背后的凄凉，热闹掩盖下的冷寂。而学古典文学的彼人，却对该戏的编导写出了洋洋数千言的批判文，呵呵，这便是懂得与不懂得的悲哀。

"众人皆醉我独醒"，于醒着的人而言，便多了一份智者的警醒与痛苦。

想起年少时的一段往事。那是物资相当匮乏的20世纪80年代中期，我们在学校当寄宿生，正是年少不经事的年纪。一日三餐，尚不能填饱肚子。一位家境稍富裕些的女生，带来些香喷喷的小豌豆，分与众人品尝，一名成姓女学生吃完后，便朝她再要，只说是尚未吃过瘾。不料业已分食完毕。成姓女生便大为不满："谁叫你给我尝到这么好吃的豌豆的，现在我还不过瘾，怎么办？"她说这番话时理直气壮，面不改色，真是服了她的逻辑。她解释说，你若不给我吃豌豆，我便不知道豌豆这么好吃，而吃了一点点，我的食欲上来了，又没有了，这颗蠢蠢欲动的心，该如何平息下去？

至今想起她的话，也忍不住要笑。

似乎富人与穷人的交往，也一向是不太能长久的。任是穷人倾囊而出，于富人而言，亦不过是沧海一粟，不足以称道。而富人的生活方式，消费水准，亦不是穷人所能承受的。那么，这种隔阂便会长久存在。生活中那些冲破重重阻力，嫁入穷人家的富家小姐，不后悔的只在极少数。而家贫又有幸嫁入豪门的，谁又能见着她强笑下的心苦？

爱情亦如是，被人唤醒的，便多了些痛苦。如电视剧《渴望》里的刘慧芳，倘若不认识沪生，那么，她眼中的男人便只如宋大成似的忠厚温和，可是，沪生在她的生命里出现了。他那另一种家庭背景熏陶之下的儒雅之气，和他落难时的无助，立刻激发出她母性的本能，以及对爱情的遐想。于是，她无论如何回不到从前，而又进不去沪生的世界。这是一种与生俱来的沟坎，如何能跨越得过去？所以，她的生命里便有了一种悲壮的美感。

从某种意义上来说，爱其实只是一种习惯，一种依赖。比方说，你尝到很好吃的食物，你一时忘不了；或是看到很悦目的景象，你满心希望再看到。那么，心思所动，而欲望无门，便会感觉很痛苦，抑或是不可以释怀。这是一种恶性循环，是一种习惯性的依赖。但当你试着克服贪心，便可以放下。

如果不可以做到平静，至少可以先做到安静。心静如止水，不要呼啸若海，不要暗涌如潮。

一切欲望，皆由贪生。而缘分如水，是可以流走，亦可以蒸发的。唯有保留自我，才不至于不知所措，永远不要为了讨好一个人而放弃自我。

如《人生》一书中，倘若男主角高加林不一再给巧珍种种暗示，那么，巧珍也不至于满怀着对爱情的憧憬，被高加林不断地取与舍，终归失去了自己。

爱也许会让一个胆小怯弱的人，变得神勇无比，爱也许会让一个自私冷漠的人，变得阳光四溢。合适的爱情，不能不说是生命的兴奋剂。

爱亦如柴火，是你一根我一根地添加燃烧加旺的。即便是有那么一段日子，两人激情似火，你情我愿，好得腻在一块，那也会有一个人先冷静下来，先冷却下来的。所以，永远有人在悲悲切切地说："我爱你，远远胜过你爱我。"也永远有人追着另一个傻傻地问："你到底爱不爱我？到底爱我什么？"这个追问的人，要么是不够自信，要么就是比那一个更在意两人之间的这份感情。

吵架的时候，哭哭啼啼的，一个问另一个的，永远是："你有什么好？你给过我什么？"有着万般的委屈和不可言说的伤痛。仿佛一个个都是受了骗，上了当。当日的浓情蜜意，全是谎言，是抹了蜜的刀；争吵的时候，蜜化了，露出的只是尖锐无比的刀刃，一刀下去能准确无比地刺向对方的胸膛。试问，爱到如此，情何以堪？如果对对方要求太高，任是神仙也会觉得负累的。如果爱让另一个人觉得沉重，觉得负累，那么，他一定会想着离开，想着逃避了。记得那样一句歌词："你要的爱太完美，我永远也学不会。"

爱，也许从来就是一个不等式吧。没有两个人，爱得刚刚好。哪怕是一见钟情的两个人，也总有一个先表达的，总有一个先付出的。毕竟是在不同的两个容器里沸腾着的情感，怎可以同一个温度？如果日后能两情相悦，那么，先付出的一个便有了回报，便修成正果。

佛说，爱是凡事包容，凡事忍让，凡事信赖。可是，于相爱着的人来说，又有几个是能做到的？爱有时是会让一个从容淡定的人，变得粗暴无理，变得狭隘自私，失去理性，最后凡事追问、凡事怀疑、凡事较真。虽然他自己也会诧异自己怎么会变得如此不通情理。如此，倒不如从容面对，倒不如君子之交淡如水，要那么些爱做什么？可是，人性是很奇怪的，有时明明知道是万丈深渊，也要止不住地往下跳。明知道爱是痛的根源，爱是一杯毒酒，仍要拼却一醉地饮。哪怕下一刻成灰成尘呢。

在我看来，太过浓烈的爱情，只如烟花般的绚丽短暂，这样的刹那便成永恒。试想，祝英台若果真能嫁给梁山伯，也不至于演出《化蝶》的千古绝唱吧。而罗密欧与朱丽叶，恐怕上演的则是一曲平平淡淡的柴米油盐的夫妻戏了。能经过时间的打磨，沉淀下来，才可能成为细水长流的情感。这种爱情，会逐渐地引申发展为友情、亲情，唯有如此，才会更久远。

可是，爱是天意，智慧亦是。

浪漫女孩

在如潮的人海中匆匆行进，忽然传来一声开心的问候——"嗨！"惊喜驻足之余，却见一张灿然纯真的笑脸，一件宽松的棒针衫，一条花白的牛仔裤，融成了那样一位如诗如梦的浪漫女孩。

落雨的日子，独倚小楼的窗前，看漫天的雨细细地织成一串串珠帘，织成一幅自然、清新的画面，任清风抚摸青春的面颊，想远在天涯的伊人，浪漫女孩忽然有了写诗的冲动。在写字台上铺开一张素笺，握笔凝神，细细的笔尖便破译出女孩心灵的密码。

温柔的夜色中，点燃一支红烛，半躺在床上，或吟一曲李清照的《如梦令》，叹"朝来寒雨晚来风"，或听一曲柴可夫斯基的《悲怆》，叹流水带走了光阴的故事太匆匆，流泪的烛光里，又渐渐看清青春的轨迹并不孤单。

于是，第二天太阳升起时，你会发现女孩在晨光如沐中读书的剪影，在操场上、公园里女孩舒展的青春。

总以为浪漫是一种情致使然，总以为浪漫女孩便是这天地间最诱人的风景。君不见小学课堂里，女孩手持教鞭，把好学的孩童引入知识的神秘王国；君不见注射室里，女孩轻推银针，欢愉的笑容让病人如沐春风；君不见电视荧屏上，女孩妙语连珠，精彩的主持叫观众折服惊叹。热爱生命的你，又怎能不爱这充满生机与活力的浪漫女孩？

于是，我常揣想，倘若有来生，我情愿做一名浪漫女孩。

潇洒女孩

青春的微笑灿然,齐肩的秀发飘逸,不文眉不描唇的女孩也自拥有一份潇洒。

春日,去郊外寻一片青草地,三两知己席地而坐,铺开一块塑料布,打开一袋瓜子儿,便一句一句地嗑开了悄悄话。和煦的阳光洒在身上,祥和的云彩飘在头顶,清脆的鸟鸣相伴其中,女孩自由的心灵在广阔的世界里飞翔,美丽的诗句在脑海里流淌。山花灿烂的草地是舞台,辽阔高远的天空是背景,女孩清纯质朴的歌声便是这天地间诱人的绝唱。

盛夏,穿牛仔、着T恤的女孩在熙熙攘攘的人群中从容行进,耳旁鼓吹的是护发素、"消胖美"、令你"今年二十明年十八"的××霜。眼前晃动的是名牌鞋袜、新潮服装。女孩只拣图书馆冷冷静静的一隅,手里翻的那本遥远时代的作品已开始发黄。

最是那明月皓然的秋夜,倚立溪边河畔,有凉风徐徐吹来,远离了尘世的叽叽喳喳,没有引颈盼评职称的疲惫,少了上司求全责备的眼光,可以尽情地对月高歌,可以倾心地吟诵诗词,还可以将男孩堆积木般堆积起来的那些奇特精巧的文字悄悄地回想。或在小屋里点一盏灯，几杯淡茶，数颗杨梅，女孩厚厚的一沓抽屉文学便在女友的惊叹声里拥有了第一个读者。

潇洒女孩曾经受过父母的冷眼，饱尝过朋友的误解，也曾领教过他人的斥责。然而，潇洒女孩的季节里没有冬天，她会用纯真的笑容感染旁人，她会用亮丽的眼神洗涤布满尘埃的心灵。

此刻，潇洒女孩也许正挽着女伴将微笑在人群中绽放，也许正挽着男友品尝橄榄的芳香。哦，不，她分明已悄然来到我的身旁，盈盈地笑着看我这段笨拙的文字延长……

青春的微笑灿然，齐肩的秀发飘逸，潇洒女孩拥有的是一份让人艳羡让人爱的潇洒。

萍的故事

认识萍,缘于三月的一天。

同事出远差,托我送其五岁的女儿睿去学琴。睿是一个极聪明的小女孩,学琴已有一年。一路上,睿兴奋地诉说着钢琴教师萍的种种好处。刚进市府路,一阵悠扬悦耳的琴声飘来,是那首久违了的莫扎特的《土耳其进行曲》。此曲难度大,而此刻琴声却如此流畅、准确,足见弹者水平非同一般。我正听得如痴如醉,睿已敲开一扇门,琴声便戛然而止。钢琴旁端坐的女孩侧过脸来,灿烂地笑着,额上梳一排整齐飘逸的刘海。我的脑海里不由自主地浮出"文如其人"的句子,想必"琴声也如其人"吧。

萍把睿轻轻地抱上琴凳,让睿弹奏一下上次所学的内容。睿弹得极熟,弹罢笑望着萍,萍纠正睿的手型,又指出几处不足的地方。萍的声音甜润,语气温和而不失严厉。萍又示范了几首练习曲,睿很快领悟,极认真地弹了起来。

趁这当儿,我环顾了萍的这间琴房兼卧室,其实只是一个八平方米的过道改成的。房内陈设极其简单:一架钢琴、一张书桌、一张横摆后两端已枕着墙壁的木床。半个小时的学琴时间很快就到了，萍反复叮嘱睿在练琴时应注意的几个问题，有学生已敲门进来，我们便起身告辞。

后来陆续得知，萍毕业于某高等师范院校音乐系，善唱民歌，在市内一家夜总会担任副经理，晚上在市内几所高档次的歌舞厅演出，兼做七八个学生的钢琴家教。照此算来，萍每个月的收入应是很让人羡慕的。然而，联想起萍简陋的居室、朴素的衣着，我于是想，萍，该是十分节俭的人吧？

又逢同事出远差的日子，我便自告奋勇地担负起送睿学琴的任务。数月以来，在萍的严格训练下，睿已有了明显的进步，并在少儿艺校的联欢会上表演过钢琴独奏。萍更加严格要求睿的手型及每一个节拍、每一个停顿的准确性。因为排在睿后面学琴的小孩因病告假，课后，萍便有时间陪我聊天。我开玩笑地说萍的收入和支出不成正比，萍很认真地告诉我，她正在积攒一笔钱，待条件成熟时，去北京拜师学艺，以求在声乐和钢琴方面有所造诣。原来如此！一股敬佩之情油然而生。

七月的雁城骄阳似火，萍抓紧时间打点行装。在歌星歌手纷涌至南方淘金时，萍带上了毕业两年的全部积蓄，毅然北上求师学艺。

一年之后，我与在电视台工作的好友徽去夜总会。"青线线的（那个）蓝线线……"一曲陕北民歌《蓝花花》深深地吸引了我们，歌声甜美圆润，令人耳目一新。手持话筒演唱的正是萍，灯光闪烁中恍若一颗璀璨的明星。一曲终了，听众掌声如雷。我们也热烈地向她挥手致意，萍款款地朝我们走来，招呼服务员给我们上了两杯生茶。谈起这次北京求学的得与失，萍的目光炯炯有神："艺术无价，等攒够了钱，我会再去深造，将自身素质再提高一个档次。"萍笑着如是说。

艺海无涯苦作舟。萍，祝你早日成功！

蕙儿

　　初识蕙儿，是在一次新学期的教师会上。那天，我刚进入会场，前排的一位女孩就径直朝我走来，白衬衣、蓝裙子，灿烂地笑着，好甜好纯的一个女孩。待站定在我面前，她的双颊顿时绯红："对不起，我把你错当成幼时的一个伙伴了。"我松弛了一下面部表情肌，笑了笑。早听说学校新分来一个叫蕙儿的女孩，是她无疑了。

　　课间，颇感疲惫的我，倚着教学楼的栏杆，俯视下面操场，总是见她快活地与小朋友一起玩丢手绢、老鹰捉小鸡的游戏。这场面常使我想起白雪公主和七个小矮人，不由得受些许快乐的感染。放学送路队，白衣素裙的她爱撑一把绿伞，亭亭地立在队伍中间。见到我，总是很友好地笑笑，光洁的前额，小巧的嘴优雅地展开一道弧线，一副天真无邪的样子。

　　国庆节，市里组织歌唱比赛，我也被选进了教师队。比赛那天，主持小姐一袭白裙，飘逸若蝶，声音也极为甜润。总觉得这女孩有些眼熟，旁边的同事把嘴一努："不就是蕙儿吗？"于是我也莫名地为她高兴起来，且将一份自豪写在脸上：蕙儿还真是不赖呢！

第二年春天，电视台的播音员休了产假，面向全市招聘播音员。蕙儿与学校的女老师一起去报名，没想到居然得了第一名。可不知为什么，蕙儿没能去成电视台。不久，市里一位领导的女儿便频频地在电视荧屏上亮起相来。蕙儿呢，课间照样与小朋友做游戏。只是我发现，每天早晨，蕙儿的单身宿舍里，总是早早地亮起了灯，晚上不管多晚我与好友从街上闲逛回来，也总见蕙儿的房间里亮着灯。有一回路上见了她，忍不住好奇地询问，她只是笑笑，说是在尝试"童话引路"的教学试验，没什么的。她的笑仍然是那么灿然美丽，只是眼神里似乎多了几分忧郁。

秋天，省里举行大规模的教学比武，蕙儿力挫群雄，代表市赴省比赛，仍是捷报频传。直到有一天，校长在周前会上宣布，蕙儿的童话作文教学课《小猴子下山》荣获省教学比武一等奖时，我才结结实实地意识到自己的平庸和空虚。老师们热烈地为蕙儿鼓掌，我也不由得朝她投去赞许的目光，可她仍是淡淡地朝我一笑。只是，那曾经无邪的笑容中，除却一分忧郁，更添几分倔强。

未来长路，漫漫历程，我想，我该试着像蕙儿一样，用自己的聪慧打扮出一个无悔的青春。

女人如花

每一朵花都有各自盛开的理由，也有自己美丽的理由。名贵的花草也罢，不知名的小花也罢。只要是花开，便有着一份不可多得或是不为人知的美丽。跳舞兰是我所见过的最美的一种花，微风中，如同一位位翩然起舞的花仙子；雪地红梅、空谷幽兰则是惊鸿一瞥，令人惊艳；罂粟花虽然美丽，却让人不敢近观，但又总是有一种深深的诱惑。有的花，让人怜惜，如有情芍药含春泪。

花开的过程，便是向人展示美丽的过程。含苞欲放的花蕾有着一种含蓄的美，将美丽深藏在花心中，让人始终怀了一种美好的憧憬来静静地期待。初开时的花，是一种矜持的美，"似开未开最有情"，那样庄严地举着花蕾，慢慢地把花瓣打开，让人欣赏之余，隐忍不住地向往。花儿纵放到极致，便有着一种"鲜花怒放"的美了。

有的花可以长久地开一生，有的花只是瞬间凋零。有的花，开得绚丽夺目；有的花，却终生无人赏识。但它仍然怡然自得地开放在山野、在林间。绚丽夺目的花，当它悄然绽放时，便有太多的喝彩声。这些声音，也许会惊扰到它的宁静。蜜蜂、蝴蝶的歌声，会喧宾夺主地干扰你听花开的声音。

是的，花开的声音，入耳、入心，有人听得见而有人永远也不能。尘世的喧嚣会让我们错过许多美丽的声音。一朵花在不同的侧面也会有着不同的美，如果不只是用眼睛看，而是用心看，就会看到不可多得的美丽。只要不只是用耳朵听，而是用心听，就会听到天籁之音。

是的，每一朵花都有自己美丽的理由，花开有声，情满人间。

是的，每一个女孩都有值得骄傲的青春，笑靥如花，姹紫嫣红。

世间女子千万，魅力女子、精品女子不胜枚举。但也有那样一种知性的女子，她不一定大富大贵，但她一定饱读诗书，博古通今；她不一定风情万种，但她一定温和贤淑，善解人意；她不一定美若天仙，但她一定端庄祥和，优雅从容。与她交往，仿佛是在你面前打开了一个巨大的宝藏，让你惊喜不尽。与她的对话，会让你的心情豁然开朗，如高山流水潺潺流进你的心田，如彩虹般照亮你生命灰暗的季节。

她的字典里没有"恨"字，她似水般的柔情，足以融化人世间的一切恩怨，恨亦如一缕轻烟，消融在广袤的时空中。她的爱心、慧心和童心，使她仿若一本精装耐读的书。她与佛有缘，

"忍"字是她最常用的一个字。她能恒久忍耐，她以慈悲为怀，她以静制动，以柔克刚，以不变应万变。她从容应对生活赐予的一切意外，从不怨天尤人。

她情深义重，珍惜世间一切情缘。她对亲人和蔼，对朋友贴心，对爱人忠贞。她目光祥和，有自己独立的思想和对万事万物独到的见解。她如同一幅素描淡彩，她的气质，她的美，内敛而不张扬，自然而不做作。她的美，更多地源自内心世界的充盈。那份淡定的美，于空气中你看不见，摸不着，但又似乎无处不在。是世间任何浅显的词，都不足以形容的。岁月的流逝，于女子来说，带走的只是天真和单纯，沉淀下来的，便是睿智和从容。与她相处，让人总觉得有祥云在头顶上飘，心中自有清风明月的宁静与恬淡。

她也许有些许小资情调，她会煮咖啡，略通茶道，对琴棋书画更有着与生俱来的情感。偶尔，她也会有些许的娇柔，有些许的害羞，还有些许的任性，还有些林妹妹似的多愁善感。这些，都为她添了几分小女人的可爱。

她是温雅谦和的，从不高声说话。她是有礼有节的，会对你一叠声地说谢谢。惊艳是一种美，震撼是一种美，而知性女子的美，是在面对时，不绝如缕迎面而来的美。这种柔性的美比刚性的美更能让灵魂震撼。

这种温婉知性的女子，不正如一朵淡雅的兰花吗？于夏日的午后，秋夜的月下，静静地开放。

友情恒久远

某日，同学L请我吃韩国料理。时光流逝，褪了年少时的那份张扬，倒成就了她今日的一种知性之美：衣着得体，语声温雅，目光平和。我们做了三年同学，又借由同学之情交往了那么多年，却从未单独这么近切地走在一起，总是集体的同学会，即便是小范围的，也总不会少于三人。而今天，另一位有事没来，所以，得以两个人如此安静地面对面。

她说："其实，其实毕业的那一年，我很受打击。最大的打击便缘于你。"我手托褐色的茶杯，惊在半空，然后示意她继续说下去。

"你一定知道，三年的同窗，我一直和娟子走得很近。可是，实习期间，她竟然对我不理不睬，每日里与你形影不离。而且，那时你还专门针对我的文章写驳论文。""有这事吗？我怎么全然不记得了？"我辩解道。事实上，我对于她的所言，确实不记得，娟子也是与我性情投洽的学友之一，当年比L走得近，但她竟会因为我的缘故，伤害了L，我真是一点印象都没有。可见时光真是太匆匆，太无情。我只记得，那年的实习，我水土不服，老是腹泻，回来的时候，体重只剩下了83斤。妈妈的同事夸我，"长得像根葱"，那是实习于我最好的赠礼。而我为此，付出的是心身俱伤的代价。

"我其实心里很难受，很在乎。"她继续说。

我那时青涩单纯，又多思善感，喜欢素面朝天，独来独往。后来留给绝大多数同学的印象，便是每日里读李清照"寻寻觅觅，冷冷清清"之类的诗词，要么就是在床上盘腿打坐，看很多的外国文学书籍。由于不求甚解，而今，对于所看的书籍也淡忘了。却不料，我在无意之中深深地伤害过她，她又耿耿于怀了这么多年。

我喝了一口茶，奇怪茶里怎会有一股淡淡的咖啡味。

我浅笑着说："那时真是年少不更事。"

在那所政治氛围十分浓郁的百年学府就读时，我是个好学生，十分努力地学习各门功课。音乐、美术、书法甚至舞蹈，一样也不落下。文化课成绩更是保持在前三名。可是，人的精力毕竟很有限，我这样一味地苛求自己，自然学得很辛苦。直到毕业后，我才幡然醒悟，原来舍不得放弃，不依自己的喜好去学习，这种中庸主义害了自己，把智力和精力用得太平衡，只能使自己成为一名优秀的人，却并不出色。像万金油，往哪里擦都行，但效果并不明显。这种发现，让我苦恼了好一阵。

在学校时，我其实也不爱说话，更不擅长交际，但不惹人讨厌。反而，在学生干部中，我是人缘关系颇好的。每年都能评上三好学生或优秀干部。毕业后带着厚厚的一沓荣誉证书去南方找工作，被同行的华师大毕业的同学向琳嘲笑一番，这是后话。那时，我心里也很在乎过一位女生的友谊，她是我们的班长，性格大大咧咧，咋咋呼呼，会在暑期写信到我家，让年少的我，心里温柔地感动过。而对于被另一个女生L耿耿于怀了这么多年，我却是毫不知情。

我们接着又聊了许多当年的事情，我奇怪她的记忆居然比我好很多。时光一一重现，恍如昨日。那些曾经计较，曾经以为过不去的，其实皆可以放下。

走出餐厅，我们来到街上。她告诉我，哪条街上有许多小裁缝，可以收集一些没用的商标，花点线钱，就可帮儿子把磕破的裤子缝得很漂亮。哪条街上有修鞋的，可以钉很好的鞋掌，还可以替鞋美容。这些朴实的生活经验，我却很少有过。儿子的裤子破了，除了去买条新的，我便一筹莫展。

那一刻，我心里突然有些感动。其实，温馨而不过分亲热的友谊，于生活来说，确实可以增添许多亮丽的色彩。

你在他乡还好吗？

今夜，有风柔柔地吹着，是穿越了多日酷暑之后的那种凉沁心田的风。收音机里此刻正播放着那首周亮演唱的《你那里下雪了吗》，于是，便想起了你，想起了你那甜甜的、柔柔的笑脸。

认识你，缘于多年前的一次聚会。那一天，白衣素裙的你婷婷地朝我走来，明眸皓齿，纤尘不染，恍如一个天使。如此熟悉的笑容让我错把你当成了昔日的一个学友。走近眼前，你凝眸一笑，原来你也错把我当成了你一个多年不见的幼时玩伴。正是这种似曾相识的感觉，才让我们觉得是命里注定的一种缘分，才有那样一种红尘无隔的相知。

轻愁如云烟。那些月白风清的日子里，便有两个十七八岁的女孩倚立湘江畔，对月吟诵。李清照、苏小妹这些旷世才女，就这样应我们的邀约，缓缓地从云端走了下来，微笑地注视着我们，与我们对话。冰心、张爱玲、席慕蓉等著名女作家也一一浮现在我们眼前，伯牙子期的《高山流水》就这样长长久久地在我们的心底流淌。

还记得吗？有一回，学校已经放了暑假，但由于即将上演《红楼梦》的缘故，我们俩留了下来。食堂已经不开餐了，我们用电炉子整整煮了两天面条吃。终于等到了开演的那一天，我们并排坐在电影院，小声地、忘我地背着那些对白。当黛玉葬花那一幕出现时，林妹妹凄凄惨惨地唱道："他年葬侬知是谁？"我侧过脸，蓦然发现，昏黄的灯光下，大滴晶莹的泪珠正在你的脸上流淌，你的双眼湛蓝。我不敢惊扰你，你的多愁善感令我怦然心动。

　　你总是热心地帮我抄文稿，你的字那么清秀、隽永，一如灵秀聪慧的你。看着那些变成抽屉文学的作品，你安慰我说："你准行！"你的那份真诚的鼓励令我心存感激。

　　"山的女儿是一泓水，且笑且舞，阳光下跳跃着快乐的音符，柔波里细诉着山的深邃。山的女儿是一株树，清新秀挺，静默里凝聚着山的遒劲……"当我的一首小诗终于如一朵不为人知的小花，悄悄地绽放在市报的一隅时，我们前所未有地兴奋。你还记得吗？在电视台旁边的一家餐馆里，我们第一次要了一瓶啤酒，两个小女子一口一口地喝着，满嘴的泰戈尔、莫泊桑、拜伦，引起邻座频频转头观望。

　　那一年的冬季，小城特别冷。那一年，你突如其来地蒙受了莫名的打击，世间的风霜雪剑对你苦苦相逼，你曾经纤尘不染的双眸中，平添了几许忧郁。你知道吗？我真的害怕你不能挺住，我一遍又一遍地在心里为你祈祷，祈祷上苍保佑你平安地度过这些岁月。天堂的路，坎坷而又漫长！你终于坚强地挺住了，你的大雅映衬着世人的大俗。生活的历练，使你更加成熟，更增一分傲骨。

那一年的冬季，小城的雪也下得出奇地大。我于是一直在想，雪儿，这是因为你的缘故吗？

终于有一天，你收拾了简单的行囊，要去远方历练。我默默地读着你写在背影上的相思，眼里满是晶莹的泪水。

没有你的日子里，思念如韭，在春光中，在夏日里，疯狂地生长。

时常觉得，生命里许多美好的东西正慢慢退去，忧思如影相随。生活在一个赤裸裸的商业化时代，活着，竟是一种沉重的负担。于是，时常揣想，在遥远的都市、陌生的远方，聪慧、博学、善良而又坦诚的你，是否依然有着美丽粲然的笑容。在大雪纷飞的日子，总是在心底反反复复地问：雪儿，可有炉火温暖你的手，可有微笑温暖你的家？

岁月流逝，却一直不能拂去心中对你的那份深深的思念与感激。而无力报答的我，唯有把这一切深深地珍藏在心底。有些值得珍藏的东西是要用一辈子来呵护的。现代社会快的是节奏，想在充满诱惑的现实中保存一份永恒，是那般地需要爱心和勇气。

近几十年的交往，我甚至认为，我们的友谊牢固可靠，是任何世俗的力量都不能摧毁的。

我只求你一件事，那就是：好好珍爱自己！看到你日渐憔悴，为工作忙得如此不可开交，我真的好心疼！"衣带渐宽终不悔"，你笑着如是说。

是的，人生短暂，我不能说你的追求、你积极的举措是错的，然而，我们更需要休息、需要安静。如果如此不遗余力，那么，十年二十年之后或有或无的繁华，又于我们有何意义，又有何相干？

找点时间，找点空间，好好放松一下，珍爱自己吧！

"踏雪寻梅，已成我梦中的童话。花瓣纷飞……最寒冷的日子里，伴我走天涯"，耳旁周亮的歌声如泣如诉。只想对你说一声：无论你在哪里，我将永远注目追随。只愿你过得比我好。

那些白了头的爱情

这个清寂的周末,阳光如期而至,洒满阳台,是上天馈赠的礼物。

看电影《恋恋笔记本》,感念主人公绵长、幽远的爱情,从少年时期的夏日之恋,到暮年的唇齿相依,遇见、相知、心手相携,成就一生一世的缘。是人世间最美的眷恋与绝唱,如泠泠清泉,缓缓流入心田,该片曾获得第7届青少年最佳剧情电影奖等。感谢导演尼克·卡萨维茨,在人心日渐荒芜、爱情待价而沽、友情急功近利之时,让我们看到如此完美的爱情童话。

《恋恋笔记本》由瑞恩·高斯林与瑞秋·麦克亚当斯主演。"也许我会忘了你,但请召唤我,请告诉我我们的故事,这样我就会回来,回到你的身边。"影片中,本是情侣的诺亚与艾丽在第二次世界大战后劫后重逢,已是暮年的诺亚,对艾莉的爱的召唤,如晨曦的阳光,照进她的内心。他用真情呵护创造了她生命的奇迹,让已患阿尔茨海默病的她,再度苏醒。

从一无所有,到诺亚照着艾丽想要的样子,在废墟上重建整个庄园。那里有她想要的,四面都是窗的玻璃房子,有可以面朝大自然作画的画室,唯美得像个童话。电影采用倒叙的手法,叙述手札情缘。当诺亚为艾丽轻婉地讲述笔记本上的故事时,艾丽不再年轻的脸上就会迸发出神奇的光彩,仿佛重回美好的少女时代。他们在属于自己的房子里读诗、画画。"那些白了头的爱情,总是在光影交错间,蓦然回首,才发现。"是的,青春何其短暂,倏忽而过,当你一路行过不同的地方,遇见不同的风景,于蓦然回首处,也许你会发现,生命中最好的情感,便是一直陪伴你的那份不离不弃。

而真情,是需要两个人的共同守候,才得以延续,而非一厢情愿。影片中,诺亚是一个穷小子,而艾丽是一名富家女,两人一见钟情,并跨越阶层,热烈相恋。家人的阻挠和二战的爆发,使得两人分离。诺亚上了前线,记忆就像雪,晶莹、洁白,微凉无比,又冷艳无比。似乎触手可及,却又经不起时光的打捞,害怕想念的温度,会让它消失不见。然而,越是遥不可及,越是恒久地牵绊与惦念。经受岁月更迭,流年飞转,他用日记深情记述这弥足珍贵的时光。生活富足的艾丽,最美最深的渴望,仍然是,在诺亚温柔的掌心中,柔如水,了一世的尘缘与牵绊。

再回首时,两人已是白发苍苍。是的,那些奋不顾身的爱情,经受住岁月的起伏,风雨的洗礼,化身为传奇,悠然吟唱至今,比如《梁祝》,比如《罗密欧与朱丽叶》。无论时光怎样流转,那些山长水阔、白了头的爱情,依然是人们心底生生不息的向往。

　　人世间，多少的恩怨纠缠，多少的风华绝美，终如流沙。你愿或不愿，时光之手，总是翻开新的一页。时间的狂流总是呼啸而过。谁会成为你尘世中最后的回眸和不舍？成为你日子里最后的眷恋？

　　清浅流年，时光如一辆单向的独轮车，只一径载着你飞奔向前。也许终有一天，你会明白，爱，就是要从小处着手，学会感恩、怜悯并珍惜当下，并尽量安心地活着，努力使自己向下长根须，风来雨来时，撑开树冠，为自己，也为所爱的人遮风挡雨。

烟花那么凉

情人节凌晨的雾霭中,有一位男孩怀抱一大束鲜红的玫瑰,自深圳一路颠簸了千里来到星城,虔诚地在宿舍门外等叶茹。他仅穿着一件衬衣,握花的手在五摄氏度的气温中颤抖着。

叶茹以为是自己的男友帅维,张开双臂正要与他相拥时,才看清楚,眼前站着的分明是杜军,她的手停在了半空中。只见他穿着一件单衣,在乍暖还寒的薄雾中冷得瑟瑟发抖。叶茹怔住了。杜军不好意思地说:"昨天下班时急着赶从深圳开往星城的一列火车,想着来看你,情急之中来不及换上厚实一点的衣服了。"他把怀中的红玫瑰递到她手上。

原来,他怕到星城太早,买不到鲜花,就像捧着一颗心似的,从千里之隔的深圳傻兮兮地捧着这束花来到星城,甚至忘了沿海与内陆的温差。

两人进了一家麦当劳,那儿人山人海,挤得水泄不通,更不要说找个位子坐下。杜军让叶茹在门口等着,自己耐心地站到队伍的末端。身旁擦身而过的人络绎不绝,而他仍一步一步地随着队伍慢慢地往前挪动。刹那间,叶茹心里有一种异样的悸动,回想起跟帅维的交往,一直都是她呵护着他,从来都是她排队给他买吃的;而杜军,却是如此体贴。

饭后他俩在桥头散步,有人在放烟花,绚烂多彩,江面泛起点点银光,叶茹的心却是异常地凄凉。想起去年的今日,她正与帅维一同在桥上放烟花,如今,景依旧,只是人面已不知何处去。叶茹伏到桥杆上,凝视着远方,沉默不语。眼看着夕阳一点点消失在地平线,叶茹才回过神,转身发现杜军一直在身旁注视着她。他微张着嘴,却欲言又止。

夜幕降临,节日的气氛沸腾起来,霓虹灯下一对对情侣漫步街头,叶茹轻叹了一口气。杜军终于鼓足勇气握住她的手,说:"知道吗,你这样子令我有多担心?"他心疼的目光把她的心都搅乱了,她轻轻地挣脱了他的手,说:"我们找个地方坐坐吧!"

他们来到一家西餐厅,叶茹叫了瓶红酒,斟满了两个酒杯,在氤氲的灯光下,那鲜红如血的液体显得格外娇艳。她微仰着头,举杯一饮而尽。

她又迅速地喝完了第二杯、第三杯,杜军挥手制止了她:"说吧,我知道你有话对我说。"是啊,她的确有话要跟他说清楚。她要让他知道她并不是他想象中的那么清纯、那么优秀,她不忍心他被她清秀的外表蒙蔽,但她更害怕在他面前赤裸裸地坦露自己与帅维的这段情感。她需要酒精的麻痹,更需要一点勇气。

叶茹手拿着酒杯悬在空中不停地画圆圈,看着杯子里晃动的晶莹液体苦笑，往事像电影一样一幕幕浮在眼前。

两年前，正是草长莺飞的季节。二十二岁的叶茹从广电学校毕业，回到星城一家报社当记者。

上班后不久，她发现总有一个男孩等在她必经的路旁，远远地朝她微笑，她没在意。

一个星期后的一天，男孩突然挡住了她的去路，塞给她一大包东西，什么也没说，转身就跑开了。叶茹好奇地打开一看，里面有一封信。信中他向叶茹自我介绍说，他叫杜军，是附近一银行的职员。另外还附着几首情诗，其中一首写道："红日浪漫，清朗的街边伴着音韵，走来了质朴活泼的小女孩，明眸剪水，看一眼，却不够……"叶茹满脑子幻想着要找一位持长剑骑白马的英俊潇洒的男友，看着戴眼镜、身材微胖的杜军贸然递过来的那些情诗，心里只觉得他唐突。第二天下班时，杜军又准时守候在她下班的路旁。她避开他热切的眼神，打断他的表白，将信原封不动地退还给他。

这样又过了两个月，一天黄昏，当叶茹走出报社的大门时，仰面看见杜军正在对面的街道微笑着看她。他递过来一枝勿忘我，告诉她，他叔叔在深圳已为他联系好了一家单位，他是来与她告别的。

听说他要走，叶茹心里有了一丝轻松的感觉。

隔三岔五地，叶茹还能收到杜军自深圳的来信，他聊及在深圳的生活以及对她的思念，她极少回信，偶尔的只言片语也明确表示他们之间只是普通的朋友而已。

不久后的一次校友联欢会上,叶茹认识了帅维。他身材伟岸挺拔,五官棱角分明,在众多学友中显得很特别。尤其是他上台唱歌时,那份浑然忘我的表情更令人着迷。

舞曲响起的时候,他竟径直走到叶茹面前,微笑着说:"有人说你是可亲却不可近的女孩啊!可不可以赏脸与我共舞?"他炯炯有神的大眼睛凝视着叶茹,令她心如小鹿狂奔,她羞涩地点了点头。

他轻轻地拥她入舞池,深情款款地说:"你眉间的忧郁,给人一种我见犹怜的感觉,以后的日子里,我会让你的生活变得丰富多彩。"他的眼神是那么富有诱惑力,深深地攫住了叶茹。她望着他,有些意乱情迷。

接下来的日子,帅维开始频频与叶茹约会,一同去蹦迪,喝咖啡,去卡拉OK厅大声唱歌。相爱的日子,叶茹觉得世界充满阳光,活着真好,与自己相爱的人在一起真好。

她喜欢他牵着自己的手,走在华灯初上的街道上,她喜欢他从身后环抱着她伫立在晚风中诉衷肠……还极迷他吸烟的样子,他一边吸烟,一边吐着烟圈,在淡蓝的烟雾中,他的眼神里总是有一种说不出的让她心痛的忧郁。

一天,帅维回了一趟父母家,叶茹去车站接他。几天未见,叶茹显得格外兴奋,一路上嘘寒问暖,喋喋不休。可帅维双眉紧锁,显得十分粗暴。他父亲是一位房地产老板,母亲是一名普通的家庭主妇。他从小缺乏关爱，父母对他采用的管教方式很粗暴，非打即骂。这次回家，他又莫名其妙地挨了父亲的骂。他说，他多么渴望能看到父母笑容可掬的面容，多么渴望得到父母的疼爱，哪怕是一丁点儿也行呀。叶茹是独生女，父母都很娇宠她，帅维的话令她内心受到强烈的震动，她怜悯地抚摸着他的脸，一种本能的母爱般的情愫从心里悄然生出。从此以后，叶茹不仅对他百依百顺，还分外关心和照顾他。她常常前去为他整理宿舍，寒冬腊月时，她用长满冻疮的手在冰冷的水中替他搓洗衣服。

可是，叶茹的温柔和体贴，越发滋长和纵容了他的坏脾气。渐渐地，他的性格越来越狂暴起来。就连约会时叶茹晚到了几分钟，他都要横眉竖眼，大呼小叫。他变得如此自私而霸道，令叶茹颇感畏惧。他讨厌她与其他的男性交往，哪怕是说几句无关痛痒的话，他都要盘问半天。他说他痛恨其他异性注视她的目光。她似乎成了他的私人收藏品，他的这份近乎专断的爱一层层地裹得她喘不过气来。

深秋的一天，他们在一家排档吃夜宵。席间，叶茹看见之前同校的一位男同学正坐在邻桌，她没有跟他打招呼，反而把头埋得很低，她不想惹帅维不高兴。

谁知男同学吃完饭结账的时候，还是发现了她。已是某公司财务科长的他热情地与叶茹打招呼，并主动提出替他们买单。叶茹正与他交谈着，谁料帅维一掌拍在桌上，朝她怒吼道："你到底有完没完？！"

叶茹吓得手一抖，筷子都掉到了地上，碰翻的菜汤流了一桌，男同学极为尴尬地离开了。泪珠顺着叶茹的脸流了下来，滴到饭碗里，叶茹再也无法下咽。

帅维也意识到自己的粗暴，又安慰她说，是因为太爱她，才容不下她与别的男人亲热交谈。

当冬日的第一场雪敲叶茹门窗时，叶茹收到杜军寄自深圳的大包裹，包裹单上写着价值400元的书籍。叶茹从邮局费力地取回包裹，打开一看，里面全是零食，附夹着一张小条："我不会买东西，可我想，这些零食中，一定会有你喜欢的吧？"室友看到叶茹拖回这么一大包美食，都以为可以饱饱口福。叶茹在室友的惊叹声中，重新打包，把它原封不动地邮回了深圳，她在信中明确告诉他，自己已经有了男朋友，希望他不要再打扰她的生活。

没想到，他又发来了一封特快专递，信中写道："现在的我，早已不是一个意气少年，我很清楚自己在追求什么，世间纵有千种风情，我独钟情于你那一种。我无法欺骗自己那颗紧跳的心……爱是没有过错的。"叶茹想，终于有人懂得怜惜她、疼爱她了，可却不是她的意中人。她没有回信。

相爱一周年的纪念日，叶茹特意上街买了一件漂亮的毛衣，是帅维最喜欢的淡紫色，她心里乐滋滋的，迫不及待想看到他眼中的惊喜。可当她出现在他眼前时，他的表情倏地阴沉下来，声色俱厉地说:"你怎么穿这么扎眼的衣服?想惹男人们都盯着你看?"叶茹像被人当头浇了一盆冷水,脸色煞白地说:"帅维,如果因为我爱你,你就这么欺侮我,那么,我们分手吧!"帅维微张着嘴,不相信似的看着一向柔弱的叶茹。过了两天,他又苦苦央求叶茹不要离开他,她再一次妥协了。

不久,帅维被派往另一座城市开拓市场。

宿舍里那台电话机,成为叶茹与帅维的"热线电话",而两人的冷战却一再升温。

叶茹每一次外出,都要不停地向帅维解释。为了不打扰室友的休息,在北风呼啸的深夜,叶茹抱着电话机,在冰冷的走廊上反复解释着,说着那些解释过上千次的话。有时,叶茹觉得自己是多么可笑啊,为一些鸡毛蒜皮的小事反复地证明自己,解释自己。而在帅维的粗暴中,她的一切证明和解释都显得那样地苍白无力。

叶茹与帅维的争吵无休无止,他的粗暴、武断、小心眼,给了她多少无形的压力。杜军的"蓝色情诗"却一封又一封地从深圳飘过来,叶茹烦不胜烦,她日渐憔悴。

在和帅维一次歇斯底里的吵闹中,叶茹哭泣着再一次提出了分手,他在电话的另一端沉默了。

凌晨两点,静寂的深夜,难以入睡的叶茹清晰地听见自己的手机响起来,上面显示着帅维的手机号码。他来了,叶茹的心都提到了嗓子眼里,不知道他又会有什么疯狂的举动。叶茹迅速披上衣服，蹑手蹑脚地摸下楼，果然一个熟悉的身影蹲在铁门角落里，头埋在双腿之间。他抬起头，泪水在眼眶里打转，可怜巴巴地看着她，哽咽着说："不要离开我……"叶茹心中疼痛，又一次原谅了他。

正当这个时候，叶茹的母亲被医生宣布患了癌症，深感去日无多的她，想看看女儿的男朋友。当她告知母亲的病情，并要求他以男朋友的身份去看看她母亲时，他拒绝了她，甚至连电话也没有了，像从她的世界完全蒸发了。

在极度的压力下，叶茹陪着母亲辗转就诊于各大医院，终于确诊为良性的肿瘤，她长舒了一口气。

转眼情人节就要来临，想起去年这时候，她手中捧一束娇艳的玫瑰，靠在他怀中傻傻地、幸福地笑着，她突然很想念帅维，多想两人在一起度过这个特别的日子。她想，从前的那些争吵其实都是那么地微不足道，能与相爱的人在一起就是幸福。

她决定前往他所在的城市去找他。当她好不容易买到了去他所在城市的火车票，拨通了他的电话，激动不已地告诉他自己将乘上午十一时的火车，前去与他一同度过这个特殊的日子时，他沉默良久，终于开口说道，自己已接受了另一个对他倾慕已久的女孩子。

毫无心理准备的叶茹如同听到晴天霹雳，泪水一下子汹涌而出。她踉跄着回到宿舍，头脑里一片空白。她从来没有想到过，他们之间的感情会是这样脆弱，她心痛得如同被人撕开了五脏六腑。

"不要再说了,都过去了。"杜军紧紧地把叶茹搂在怀里,"其实你不说,我早已猜到,我说过我懂你的!"他虔诚地双手合十,把她的手紧紧地握在他的掌心,她清晰地听到了他的心跳。那一刻,有泪从她的眼里纷涌而出……

第四辑

———

岁月覆痕

走过那些青葱的岁月，看蝶舞莺飞，来生，只愿做新荷上的一滴水。

最喜风雪故人来

先是有雪粒子试探性地落下来，清脆地敲着门窗。在窗台上遗落的几颗晶莹剔透的雪粒子，一会儿就融化了，像电影放映前的广告片。想这次终于来了，不像前两次，擦肩而过，徒生遗憾。

午睡时醒来，见已有雪花造访了。缜密的，大朵的，无声无息地在空中飞舞着，成为这寒冷冬日中最美的绽放。

继续闭了眼，深睡。再醒来时，已是近黄昏。

昨晚徽儿远归，约了一大帮子闺密及老友，聚了一桌。大家喝酒，唱歌，到凌晨。多少年少时代的美好，由一位诗人起兴，回忆逐一浮现。他一时失态，多喝了几杯，把自己多年来心头的秘密和盘道出，原来，他那些年所作的最美的诗句，皆是为她所作。"与一朵花的接近，是灵魂净化的过程。"若爱人如此，竟是不忍心表白和伤害的。深藏于心，便始终是初遇的美好。一切的美，原是无声的为最佳。暗香盈袖，心起微涟，不那么浓烈，然而，足够用一生去回味。

眼神透亮，笑声爽朗。几位女友皆为女高音歌唱者，把那些华丽的抒情歌曲翻唱个遍。

我静下来，用手机看自己的博客。徽儿抢过来，看着我的眼睛问："某些人事，渐行渐远，指的是哪些？"我笑而不答，这些年，唯有她，会如此叩问、深究。忆起那年，递于我手心的纸条：我的寂寞，像一条蛇，静静的，没有言语。

歌毕，不忍离散，几个人挤了一车，送她去宾馆入住。

一一握手道别，不舍。

逝者如斯，总会在某一刻，记忆重现。

二十多年前，我刚从师范院校毕业，分配在一所公立学校当老师。繁重的教学任务，使我患上了严重的咽炎。常常地，我的喉咙发不出声来，焦虑、怔忡，只能听由无言呐喊在心头。

暑假来临时，我终于从任教的学校走了出来。除了一纸文凭，一副空空的行囊，我别无长物。经友人介绍，我借调在市内一家机关单位做一份临时性的工作。

那个夏季酷热难当，而我的身心却体验着一种从未有过的枯冷的悸动。这一段没有希望，也看不到未来的打工历程，是我心中最微弱的地方藏着的一份隐痛。

很多时候，我会倚在单位三楼的栏杆上，俯瞰院内那一潭微绿的，没有一尾鱼的水，忧伤便从我的心底慢慢地往上涌，在即将化作泪水的那一刻，又被我仰头强忍了回去。一些人事，渐行渐远。一些回忆，却越来越清晰可见。起起伏伏，花一样盛开。

某些时候,却又冷艳无比。忧伤如一个巨大的黑洞,深不见底,牵动着每一根脆弱的神经。

可以说,那是我至今为止年轻的生命中最阴暗、最没有光泽的一段岁月,确切地说,那是一段自视颇高,却又眼高手低的历程。如一束空瘪的麦穗,在风中高傲地扬着头。

所幸有徽儿,在我最困难的时候,给予我莫大的支持,友情的力量终于使我渐渐从低谷中走出来。

徽儿那时刚调入市内一家新闻单位,与三个同事挤在一间办公室住,不足十平方米的房里,见缝插针地并排放了三张单人床。就是在这样拥挤恶劣的环境中,徽儿不顾别人的闲言碎语,"收容"了我,给予我一个可以落脚的地方。

寄居的日子,我的内心敏感而脆弱,很容易受伤。而周围某些人还在有意无意地强化这种感觉,让我无处可逃。自尊心反而在这种足以让人自卑的环境中疯长。常常地,便没来由地冲徽儿发火,而徽儿总是宽容地安慰我、鼓励我。她还给我带来一些书,其中有一整套张爱玲的小说。

可以说,在我最困难的时候,是友情给予了我莫大的支持,文字的力量使我渐渐从低谷中走出来。

常常在夜阑人静的时候,一个人在灯下,静静地翻开张爱玲的作品,不由自主地品出一些趣味,得着一些灵魂上的慰藉。

初读张爱玲的文章,只看到一些人生表面的浮华和热闹,再细看,便看出些暗藏在热闹之下的悲凉,如千红褪尽,花瓣落地时的绝响。及至反反复复地看了数遍之后，却分明看出一位落寞的才女，在乱世的万丈红尘中，任世间惊涛拍岸，只怀了深切的同情心，用一双慧眼作壁上观。她引你入境，自己却又超然脱身。"人生的部分终结，划定的一个句号，实潜伏了落花流水的无奈和偶然，想想心里酸楚楚的，悲从中来。这正是张爱玲所欲达到的效果。"

张爱玲的作品中大雅和大俗与共。她写尽了都市女性的悲哀和凄凉，"长的是磨难，短的是人生"。处在那样一个动荡年代的张爱玲，总是使人不由得联想起"乱世佳人"。她在《自己的文章》中坦言："悲壮是一种完成，而苍凉则是一种启示。"

我的内心一再被触动。翻开徽儿送给我的大16开的日记本，我认真地在扉页上写下："也知贵贱皆前定，未见疏慵遂有成。"

此后的日子，在徽儿的鼓励下，我开始以文字诉说自己内心世界，以内心世界的丰盈，抵御来自花花世界的诱惑。那时自己买不起电脑，只能等同事们都下班后，才开始用办公室的电脑写作。

那时徽儿的男友在省城的刊物担任副总编，在徽儿的推荐下，慢慢地，我开始在报纸杂志发表一些文章，有了一些小小的收获。

那一天，国内有名的杂志的两位编辑来到我所在的城市约稿。徽儿又向他们推荐了我。编辑热情地接待了我，并和我说了约稿的要求。突然要写五千字以上的长文，对于只写过千字文的我，感觉压力很大。

　　在副总编的鼓励下，我说起了自己的初恋故事，他饶有兴致地听我讲完，教我如何谋篇布局。他们走后，我开始铺陈纸笔，追忆那份令自己心痛的往事。从起初觉得要写上一篇五千字的文稿好难，到越写越觉得有话要说，半个月后，我终于写出了人生第一篇八千字的长文，电话里又与编辑交流几次后，我去网吧，请网管代我向杂志投出了我的第一份投稿。

　　不久，文章发表了，还登了我一张生活照。我举着这份散发着油墨香味的杂志，兴奋之情无以言表。我获得了人生第一笔颇为丰厚的稿酬，也正因为有了这笔稿酬，我买下了人生中第一台电脑。

　　当时我所在城市的党报副刊部主任，看到我发表的作品后，被我的文字所打动，他多方打听，几经周折，终于打听到了我的电话，约我在日报开个专栏，叫《情感驿站》，我每周固定在专栏上发表一篇情感故事。接下来的日子，我一面抓紧时机寻求新的工作岗位，一面开始真正意义上的写作。我利用这段时间，好好地将自己的记忆梳理了一番，可以说，这是我散文创作的一个高峰期。而这些文字，在我后来出版的散文集中占有相当的篇幅。

　　冬天的时候，正逢市里招考公务员。徽儿一再鼓励我报考。

　　大考的日子，我坐在临窗的座位上，摊开试卷，发现考题主要为语文和法律。我因为自学过法律，又从小喜欢文学，大量的阅读让我有着明显的优势。

我先答了两道案例分析题，又逐一把其他题做完。作文是一个反腐倡廉之类的题目。我略一思忖，便笔走龙蛇，从拿破仑滑铁卢战役到李自成农民起义的溃败，洋洋洒洒，一气呵成，写了近一千五百字。

笔试成绩张榜那天，我在六百多名考生中一举拔得头筹。

面试前一天，徽儿陪我上街，挑了件淡蓝色的真丝上衣，一条咖啡色的休闲裤。

我们统一集合后，乘大巴车往盘山公路上行驶，大约半小时后，到了一个颇为隐蔽的山庄。

考生们轮流抓阄面试，我抽到第二十八位。

我焦急地踱过来踱过去，用手指将衣服下摆扭来扭去，扭成了麻花卷，又迅速展平。

轮到我面试时，我首先抽到的是两道关于本地旅游方面的问题。一看，都是自己熟悉的内容。我松了口气，从容不迫地答起题来，偶尔还带出几句与本地景色相关的唐诗宋词。

看到有几位考官朝我点头微笑，我心里正暗自庆幸，有些胜券在握的小得意。

冷不防主考官威严地发问："你对'两个凡是'的看法如何？"我对这个问题毫无心理准备，心里嘀咕，这个问题怎么从未听说过啊。

我搜肠刮肚，脑子里怎么也找不出这句话的影子。记忆仿佛突然断了电，只留下大片的空白。想了半天，也没能理解题目的意思，主考官一张脸望上去神态威严，他咳嗽了一声："怎么不回答？"

我心里愈发没谱，短暂的沉默之后，我大着胆子问："主考官，刚才的考题我没有听清楚，您能不能再说一遍？"

主考官生了气，把双眼睁得浑圆，白炽灯下，他谢顶的脑门愈发铿亮起来，声音也更加严厉，道："这不是家喻户晓的问题吗？你连这个都不知道，也来考试？"这掷地有声的话语，像惊堂木般震得我头晕目眩。我紧张得手心都出汗了，我轻轻摇摇头，越发心烦意乱起来。

考场静得出奇。一位留着八字须的考官，伸出一根手指头，捞了几片茶叶送进嘴里咀嚼着。一位国字脸的考官朝左右各散了一支烟，咔嚓地点燃了一支，悠闲地吐起烟圈来。

一阵难堪的沉默后，主考官让我再抽一道题，我抽到了一道谈谈本地的历史人文的题目。我重回状态，很流利地答出来了。

几天后，笔试面试的总成绩公示，经过面试这一关的折腾，我已从笔试的第一名落到第七名了。按一比五的比例，我顺理成章地入围体检名单。

经过紧张的笔试、面试、体检，我终于力挫群雄，成功入围考察名单。

前来考察的两位同志对我颇为满意，有消息透露，在所有入围的考生中，我的综合成绩排在前三位，而在所有女考生中，我无疑是名列前茅的。经过一个多月的煎熬,眼看诸事顺利,只等最后放榜公布了。

放榜公布录取名单,已是一周之后。我去机关大院看榜,却意外地没有找到自己的名字,所有的考生中,亦没有录取一个女生。而一位成绩排名远在我之后的男生也上了榜。回到家,我如一只泄了气的皮球,埋进沙发里。

我打开当天的晚报,见上面赫然刊登了一条消息:"本市公务员招考,一招招了八罗汉。"这让我十分愤懑,仅仅因为性别的原因,自己输给男生,觉得这场所谓的考试,存在性别歧视。

一天,有电话铃响起,电话那端,是一个操着浓厚方言的男中音。只听得他自报家门,说自己是市委机关某部门一把手,问我有没有兴趣去市委机关工作,并约我有时间去见个面。

我清汤挂面、素面朝天地走进了市委机关大院。

电梯轰隆隆地上了九楼,主任见我进来,从一张宽大的写字台后站起身来,和我握了握手,露出两颗微龅的门牙。

他身后是一排胡桃木书柜,码放着清一色崭新的《文心雕龙》、四书五经之类的书籍。他高大的个子,浓黑的眉毛,有些秃势的头发好不容易勉强梳成一绺,横在左额上,右脸颊一颗黑痣尤其醒目。

我注意到,主任面前摊开的杂志上,正刊有我的文章《爱情往事辉煌如血》。主任说,你的文笔不错,我们单位还有两个空编,急需注入新鲜的血液,尤其是你这样年轻、有才华的姑娘。

主任叮嘱我说:"我们到时会公开招考选拔,你有兴趣的话,可以前来报考。"

不久,该部门果然对外公开招考,我报了名。

因为有前车之鉴,我对这种考试本不抱多大的希望,反而考得更轻松。这一次因为要求学的是文学或历史专业,并要求发表过一定数量的文学作品,报考的人少了许多。结果出来后,又经过一次体检、政审,我真的考上了。

有了这份相对稳定的工作,业余时间,我也能更心无旁骛地写作了。

每当有作品出来,徽儿总是我的第一个读者。

2000年,我第一本散文集《生命的邀约》出版,记得那天长沙大雪纷飞,徽儿着一件黑色大衣在树下等我,陪我去见出版商。她脖子上的红围巾在白雪的映衬下,显得格外靓丽。初稿排版后,在寒冷的日子里,她逐字逐句帮我校对书稿。

2010年,我如愿进入了梦想的家园——鲁迅文学院第十三届中青年作家班学习。在这里,聆听老师们的教诲,如同打开了一扇全新的窗户。

当我在写作的道路上越走越远时,徽儿已不在媒体工作,但酷爱声音与文字的她,开始诵读我的文章,在网络平台不遗余力地推介。

2017年,经过四年的修改与酝酿,我出版了长篇小说《女歌》。为了尽可能地提炼出具有典型性、民族性和象征性的元素，我多次前去参加勾蓝瑶的洗泥节，参加江华的盘王节庆典，见证人们用祭祀仪式表达对神的敬仰，用原始的律动表达对自然的敬畏、对丰收的喜悦、对生命的无限向往。如果说，初时的我，是被女书的文字、故事所吸引，那么，此后的我，则不知不觉中被女书营建出的独立的、大爱的精神体系折服。书中那些不甘心被命运枷锁束缚的人与事，让我深深着迷，欲罢不能。而徽儿，也从初稿到出版，数次阅读了这部长篇小说。

二十年光阴过去，经历多少的人与事，改的只是容颜，心性还在。失散多年的感觉，尚能穿越时空，一如当年。

友情就是如此，像一坛酒，越是藏得久远，便越是醇香纯净。能聊天的人，越来越少。生活中的老朋友，也是渐行渐远。很多经不起酝酿的，便已飞散。沉淀下来的，原是不舍得离散的。忽然想到苏轼的那句"只恐夜深花睡去"，亦是不忍离散的美好，爱花若此，有些温柔的怜悯，自心底涌出。

"绿蚁新醅酒，红泥小火炉。晚来天欲雪，能饮一杯无。"于寒冷的冬日来说，是多么美妙的一幅图。心里徒生一份相知的温暖。

友情使我明白，成功与失败并不重要，重要的是，提高自身的素质。没有永远的成功，也没有永远的失败。无论身处何境，都应以内心世界的丰盈，来抵御花花世界的各种诱惑。

有一天，当我们老了，坐在沙发上悠闲地怀想从前的时候，也许会发现,绚烂与繁华,只不过是过眼烟云,一旦时间流转,便物是人非,而蕴含在患难中的相知相携,才是真正天长地久的幸福啊!

无言的代理

那是一个春色四溢的四月，我踌躇满志地踏进某市法院民事审判庭，以被告代理人身份参加一起离婚诉讼案。庭审中，原告席上那位美丽的少妇一直少言寡语，而我的委托人却振振有词，咄咄逼人。当谈到小孩的归属问题时，双方争执不下。我翻开自己精心准备的代理词，正要力陈女孩跟父亲生活在一起的诸多好处时，门被无声地推开了，一个小女孩的脑袋探了进来，圆脸、短发，一双漆黑发亮的大眼睛。只见她径直走到主审法官跟前，仰起脸："法官爷爷，我想跟您说几句话。"女孩的声音清脆悦耳，是那种很好听的童声。

我不由得愣了一下，但很快就从男女双方的眼神中明白过来，进来的正是他们八岁的独生女。

老法官严肃的脸变得慈祥起来，他和善地询问了女孩的基本情况，并示意身旁的书记员逐一记录下来。

"谁让你来法院的？"

"是我自己来的，早上听爸爸妈妈吵着说要到这儿来离婚，我就跟老师请了假。"

这是一个漂亮的小女孩,但她那双乌黑的大眼睛里流露出来的那份忧郁、那份早熟,与她那稚嫩的脸显得非常不协调。也许,父母无爱的婚姻早已把本应属于她的那份纯真消磨掉了。想象她父母离异后,她将要面临的更艰难的处境,我发自内心地想帮帮这个无辜的女孩,我甚至想着要改变自己的代理意见,尽量去做和解工作。

"你同意爸爸妈妈离婚吗?"

女孩闪了闪乌黑的大眼睛,看看分坐在原告、被告席上的父母,抿了抿嘴唇说:"我同意。"还是那种好听的悦耳的童声。

我的心不由得颤动了一下。我好奇地打量着这个同意父母离婚的女孩,心里有一种说不出的感动。小女孩美丽的眼睑垂了下来,似乎有泪要夺眶而出,然而,她只是使劲地抿紧嘴唇。好一个倔强的女孩!

"你愿意跟爸爸过,还是跟妈妈过?"

"我想跟妈妈过!"女孩激动地大声说,"是妈妈把我带大的,爸爸不关心我,不给我交学费,还经常打妈妈……"

小女孩的话语深深地扣住大家的心弦。这时,原告席上的父亲再也沉不住气了,他满脸尴尬地嚷道:"法官,孩子只是一个无民事行为能力的人,她说的话不能算数,肯定是有人教她这么说的。"

我下意识地看了一下小女孩的妈妈,她那握着诉状的手正在轻轻地颤抖。

"是妈妈教你这么说的吗?"法官盯着女孩问。

"不是,妈妈没有教我说,谁也没有教我说。"女孩转过脸来,一缕明媚的阳光照在她的身上,她看着被告席上的父亲一字一顿地带着哭腔喊:"爸爸,我说谎了吗?你到学校去接过我吗?"

被告席上的父亲慢慢地低下了头,原告席上的母亲却嘤嘤地抽泣起来。整个庭审中,她一直显得那样怯弱,那样无助。也许,她压根儿就没有想到女儿会来到法庭上,并坚定地站在她这边。

当小女孩应法官的要求,郑重地在庭审笔录本上签上自己的名字时,我默默地把视线移到了窗外。院子里的梧桐树正绿意盎然、生机勃勃。对面的小学里,传来了琅琅的读书声,也许有一个班正在上音乐课吧,几十个学生齐声高唱:"如果感到幸福你就拍拍手……"我轻轻地摇了摇头,说不清内心的感受。只觉得,有冰凉的东西从自己的眼睛里滑了出来。

我把代理词收进了公文夹,对于此案,我还能说什么呢?

步出法庭,一片春天里早枯的黄叶悄无声息地落到了我的脚前,我的眼睛又一次湿润了。不错,我们的法律能解除一桩无爱的婚姻,可是,孩子呢?谁来抚平那深深地刻在他们幼小心灵上的创伤呢?留在孩子心灵中的阴影,会随着时间的流逝而消失殆尽吗?

我陷入了一种无言的伤感中。

闲话八零后女性的写作

最近一段时间，开始关注一些八零后的女性写作。这一代人成长于改革开放之后，思想几乎没有受到束缚，她们可以无拘无束地自说自话，描摹内心深处最为真实的情感，不用刻意张扬，也不为写给谁看。这样，就少了许多的浮躁与不安。

不刻意地追求什么技巧，而良好的文化修养又为她们的写作打下了深厚的功底。不经意间，才气就从字里行间泼洒开去。

文学领域里，也不可避免地出现或多或少的泡沫现象，比如在现代诗的写作中，不少人为写诗而写诗，过分地追求技巧的突破，太过于讲究辞藻的搭配，语不惊人誓不休，而忽略了诗歌本来的美，仿佛非得先把读诗的人整晕了才罢休。这样的写作，大体上会令人走火入魔，成功的人极少，毕竟像凡·高那样的另类艺术家很少，多的是伪另类，写出来的不过是一堆令人莫名其妙的文字，然后像《皇帝的新装》里的那些可笑的大臣们一样，彼此夸奖，津津乐道。我很难明白他们真正要表述的是什么，又是否真正如愿以偿地表述了些什么。从很大程度上来说，这不是在写诗,而是在作秀。

而值得欣喜的是,八零后的女性却很少这样。她们真实地把源自内心深处的情感诉诸笔端,记录心灵刹那的火花闪现,无所顾忌,尽可能地采用人们熟知的语言去表述,便少了许多的做作。

首先见到有风约我的文字,是品味生活部落里的那篇《春风拂动的海洋》,这是一篇小说连载。说实话,我一直在揣测这文字的背后是怎样年龄的一位女子。后来因为天涯部落里举行中秋征文,我们俩都当了评委,这才有了一次交流。原来这女子竟很年轻,我颇有些吃惊。印象中,有风约我始终在用文字舞蹈,她的笔路很广,像风一样,一下子不知又飘到怎样的题材上去了,而且笔调轻盈,引人入胜。古典处,如行云流水:"佛问我什么是情,我答不出。初见范蠡的时候,我的心忽然柔软,将手交予他的手心,觉得莫名的安稳。不像看到佛一样的仰望,却是一种平淡的温暖。本想从此不爱任何人,给他我的一生一世。我的心给了范蠡,夫差却把他的心给了我。感情的事,从来就没有所谓的公平。并不是所有的两情相悦都可以白头偕老。爱情来的时候,得不到祝福,只能摧毁一切。"而现代时,又颇能跳脱开去。

绝学无忧则是一位善于思考的年轻女教师。她的文字随性自然,而富含哲理,字里行间,有着她这种年龄少见的成熟与睿智,让我每每很惊讶于她那份完全和年龄不相称的成熟。"没有英雄的年月,选择做一个真实的人,不虚伪而虚荣地活给别人看。那样的表演总是缺少观众的,因为人最关心的总是自己。遵照自己内心真实的感受,不掩饰,不逃避,生活很简单,复杂总是因为自欺欺人的聪明。"字里行间总有绝学无忧式的思想火花频闪。

眉心一点紫,这是一位外文翻译,却写得一手好字。她说:"再流利的英语,也只在舌尖和笔上跳跃,无法深入血液,深入骨髓。"她的古文基础颇为深厚,她用文字散步,轻松自然。

"羲之的白鹅,

红了头,

在碧波上挥洒

兰亭集序。

晏殊的燕子折返了,

衔着旧时的泥。

阳光向时间赊账。

花瓣上,

庄周的蝴蝶,

睡成一枚

不合时宜的枯叶。"

她处于一种完全自我的状态,窃以为,这才是真正意义上的写诗。

四教 234 的小说则往往有神来之笔,细节描写细腻,真实生动,有着很好的潜质。"我一进门就看见了她——坐在窗边写字,只有一个侧影。她的头发很长,睫毛更长,像笼着秋天的迷雾。"

"她站起来的时候,我几乎是夺路而出。走廊上,我背靠着窗台,装作漫不经心。她迎面出来,目光扫过我的脸颊,我的心瞬间失控。我慌忙转头,手足无措。

当我缓过气来,她已在楼下。

天微雨。她就像朵莲花,开满我全部的视线。"

也许是因为个人阅读与审美的偏好吧,我很喜欢四教的这些文字。

从这些文字,足以看出她们的潜质,我很欣喜地看到,八零后的女性写作者有一个良好的开端。然而,文学之路辛苦而漫长,在此,我唯有祝福她们写出更多更好的作品。

空余满地冰霜雪

深夜，仍有雪淅淅沥沥地敲我门窗。这场雪灾已持续半个月之久，仍没有要罢休的意思。最让我有切肤之痛的是居然停水停电。这是水灾与旱灾所不能比拟的，甚至比非典期间更难熬。每日办公室、家里，哪儿有电就带着儿子往哪儿转移，真正地如飞蛾扑火似的向往着光明与温暖。实在哪儿都没电，便点一支红红的特大号蜡烛，上床睡大觉。

淡挑青灯执古卷，潇湘夜雨皆成冰。有生之年，从来没见过这样不下雪，只管滴水成冰的气候。电话里与父亲说起，他说也只是50年代见过这样的天气。原是半个世纪难遇的奇迹，倒也罢了。

翻出蒋捷的两首诗词，正合了此时的心境。寒夜、白雪、梅花，回忆旧游，似荆溪流水难尽，风雪漫天，愁苦难挡。冷淡生涯，只能保持于一室，萧寒情状，则已遍及大地。尾犯虽表激昂之情，也如神龙摆尾，偶然一露，萦绕不尽的，是凄婉低沉的心境。

停电还好,有蜡烛替我垂泪照明。停水便让我头痛了,平常并没有节水的意识,这下因为雪灾,竟觉得水是那样地可贵。几天之后,终于因为无法洗澡洗头,而接近歇斯底里。和儿子开玩笑说,再这样下去的话,我就把你吃掉了,儿子居然有些慌,说我的臭脚你敢吃吗?是啊,可惜的是,没有水洗,你太脏了,我不爱吃呢。想起"是岁江南旱,衢州人食人",不禁苦笑。

有一天半夜醒来,干渴难耐,竟把儿子前天热牛奶用的水喝了一大口。

第二天一早便去超市买回一大堆的饮料、水果、熟食、八宝粥之类。人们脸上惶惶,抢购着物资,大小超市生意好得出奇。

地上结着厚厚的冰块,交通因此而阻隔,远一点的地方更是不能去。眼看着冰块一天天地积厚,树枝全都结冰肿胀起来,小草结成了厚厚的冰棍。红桎木的小小叶子上,冰越结越厚,甚至结成了许多小冰球。尚不识愁滋味的儿子,往往会挣脱我的手去摘那些冰块,还大声惊呼:"妈妈,你看那些玻璃树。"然后又指着草,美其名曰"冰花"。

只管下着冻雨的老天爷,已经毫无怜悯之心了。一位在县城工作的同学因为不通车,而被阻在市内好几天了。那天同学们一块儿去看他,宾馆也停电了,大家在寒冷中吃了个"烛光晚餐"后,匆匆撤回。

小孩的表姐从北京回来路上被阻了三天,买到50元一盒的方便面吃。我赶紧电话在北京的姐,告知她这边的灾情,让她退了票,不要回来过年。

　　有些人因路滑而摔断手脚,医院的骨科病人显著增多。更有京珠高速公路上有些旅客已在风雪之中被堵了六七天,又冷又饿。而湖南的三位电网工人因为上高压电架上人工除冰,不幸牺牲。电视里雪灾的镜头晃动让人眼圈红了,儿子说这个节目让我心都碎了。

　　在停水五天之后,终于来水了,迫不及待地洗了澡。

　　深夜,在雪落声中,抱一本宋词细细地读。

　　睡觉之后,又怕停水,复又起床,把各种能盛水的容器全都盛得满满的,这才安然地躺下来。窗外,仍有雪粒一声紧似一声地敲打着。窗上开满着冰凌花,院内的竹,除了几根没有叶片的新竹外,其余皆已被冰压弯了腰,直贴到地面。有三两只觅食的麻雀还在地里蹦跳着,叫声喑哑,让人顿时心生怜悯。雪松上面的枝头已弯了下来,可谓木秀于林,冰必冻之。一向生机盎然的香樟树,此刻也被冻得东倒西歪,像害了风湿病。倒是几株樱花树,枝干结着厚重的冰,笔直向上。路灯上,也结了厚厚的冰溜子,晶莹剔透的,倒也好看。

　　雪,在世人眼中,本是浪漫唯美的景象之一,然而,这种无休无止的冰冻和雪落,泛滥成灾,让人心生畏惧。

一任阶前点,滴到天明

春夜,急雨声声叩打着大地,如嘚嘚的马蹄声响起,似有千军万马从心上狂奔而过。不可以再安睡了,索性披衣起床。人总是像春字底下的小小虫子,自以为聪明地做一些可笑的思考。

所有的情感当中,归根结底只有爱情是糊涂的。亲情与友情一向泾渭分明,随性自然。喜欢就是喜欢,不喜欢立马可以转身,你可以清清楚楚明明白白地告诉对方,你不喜欢不欣赏他的理由。可是爱情不是这样,两人之间一旦出现问题,其实是没有理由可讲的。一旦不幸同床异梦,甚或劳燕分飞,不甘心的那一方便不可避免地扮演了追问者的角色,明知情感逝去不需要理由,它如流水一去不复返。如果叩问可以使爱人回头,爱便不会这么无路可走。

常常有人执意要问,从前那样的相爱过,怎么可以就这样誓言随风?怎么可以?其实,生活便是这样冷冷地毫无道理可讲,又如何经得起那样的追问?你问得清清楚楚明明白白又怎么样?

这种无休止的追问，多多少少地让人显得有些愚笨。既然没有后来了，再追问又有何用？情感的东西，多是讲不清理由的。如你能一二三四条理清晰地摆明了说，那么，只能说明这不是真爱，而是一种计算。如果在这种计算中得着便宜，假装生出一份爱情也不可预料。

　　人在爱着的时候，智商会直线下降，甚至于低到零。其实爱情本无所谓对错，也不分年龄。某些时候，当反对的亲情遭遇这样炽烈的爱情时，其实不过是鸡蛋遇到了石头，不经比试就见了高下。

　　所有的情感当中，也只有爱情是被捧得最高，也因此被摔得最惨烈的一种情感。友情平和平淡，只如清风明月，是脚踏实地散着步的。而爱情是狂涛骇浪，激情燃烧起来甚至会毁了一个人的心智。常常地，你会眼睁睁地看着身边的亲友，如飞蛾扑火般奔入爱情温暖炙热的怀抱。日月星辰从此便在他（她）眼里失去了色彩，眼里只有对方闪亮的眼眸。甜也罢，苦也罢，只管独自煎熬品尝。如果两人能走到一起，那么你只管祝福他（她）终于功德圆满，修成正果。如果你觉得门不当户不对，而要学王母去横加干涉，那么终有悲剧会上演，时间的长短而已。

　　相爱，没有理由；不爱，也亦无理可讲。它只是阶前的点滴。什么时候来，什么时候走，全由不得自己主张。

　　所谓王子与公主从此过着幸福的生活，这种结局完美的童话也很难在现实生活中上演。其实大多数的夫妻都不过是验证了那句老话:不是冤家不聚头。夫妻双方斗得失去了热情,或是一方逐渐强大到根本不屑与对方斗,生活便忽然平淡安静了下来。不抱希望也就从此不再有失望。

幸福大多时候只是自身的一种感觉,或是错觉。有些人会表现出活得幸福,有些人会诉说自己的不幸,更多的,不过是共同平实地走过那些无波无澜的岁月。

不过细想起来,能支撑着双方走下去的,也许只是习惯或是责任,还有一些不可言说的其他理由。

爱情也是最辛苦的一种情感,荷尔蒙的分泌会让双方自觉不自觉地隐藏了自己的缺点和不足,这样便会使人日后有上当受骗的感觉。

友情没有太多的讲究和要求,爱情不一样,求的是琴瑟和鸣,求的是高山流水。其实更多的不过是活在自己的幻想中罢了,与自己假想中的完美之人在恋爱。清醒过来之后,也许会觉得上当受骗,其实不过是受了自己的欺骗罢了。

精神和物质上的对等,才是愉悦的。仰视的情感终归会让人觉得累,不如趁早放弃,长痛不如短痛。

雨,一直下个不停,缜密如丝,仿如离人的泪。在若有若无的雷声中,有着一丝麻木,一丝伤感。户外的树,在风雨中飘摇,新叶催陈叶,时光,就这样落寞地、无声地流淌。

也许,爱,便是这样的吧。若即若离地,那么远又那么近,飘忽不定。有时,以为它停下来,在某处等着你,可当你伸手去触摸时，它忽然又飞走了。

从某种意义上来说，爱其实只是一种习惯，一种依赖。比方说，你尝到很好吃的食物，你一时忘不了，或是，看到很悦目的景象，你满心憧憬，希望再看到。那么，心思所动，而欲望无门，便会感觉很痛苦，抑或是不可以释怀。这是一种恶性循环，是一种习惯性的依赖。但当你试着克服贪婪心，便可以放下。

如果不可以做到平静，至少可以先做到安静。心静如止水，不要呼啸若海，不要暗涌如潮。生活里，虚虚实实、分分合合的故事每天都在上演。爱与被爱逐渐得到升华，得到与失去都是那么真切，恨的理由也逐渐被时间淹没。看到任何一份情感的结束，你的心都会沉重。

一颗心，小心地护着，既怕受到伤害，又怕一不小心伤着别人。很多时候，你竭力地想使它如止水一般，可是它不能够，它仍在呐喊、在呼唤，虽然这呐喊和呼唤很微弱。冥冥之中，是谁在敲门窗？是谁在撩动琴弦？你为什么要来这里？你为什么会在这里？没有理由，没有答案。

时间的界限里找不到未来。生命苦短，而所谓的爱，也不过就是昙花一现的美丽吧？流年似水，无论公主也罢，寻常女子也罢，它一样会伴随着温柔的足音，从你身边无情地流逝。无情地淌过岁月的花季，淌过年少时未尽的心事，淌过人生之旅苦难的历程，最后，在上帝面前，平等地为每个人拉开一扇门。

岁月如刀，刀刀催人老。在传统与现代的夹缝中生存，在爱与不爱的边缘挣扎,在痛苦与欢愉中沉浮,需要太多的爱心与勇气。仍然会相信:亲情可离不可弃,友情可亲不可欺,爱情可遇不可求。也仍然相信:一个好的女人,应该具备爱心、慧心、恒心甚至佛家所说的慈悲心。

家属楼对面,住着一个女人,有四十多岁吧,皮肤白皙,模样周正,听说是随军转业来的郑州人。早上我穿着职业套裙去上班,就见她领着一条京巴狗悠闲地从附近的广场散步回来,下班后,又见她在一楼的车库里坐着,做一些包子之类的面食,津津有味地吃。而她饲养的三只鸡,正在绿化带里悠闲地刨着食。她在门前的草地里种着几盆花,淡黄的蝴蝶兰正嫣然地开放着,像一群蝴蝶正翩然起舞。她告诉我,自己的住房在五楼,阳台上也种了许多花,不过已错过了花期。我突然就心血来潮地问她:"你听到过花开的声音没有?"她莫名地说:"花儿都是在夜间开放的,清晨起来,它已经完全开了,哪来花开的声音呢?"我会心一笑,下辈子如果再做女人的话,就要做这样的女人。过这样单纯、轻松的生活,省得既要面对工作、面对社会,又得照顾好家庭。还有来自各方的空穴来风,躲不过的明枪、防不完的暗箭。

佛说:大悲植根于大智之中,而大智也是大悲结出的最灿烂的果子。我要那么些智慧干什么?不如活得简单些。这样一想,不禁又淡然一笑,笑自己真是年龄越大越堕落呀,竟然羡慕起这样一种简单的生活方式了。

流年似水啊,所有的恩怨都会随风而逝的。很多时候,沉默并不是因为怯弱,善良并不是因为愚笨。让我们都怀着一颗智慧、慈悲之心,度过这似水的流年吧。

姑母

  冷寂的寒夜,一切都显得那么安静,静得可以听见一片落叶的绝响,甚至一阵风的叹息。凌晨两点醒来后,再也无法入睡,觉得空气中有阵奇香的芳踪,使我心痛。恍惚间,逝去二十年的姑母,又穿越时空款款地踏露而来。

  姑母是父亲唯一的亲姐姐,长父亲二十岁。父亲两岁时便死了亲娘,时年姑母已远嫁他乡。正值壮年的祖父不甘寂寞,一心想要续弦,替父亲寻了一户人家收养。姑母心下不忍,将嗷嗷待哺的小弟接回自己的身边,一心想把他抚养成人。无奈邻里乡亲闲话颇多:这到底是娘家的弟弟还是在娘家的私生子呀?人言可畏,刚刚丧母又遭此冷言闲语,尚未生育的姑母只得忍痛将父亲送回祖父处。不出一月,父亲即被祖父送到几十里外的一户农家收养,从此改名换姓。

  姑母是在一年后才寻到收养父亲的这户人家,那日,身怀六甲的她徒步走了几十里山路,终于见到了自己日夜思念的小弟。父亲扑闪着大眼睛,看着这位美丽而陌生的少妇,已认不出自己的亲姐姐。养母告诉他：这是别人家的大姐姐，不要理睬。然后咣的一声关门，将父亲带进里屋，闻听此言，姑母潸然泪下，她抚着胸口怆然而回。由于过度的悲伤与劳累，途中她失去了做母亲的机会，从此终生未育。

又是二十年后，父亲读书、工作、生儿育女，忙得不可开交。姑母总是力所能及地给予帮助。我两岁时，由于妹妹的出生，母亲大出血，无暇也无力照看，我被暂寄养在姑母家。

被送到姑母家的我长得像年幼时的父亲，圆圆的脸，黑亮的大眼睛，扑闪着长长的睫毛。以至姑母面对我时，常会产生时空错觉。她把当年对小弟的那份感情、那份愧疚，全化作浓浓的爱弥补在我身上。对我宠爱有加，甚至是溺爱了。

姑母有一大片绒布，缀满了毛主席像章，这是姑母的宝贝，从不轻易示人，而我却可以随心所欲地把玩。喜欢哪个，姑母就把哪个别在我的衣裙上。姑母整天不离左右地宠着我，想吃啥就吃啥，愿吃多少就吃多少，所以肠胃并不能消受得起。从姑母家回来时，我反而消瘦得像个可怜的胡椒磨子柄，这是我一生最快乐、最苗条的时光。

因为当时年幼，姑母对我的好，尚无太多的记忆，只是依稀觉得，姑母无疑是除父母之外，世界上最爱自己的那个人。

稍大些年纪，到姑母家拜年，成了我最向往的时光。由长我十好几岁的堂兄用箩筐挑着，穿越几十里的山路，狗尾巴草迎风飘扬，再翻过一个笔架山，就到了姑母家。对堂兄堂妹，姑母明显不如对我好，她还会偷偷地额外给我一些压岁钱，让我买小人书或是一些童年时代梦寐以求的玩具。

我看见过姑母二十多岁时的照片，眼眸黑亮，盘着长发，披着流苏，美艳得如同好莱坞影星。

姑母四十八岁那年，姑父惨遭意外身亡。

姑父走了，患高血压的姑母开始夜夜失眠，终日以泪洗面，两眼渐渐红肿成两条细线。终于有一天深夜，穿戴整齐的她安静地追随姑父而去。

得知噩耗的那日，我莫名地心疼了许久。从不喝酒的父亲寻到一瓶二锅头，喝得泪流满面。

在常人的眼里，姑母的一生并不完整。作为一名女人，一直未育的她，如同一棵美丽的、无果的花树，只把花开过就匆匆作别了。

在我的心中，姑母对自己的爱却是任何人都无法企及的。

不要轻言放弃

生之旅途，有鸟语花香，也有荆棘密布，坎坷多变。同样，爱的道路也有艰难险阻，有着太多的不可预测。如果你确信两人之间还有爱，那么，请你，请你一定要温柔以待，不要轻易伤害，不要轻言放弃，请给对方时间，给自己机会，共同应对人生的各种变幻莫测。

也许，在相爱之初，会有一些疑虑，会有一些不安。但是，只要有真爱，就可以有足够的爱心来包容各自的一切。你要坚定地对对方说："我爱你，且让我们彼此温暖，远离猜疑和伤害！"

是的，如果真爱一个人，又怎么可以只顾索取，而忽视对方的孤寂与苦楚。相反，要更多地关爱对方，要关注对方的冷暖。不可以让对方冷暖自知，在爱的路上惶惶不安。

生命短暂，有许多的不得已。在坚守自己，在得到一些的同时，就必须学会放弃许多。在放弃之前，一定要想清楚，什么是你必须忍痛割舍的，什么是你无法轻言放弃的，什么是生命无法承受的，放弃多少你才会觉得幸福，放弃多少才会让对方觉得幸福。

真爱一个人，就不要轻言放弃。如果对方爱你竟然爱到要放弃，这是怎样一种隐痛和暗伤。你看不见它伤在哪，只知道一颗心正一点点地往下坠，却无法说出疼痛的原因。想清晰地知道，究竟是在何处出了差错；又是怎样一种伤害，让对方已无法再去面对，无法再去承受而甘愿放弃，悄然引退？而你一定会用心地想：自己曾给予了她一种什么样的伤害？什么时候，自己竟然变得如此不知珍惜？

当一个人说因为爱你而要放弃的那一刻，你能不被深深地触动吗？

可是，如果没有足够的理由，没有足够的勇气去放弃，那么，就学会共同承受，承受生活所降临的各种意外，学会珍惜一切生活赐予的美好吧！喧嚣的尘世，有着太多的诱惑，太多的不得已，每个人，都不过是时光的匆匆过客。你在光阴里匆匆地走着自己的路，时光的钝刀已快把自己磨得没有细腻的感受，却有幸与对方狭路相逢，你该怀有一种怎样的感恩之心呀！是的，你可以放弃许多，金钱、地位甚至名誉，但是，你永远不要轻易放弃爱。

你一直崇尚着真情挚爱，却害怕轻易付出。怕的是，爱也是一种伤害。可是，在你的重重包裹之下，原本是一颗善良柔软的心呀。是的，每个人都有自己的过往，都有内心深处不可言说的伤，谁也没有理由去触及另一个人的伤痛，哪怕是缘于爱。

如果没有足够的承受力,没有足够的坚强,那么,不可以轻言爱。爱是什么?爱便是让她不受伤害,远离灵魂的孤寂。如果爱是负累,爱是不断地猜疑,是不断地索取,那么,就不如放弃吧。

放弃你该放弃的,但要记住,如果有真爱,就不可以轻言放弃!不可以轻易回头,更不可以左顾右盼。请珍惜所爱,与所爱的人相互温暖,携手执着地走下去吧!

我拿什么来爱你

——母亲手记

一、妈妈要给你的礼物

宝贝,当你的目光像胶水一样粘着我的每一个举动时,当你乘着学步车在房间的每一个角落里追随着我时,当你因为我暂时的不关注而发出近乎绝望的哭泣时,你可知道,宝贝,我爱你,胜过一切,我的一切其实都可以给你,甚至健康,甚至生命!自从有了你,我已不再是单纯的我了,我是维系你的希望的人啊!

很长一段时间,我会充满爱意地凝望着你熟睡的小脸,你梦中的笑靥让我如此惊喜。我一遍一遍地问自己,这个小精灵就是曾在我腹中孕育过的小生命吗?你是如此健康、如此漂亮、如此乖巧,这是上天给予我的最好礼物啊!

宝贝,你很爱笑,大人的趣脸或发出的声音都能令你发出开心的大笑,"嘻嘻嘻,呵呵呵……",你无邪的笑声是如此令人着迷。宝贝,你可知道,在我的耳里,你的笑声是世界上最美的音乐啊！你不爱哭，很少哇哇大哭，即便是生气了，你也只是涨红着脸，噘着小嘴，一声不吭。你的哭声也与别的婴儿不一样。你满月的那天，我用小推车推你到户外玩，因为一点小事，我走到你视线看不到的地方。你因为一下子看不到我，急得直哭"妈啊……"，你居然发出了"妈"的声音，我是如此欣喜，此后，每次哭泣，你都会发出这种哭声。我其实是一个急性子的人，但我无法不停下手中的一切来关注你。

因为爱你，五个半月的产假期间，我没有写过一篇像样的文章，我一次又一次地食言，一次又一次地让约稿的编辑们失望。试想，又有哪一个母亲不爱自己的宝宝？那是心尖尖上的肉啊。

可是现在，我已经正式上班了，我必须坦诚地告诉你，妈妈不能做一个全职的妈妈，妈妈是要工作的，不能整日陪着你。所以，只得狠狠心把你交给那位保姆，委屈你这么小就面临每天一次的别离，好在你很快就习惯了。当我一下班，推开门，你双眼委屈地盯着我，噘着小嘴，心想这个狠心的人终于又回来了。只要我伸出手来抱你，你立马开心地笑起来，所有对妈妈的不满全泯在这笑声中了。可如果我不是立即把你抱到怀里，而转身去了另一间屋，那么，等着山洪暴发吧！直到我急急地把你抱到怀里，你才用明亮无邪的大眼睛看着我破涕为笑。

宝贝，你真是有福之人，在你生命中的第一个冬天就遇到一场大雪。那个冬日的凌晨四点，你被冻醒了。我爱怜地把你搂在怀里，用自己的体温来温暖你，过了许久，你的小手仍然冷冰冰的，小脸也冻得通红。早上你父亲推开窗，啊，外面下了好厚的雪，雪花漫天飞舞。宝贝，我陪你走过你生命的第一个冬天，以后，在你的一生中，会有许多冬天，有雪的冬天或无雪的冬天，我想，再寒冷的冬天，你都能经受得住的。

我知道，终有那么一天，你会不再如此需要我，可是，我会一如既往地爱你。我因为爱你，绝不会压着你去学自己不感兴趣的东西，我希望你有一颗坚强的心，有一个健康快乐的童年。这就是妈妈一直想要给你的礼物。

二、上幼儿园记

搬了新家，以前帮我照看儿子的保姆嫌远不愿跟过来，两岁五个月大的儿子只得上幼儿园。我先带他到家附近的两所幼儿园去玩了一下，让他先熟悉一下环境，坐坐滑滑梯、跳跳蹦蹦床什么的。嘉嘉显得很高兴。

搬家的第二天一早，我把儿子送进较近的一家幼儿园，儿子自己选了新杯子、新毛巾，拿着高高兴兴地到了小班。小班老师个子不高，脸尖尖的，声音也挺尖锐。正是吃早餐的时候，十几个小朋友在喝绿豆稀饭。一个十七八岁的小老师，接过儿子的小碗，也给他装了小半碗，稀饭是挺稀的那种，几乎照得见人影来。儿子端着，见小朋友都在自己吃，也就执意不让我喂他，吃得满嘴满脸都是。

吃完饭，老师发毛巾给小朋友擦脸，十几个小朋友胡乱地擦了一把,又把毛巾交到老师手里。然后每个小朋友自己背一条小凳子围成一个圆圈准备上课,儿子也操一把椅子坐到小朋友中间。我见他没什么不对劲,就对他说,妈妈去上班,等下班来接你,好不好?谁知他立即大哭着朝我跑过来,攥着我的手不肯放开。啊,早知如此,不如继续陪他一会儿,让他完全进入状态再说,或是干脆一声不响地溜走为妙。

接下来,每天早上,灰头土脸的我,带着哭闹不止的他走过家属区,一路上迎着行人的注目礼,往幼儿园走。到了单位,整个心还是一团乱麻。一整天忙得像个陀螺,根本没有时间和心情来收拾一下自己,更别说梳妆打扮了。

唉,这种日子不知熬到何时才算尽头。儿子呀,快点长大成人吧!

有一天早上,嘉嘉睡醒后,像往常一样赖着不肯穿衣服,这是不愿上幼儿园的前奏,且一遍又一遍地问我准备带他到哪儿去。我避而不答,只说今天是星期四,星期六带他去超市买火车。好说歹说让他穿好衣服,下了床后,他立即像尾巴一样紧跟着我。我上厕所,他也上,尿了一小泡尿在地板上后,又觉得不好意思,拿来扫把、簸箕,要把尿扫干净。我心里好笑,他以为这是垃圾呢,能扫得起来的。我把他拉开,用水龙头冲洗干净。

见我洗脸漱口,他用慌乱的眼神看着我,问:"妈妈,你要到哪里去呀?"又吵着要他的牙刷。我递给他,他象征性地刷了一下牙。又泡了一点药,他不愿吃,我只得强行把他摁住往嘴里灌。看看时间已不早,我赶忙换衣服。

没想到他竟主动提出要把 VCD 带到幼儿园里去,我以为他想通了,心里一阵高兴,就答应了他。

谁知一过十字路口,他再怎么也不愿意往幼儿园的方向挪步,我连哄带劝不得要领,他仍然哭得很凶。见他边哭边咳,我便带他到机关医务室去看医生,医生说他的扁桃体肿大,要打针才行。

我第一次没听从医生的建议,不带他去打劳什子针,而是径直带他去机关食堂。他在餐厅的玻璃柜里欣喜地看到几尾鱼,我又喂他吃了几口米粉,时间已是上午九点。

我又鼓起勇气,抱他去幼儿园,他却开始了甜言蜜语:"我以后长大了,就上班赚钱买果果给你吃,给你买东西。"让我好一阵感动。

到了幼儿园,谁知,奇迹发生了,他不哭不闹,主动在老师怀里跟我挥手再见呢。

我心里可谓是惊喜极了。怕他反悔,立即扭头就走。走了三五步后,又扭回头,竖起耳朵往教室方向听听,没听到小孩哭泣的声音,那一刻,我仿佛得了什么大奖似的,有一种飘然欲飞的感觉了。

三、南瓜家族

晚上,儿子又闹着不肯吃饭,要去超市买酸奶。我只得边炒菜,边连劝带吓。等仔南瓜炒肉上了桌,我佯装不理他,津津有味地吃起来,一边吃一边说:"呀,南瓜真好吃。"嘉嘉好奇地问:"这是什么南瓜呀?"我说:"哈,是南瓜仔仔(仔南瓜)呀!你要吃吗?"嘉嘉伸头说:"我尝尝!"他很快咽了下去,又问:"南瓜妈妈呢?"我便顺手夹起一块较大的说:"这是南瓜妈妈。"嘉嘉高兴地说:"让我吃掉。"吃完南瓜妈妈,又接着吃南瓜爸爸,接下来,南瓜奶奶、爷爷、外公、外婆、伯伯、叔叔、阿姨、姐姐、妹妹……南瓜家族数十几个成员相继落入嘉嘉口中。接着,又有南瓜小狗、南瓜蓝猫等等小动物被嘉嘉吃掉。哈,这样一轮吃下来,一小碗仔南瓜炒肉只剩下几片肉了。嘉嘉不吃肉,也就只得由我纳入腹中了。不过嘉嘉吃完以后,并没有就此闲着,而是找来我给他买的一些过家家的东西,手持铁铲、碗等忙碌了起来。不一会儿,便端出一大碗美味佳肴:一只清蒸"螃蟹",一只小烤鸭,哈,居然还有一只红烧"小飞机"呢!青出于蓝而胜于蓝,嘉嘉的厨艺比我有创意多了呀!

四、我的崽崽自己带

上了一整天班,回到家里,也没心思陪儿子玩。只想看看电视,放松放松。就听见他边玩汽车,边自言自语地说:"走,开到部队幼儿园去,呱呱在那里,去找呱呱玩。"隔了一会儿,又抱来一只硕大的娃娃,说是他的崽崽,一副小心翼翼的样子,爱不释手地拍着。一会儿又找来一瓶乳娃娃,说是崽崽饿了,得赶紧给他喂牛奶，一会儿又为他讲大灰狼的故事。见我面呈赞许之色，干脆抱起崽崽在客厅里雄赳赳地踱起方步来，并颇为自豪地宣布："我的崽崽我自己带，不送他上幼儿园。"呵，倒是在为我树榜样呢，让坐在一旁看电视的我心里酸酸的。

五、去看医生

因为常出差，四岁的儿子寄居在母亲家，不常回来。比起同龄的小朋友来，他要隐忍许多。有时，他的懂事会让我心疼。

儿子得了腮腺炎，快好了。为了保险起见，我听从医嘱，带他去医院输液。他会鼓起勇气说："妈妈，打针时我不会哭的。"这是全市最大的一所医院，看病的小孩很多，有感冒发烧的，有得肺炎、肝炎的。儿子拿出自己的糖果分给别的小朋友吃，连玩具也会大方地让给别的输液的小朋友玩儿。那小朋友发着烧，支原体感染，哭得一塌糊涂，接过儿子的玩具枪后居然笑得一脸灿烂。我担心儿子也被交叉感染，但也不好说什么，总不能竟不如一个孩子有爱心吧？

六、三个故事

临睡前，儿子让我讲三个故事，于是搬来《圣经》一书，念给他听。当念到上帝创造世间万物及人类时，儿子有些质疑："人类是妈妈生的，怎么是上帝创造的呢？草和树也都是自己长出来的呢。"我只得含糊地说："最早的人类是上帝创造的。"儿子不以为然:"那也是他的妈妈生下来的。"又念,"那时只有太阳。"儿子有些生气了:"怎么会只有太阳呢,早些日子还不停地下雨呢!"呵呵,他不那么盲从和轻信了。可是,我还有什么故事可讲?他也不喜欢听这个故事,于是,改走迷宫,唐僧被某个妖精掠走,悟空需绕过许多障碍(无非是些奇形怪状的妖魔),去解救唐僧。儿子边绕迷宫边嘀咕:"为什么不直接把妖怪打死,难道悟空会怕他们吗?"我哑然。

叶儿

　　两年前的一个阳春四月,办公室新来了一名打字员,身材高挑,亭亭玉立,一副清纯可人的样子。见了面,她总是礼貌地管我叫姐。

　　起初,我并不怎么注意她,一半因为忙,一半因为觉得与他们这些条件优越的 80 年代出生的独生子女缺乏共同语言。

　　她负责打字,分发报纸杂志。当时打字室的电脑是老 486,内存及文字处理的方式早已过时,她便经常来我们办公室请教某个字的打法。她说话声音甜甜的,亮亮的,频率很快。这还没什么,更令我们讶异的是,她随身携带的钥匙扣上挂着一个银制的小铃铛,走过来的时候,总是一路叮当地响过来,让人忍俊不禁,不由联想起《西游记》里那位叫"有来有去"的腰佩铃铛的小鬼。

　　闲暇的时候,她总喜欢到我们科室来坐一坐,说很喜欢我们办公室的气氛,挺温馨的。我手里有些名刊编辑约稿时寄过来的样刊,偶尔她也会问我借杂志看,不过大都很快便还给了我。

我觉得她也许并未细看，再借的时候，往往随手摸出一本来敷衍她。

夏天来了，天气渐渐热了起来，她进来后，就说我们办公室闷得慌，为什么不开窗户呢，然后便替我们推开窗户。打字室里是有空调的，可她不顾炎热，还是照旧来没装空调的我们的办公室玩，并自我解嘲地说："吵着你们了。"我们便与她开玩笑说："与你换个办公室如何？"她也不介意，说："好呀。"接下来她认真地说，"其实挺羡慕你们的，能写文章。"

那时，业余时间我担负着《情感驿站》专栏的写作。有一天下班时，她突然向我说起了她的爱情故事，够曲折动人的。我不由有几分感动，立即觉得这是一个好题材，可那时《知音》编辑不断向我约稿，手头又接了电视专题片的写作任务，便把这件事给耽误了。过了几天，她站在我对面，眼睛亮亮地看着我说，要是自己也能写作就好了，我于是鼓励她把自己的故事写下来。几天后，她便写出一个长达六七千字的文稿，只是如流水账一般的漂亮的形容词的堆砌和一些事实的罗列。

我引导她做些修改，我给她讲"文学源于生活，却高于生活"这些常识性的东西。这以后的几天，她便天天改稿。她说有时写到凌晨一两点钟，那么鲜活的一个人也略显憔悴了。我心下想，可见写作真的是一件苦差事。几番修改后，这篇文章，便成为《情感驿站》的谢幕之作。

她劝我写作大胆一点、前卫一点，她说，演员不是要尝试演各种角色吗？那么，作为一名作家，也应该可以尝试着写各种作品吧？她说的不是没有道理，但是我真的很难改变自己的文风，像卫慧、九丹那样的写作，显然是学不来的，但我仍要感谢她的好意。

后来因为一条流浪狗的缘故，她到过我家一次。情形是这样的：她在回家的路上捡了一条有眼疾的流浪狗，虽然替它干干净净地洗了个澡，但她妈妈还是容不下这条狗，于是便抱到我家里，央我收容它。那一天，她穿着一条洁白的连衣裙，就那么抱着那条狗来了，她给狗洗澡用了半瓶洗发香波，那狗香气扑鼻的，除了那只受过伤的眼，已不太能看出流浪的痕迹了。见我答应收养，叶儿很高兴地拥着我说："我就知道曹姐是最善良的人。"可我虽然爱狗，却没有足够的时间和耐心来伺候它。况且因为眼疾，它总是用那样一种奇异的、哀怨的眼神看着我，让我不忍心与它对视。这样，一个星期之后，我终于忍不住打电话给她，让她把狗给领了回去。

是年八月，叶儿即远离雁城，赴深圳工作。之后再也没有见面，大约有近两年时间了吧。逢年过节的时候，她会给我打电话，问我是不是想念她，今年三八节的那天，她给我发了条短信："三八，节日快乐"，让我哭笑不得。可爱而善良的小妹，生于80年代的小妹，何时才能再相见呢？

师恩如明灯

我与张佳玲老师不见面已有一年多时间了。然而，时不时地，我还是情不自禁地想起这位岳麓山下和蔼可亲的女老师，想起当年度过的那段真真切切的求学历程。在短暂的教与学的过程中，我们俩人结下了深厚的师生情谊。

"技术与经济研究"这门课程，是我们在湖南大学衡阳研究生班学习的最后一门功课。那天，大家都去得很早。班长在黑板上写着"任课教师张佳玲，湖南大学人文系教授"。上课铃响起时，微笑着走上讲台的，是一位三十多岁，圆脸、短发、长裙及膝的女老师，使人不由想起"五四"时期清纯的女大学生。她便是极有韵味的张老师。

张老师转身看了一下黑板，便拿起粉笔，在"教授"这两个字前，认认真真地添上了一个"副"字，然后扬着头，用清亮的嗓音说："首先，我得给大家纠正一下，我只是一名副教授，离教授还差一截子呢。"在许多人忙着为自己的称谓拔节的年代，张老师竟然如此地认真和直白，令我心中一震，敬佩之情油然而生。

"技术与经济研究"这门课程,对于我们这些从前以学文为主的学员来说,略显枯燥与乏味,但张老师却把这样一门课程讲得深入浅出、妙趣横生。

课堂上,张老师频频向大家发问,大家都是成年人,有些不好意思。张老师便总是点着前排的我回答问题。

张老师是第一次来衡阳,负责人让我陪同她。是夜,张老师在宾馆一直不停地修改教案。我不解地问她:"为什么要这么认真?"她告诉我:"上课时,有一位男同学总是把眼睛瞪得大大地看我,一副不理解的样子,你知道吗,上课时,学生如此表情是老师教学的最大的失败。"又仔细地询问我有哪些听不懂的地方,接着又耐心地给我讲解第二天的新课。

我至今记忆犹新的是她为了解释什么是无形损耗和有形损耗这样抽象的概念,描述了一个农村老太太,不敢把钱存到银行,而把钱藏到墙角,结果被老鼠咬坏的小事例,讲得十分生动而又形象。

第二天,张老师的课果真更易懂了许多,课堂气氛也空前地活跃。下课时,同学们不由自主地爆发出热烈的掌声。我也为她生出一种莫名的骄傲来。

兴趣是最好的老师,这一门课程的测试,我取得了前所未有的高分。

临近毕业时,不知什么缘故,另一位同学与我递交到学校的论文竟十分雷同,学校于是罚我们重做。张老师得知此事后,专程找到系主任，一遍又一遍地为我辩解。她说，她十分了解我的个性，我是无论如何不会去抄袭别人的论文的。她的声音渐渐高扬，脸都红了。然而，以严厉著称的系主任最终还是让我重做一篇。张老师转而安慰我，那一刻，泪水在我的眼眶里直打转。

毕业晚会上，我与另一位担任主持的同学邀湖大的老师上台表演节目，张老师便大方地款款走上台来，并说服一名男教师同台演唱一曲《刘海砍樵》的花鼓戏。她的声音甜润、字正腔圆，舞姿也极其优雅，一副神采飞扬的样子。

临别时，张老师一再鼓励我通过英语六级考试，以求早日拿到学位。

冬日的一天，张老师打电话给我，说已替我买好了应考的资料。我于是乘火车第一次来到张老师的家中，她的家里收拾得很整洁舒适。见到我，张老师很高兴。她为我端茶递水，并热情地为我张罗饭菜。

由于琐事较多，这一年，我没能参加研究生入学考试，有些不好意思再见张老师。不料今年初，她又打来电话鼓励我去参加全国的英语六级考试，6月中旬，我终于鼓足勇气参加了英语六级考试。

日前，我打电话到湖大，想询问一些事宜，张老师不在，我便把电话打到了系主任那里。系主任愣了一下，便极爽朗地笑着说："噢，原来是张佳玲老师念念不忘的那位学生朋友啊！"

那一刻，有一股暖流汩汩地流进了我的心田。

那年少时

读小学四年级那年,晓歌随父亲转业,从北方一座美丽的海滨城市转学到了嘉所在的班级。

晓歌白净的脸,小平头,洁白的牙齿,一笑脸上还露出两个小酒窝。说一口流利的普通话,朗朗动听。课堂上,每当老师发问,他总是第一个举手,晓歌的造句和作文,每每在同学们的眼前展示出海滨城市迷人的风光。

晓歌很活跃,羽毛球、乒乓球都打得很好。然而,叫嘉又气又恨的是,他当"皇帝"时,从来就不点她当"大将"。因而,往往在球场上杀得最紧张,最惊险的就数他们俩。

这么聪明、这么高傲的小男生,便完完全全地把嘉迷住了。他的一举一动,一颦一笑都牵动着嘉的视线。课间,嘉不再满教室里大声地嚷嚷,而是静静地待在教室,保持着淑女状,并私下里加紧练习普通话。因为晓歌的普通话说得那么标准!她用功地学习着遣词造句,试图超越晓歌。

后来,仿佛是内心的隐秘被人窥见了一般,班里一个外号叫"酱油萝卜"的高个的男生，总是恶作剧地把嘉和晓歌挤在一起起哄。更令她心烦意乱的是，那些日子，上课铃响后，不是晓歌的文具盒跑到了她的书包里，便是她的钢笔出现在晓歌的课桌上。渐渐地，她便不再与晓歌说话。那时，晓歌有一本《莎士比亚戏剧与故事选》，在几个成绩较好的男女生之间兴奋地传来传去，嘉一直想看这本书，可是却怎么也鼓不起勇气开口向他借。

临近小学毕业的那一学期，有一天，上晚自习时突然停电了。女生们尖叫起来，男生大声地打着呼哨。嘉正不知所措，耳边忽然有人悄声说："跟你换本书看，好吗？"是晓歌的声音！她极快地接过晓歌递过来的书，正是令她魂牵梦萦的那本。

接下来的日子，嘉如饥似渴地读这本书。当念到最后几页时，她不得不放慢速度，以使这种愉悦的感觉得以延续。就像一个吃糖的小孩，生怕它很快化掉了似的，只好含在嘴里慢慢地舔。

这次换书，是嘉与晓歌在小学同学的两年中，唯一的一次单独打交道。

不久，小学会考结束，暑假来临，先前嘉是最喜欢寒暑假的，可因为有了晓歌这么一个男生的缘故，十二岁的她第一次觉得假期是如此漫长。坐下来写作业，竟然满纸都是晓歌的名字。

不久，成绩公布，嘉以优异的成绩考入了一所省重点中学，而一向成绩比她好的晓歌，因两分之差上了另一所中学。每次放寒暑假回家，竟从未在故乡的小镇上遇见过晓歌。

再次见面时，是在春节期间的火车站。隔着滚滚的人流，晓歌微笑地看着嘉，他留着连鬓胡须，在冬日温暖的阳光中，依然是一副洁净、清爽的模样。岁月早已滤去了童年时的那份羞涩，两人友好地相互问好。这一年，嘉已参加工作，而晓歌则在北方一所著名大学里攻读硕士学位。

这次意外的重逢，双方甚至没有留下地址、电话。此后，两人也再没有见面，只是偶尔忆起，心内依然温柔，那是一种游离于友情与亲情之间的，孩童之间的圣洁的感情。

阿婆的小秘密

阿婆佝偻着身子，往灶里添着柴火，火明明灭灭的，照着她的脸庞。锅里的水已经开了，阿婆差我去堂伯家借米。我不明白妈妈上次才买回的米，怎么这么快就吃没了呢？但我不愿细想，水已经开了锅，没米下锅怎么行？反正妈妈回来还就是。我腋窝下夹个胖胖的竹量筒，手里拎着一个脸盆飞快地去了堂伯家，伯娘给我量了一升米，又仔细把量筒上的米尖儿平推掉。

吃过饭，东海家的女人又来我家了。她是个肥胖的女人，大大的脸盘，屁股紧紧地裹在裤子里，绷得像南瓜瓣，让人很担心裤子爆裂开。

她要去镇上赶集，打我家门前经过。我讨厌她说话咋咋呼呼，粗门大嗓，还动不动就露出两颗稀松的大黄牙，便离她远远的。

我见她从我家出门时手里提了一个麻袋，鼓鼓的，像是装了不少东西。"阿婆，那是什么呀？"我问。阿婆说："那是她寄放在我家的东西，小孩子哪管那么多闲事。"可奇怪的是，我觉得阿婆的脸有些红，声音也有些掩饰不住的气短心慌。

东海家的女人伸出她那根胖手指戳着我的脑袋："小孩子千万别去学舌。"我白了她一眼，我才懒得管她们呢。

下午，东海家的女人从镇上回来，递给阿婆一张蓝色的票子。那是两元钱，足够到镇上的书店里买十本小人书的。

阿婆拿出点甜酒，又敲开一个鸡蛋，给她冲了一大碗甜酒鸡蛋，她一口气喝完了。可是阿婆不给我买一本小人书的钱，她把我打发出她的房门，宝贝似的，不知把钱藏到什么地方去了。

妈妈回来后，买了米，照例要我去还借人家的米，妈妈嘱咐我，不要忘了跟人家说着感谢的话。一平升的米，总得多还一二两才好，免得让人家看轻了我们。

夜里，我迷迷糊糊听见妈跟爸说："咱家是不是有老鼠，怎么米吃得那么快？养了几只鸡，也不见下几个蛋。"爸爸说："别想那么多，快睡吧。"

我忽然想起白天在阿婆房间的两屉柜下看见一个灰色的瓮，里边装满了白花花的鸡蛋。

早上，妈妈给我梳头发时，我悄悄地在她耳边说："阿婆房里有一瓮鸡蛋呢。"妈妈愕然地看着我："你说的是真的？"我使劲点点头，我眼睛好得很呢，总不会把石头看成鸡蛋吧？

可是，等我拉过妈妈去阿婆房里看时，那瓮突然不见了，更不用说鸡蛋了。妈妈的脸一下子成了猪肝色。她不声不响地操起一根杉树条，没头没脑地朝我打下来："我让你撒谎，让你不诚实。"

杉树枝落在身上,立马有红色的血迹渗出。只一会儿,我的手上便鼓起一条条伤痕,像爬满了大蚯蚓,又痒又疼。"我没有撒谎。"我被打得团团转,一边倔强地为自己辩解,一边哭着往外逃去。

妈妈直好罢了手。

后来,好久不见东海家的女人来我家,阿婆叹息说:"这个女窃拐,还欠我五元钱哪。"末了,她又下决心似的说:"若是哪天能收回来,我就给你买双新鞋穿。"

清明时节去上坟

　　清明过后,曹家村的田野里、山岭上的犄角旮旯里,各种花又次第开放起来。紫色的草籽花浅笑着,牵牛花举着一只只淡蓝色的小喇叭,如果你闭上眼睛,把耳朵悄悄地贴近聆听,也许能听到来自远方的消息呢。小小的三叶草,摇动着细小的茎,也开出了五个瓣的小红花,像小星星似的,舒展着蓬蓬勃勃的春意。我蹲下来,细细地寻找着四叶草。

　　奶奶喊住我:"惠仔啊,别蹲在那儿发愣了,走,给爷爷上坟去。"

　　她用竹篮盛着一块收藏很久舍不得吃的腊肉,一条红烧全鱼,几块豆腐干和半瓶酒,用蓝印花布细心地盖着。另一只手拎着些香和纸钱,领着我去对面的坟山。

　　阳光正好,奶奶走在前面,兴致很高地用手指点着告诉我,哪丘好田,哪块肥土,以前是我家的产业,是爷爷花了多少银子从谁谁手里置买的,谁谁家里以前富得门前的水沟都流油,连人参汤都不爱喝,后来出了败家子,家道中落,连米汤都讨不到了。

她说:"你要记得,你爷爷是个精干人,从太爷爷手头分家立户时,我们一穷二白。他做苦工,学杀猪,你不知道,他力气大得很,能一个人捉住一头猪,将它捆绑、上架、吹气、褪毛、剐皮,动作干净利落。凭着这门手艺,很快购置了田和地。"她说这些话的时候,眼里映出些昔日的荣光,一棵青绿的狗尾巴草挡住了她的去路,探身到竹篮里,她随手拨开。

坟山上那些樟树和柏树的新叶已经很茂密了,在晴空里泛着亮光,像撑开了一把把碧绿的大伞。有清脆的鸟鸣声从各树伞传来,此起彼伏,像一支支森林之曲,几簇火红的芭蕉花热情地开放着。可是,坟山上到处都是密密麻麻的小土包似的简易坟堆,任怎么风景优美,平时我们都不会上这儿来玩的。

奶奶说,夜里,能看见一团团鬼火在这里游来游去。所以,更是对这里怀了惧怕之心了。

我们在一处馒头状的坟头停下,奶奶说,这是你太爷爷的墓地。她摸了摸我的头,对埋在地里的太爷爷说:"这是您的曾孙女惠仔,你瞧她长高长大了,您老要好好护佑她啊。"

天风吹过,树叶飒飒作响,那是太爷爷在天之灵的回应吧。

我跟着奶奶虔诚地磕了几下响头。

奶奶掀开蓝印花布,把竹篮里的腊肉、鱼等用碟子一一摆好,放在墓前,拿出香和纸钱来,给太爷爷烧了些纸钱。她微闭着眼,嘴里念念有词,我听不明白她说了些什么。

奶奶又鞠了几个躬,算是跟太爷爷告辞。

她把盛着腊肉、鱼等碟收拢放到竹篮里，朝爷爷的墓地走去。由于害怕，我寸步不离地跟在她身后。

我们在竖着青石墓碑的坟前停下，坟头长满了青草，墓碑上依稀刻着"曹希怀大人之墓"。奶奶又把东西一一拿出来摆好，蹲在地上烧纸钱，一边说："老头子啊，你快捡钱吧，不要让野鬼们拾了去啊。"

她小心地护着燃烧的纸钱，看着风把灰烬刮上了天，她扁平的鼻子忽然一扇一扇的，哭了起来："你为何那么忍心，留下我好死不死的一个人，带我一块去吧。"泪水顺着她满脸的皱纹蜿蜒而下。

她哭喊着爷爷的名字。那个在她眼里既性情倔强又心地善良的男人；那个隔三岔五对她非打即骂的男人；那个先她而去阴阳相隔的男人。

哭着哭着，奶奶突然一屁股坐在地上，拍着大腿放开腔号哭起来。她有板有眼地哭诉着，数落着生活的艰辛和自己的孤独，哭得一把鼻涕一把眼泪，仿佛要将一生所受的委屈在这一刻哭尽似的。这是我始料不及的，心里不免有了些害怕，不知该怎样安慰她。

这样哭诉一阵之后，奶奶开始诉说父亲对她的孝顺，以及工作的努力。这时，她的哭腔里已明显没有了太多的哀伤，而是换了种欣慰甚至是骄傲的语调，这使得她的哭腔变得有些圆润优美的感觉。这让我压抑紧绷的心稍稍放松下来。

可是哭着唱着，奶奶突然又话锋一转："老头子，帮我求老天爷开恩，快点把我收了去吧。"

我红了眼圈，想着这小小的黄土包里，却葬着我的爷爷，那个与我从未谋面却又血脉相连的老人，我心里忽然有些疼痛，有些委屈，有些说不出的感慨。

奶奶又掉转头告诉我，你爷爷会气功，别人若是冒犯了他，他隔着一座山都能点中人家的穴位，让人家一动也不能动。他也会轻功，能飞檐走壁。他虽然性情粗暴，但明智，土改时他主动上交了所有的田地，只划了个贫农。

也许奶奶给我描述的爷爷，已非生活中曾经真实的爷爷形象了。跟真实的爷爷有所差别，是奶奶长久孤独的回忆中融合的一个新形象，高大，强而有力。

哭过之后，奶奶开始俯下身子，用手拔除坟头疯长的杂草，她看起来那么虚弱无助，像个大病初愈的人。

这时，在两棵松树之间，一只七彩的蜘蛛，像一个精细的篾匠，正缜密地织一张银色的蛛网。在丝与丝的交会处，它仔细地打上结，缠实。这时，一阵风吹过，蛛网被吹起一个小洞，它锲而不舍地缝补着。

这时，我忽然看见一丛鲜红的红花，美丽妖娆。立即飞奔过去，正要伸手去采，奶奶一把拽住我的衣领，厉声道："这是老虎花，有毒，不能碰。"我吓得连看都不敢再看那花一眼，生怕看坏了我的眼睛。

回来的路上，奶奶默不作声，她仿佛和谁怄着气似的，哭过的脸上挂着两个青黑的眼袋，瘪着嘴，憋着劲，挪着一双小脚，走得飞快。也许这么多年来，她一直对爷爷的过早离去耿耿于怀吧？我小心翼翼地跟在她身后，生怕惹她不高兴。

回到家后，我主动替奶奶洗涮了水烟壶，给壶里换上干净的水。

去游泳

　　秀姐是我家的隔壁邻居，年长我好几岁，她常到我家串门，倚在门槛边，咧开一张大嘴，吃吃地笑着。她细长的眼睛，窄长的脸，显然谈不上漂亮，但她似乎永远是开心快乐的，一副憨笑得合不拢嘴的样子。她的父亲早逝了，跟着母亲和三个哥哥生活。

　　她的母亲芸娘算得上个美妇人，大眼睛，大脸盘，洁净的长发，总是纹丝不乱地盘在头顶。丈夫撇下她和四个嗷嗷待哺的孩子一了百了。她一个人拉扯着四个孩子，生活的艰辛自不必说，没钱做新裤子，她家的男孩子甚至共用一条短裤，谁外出谁就穿。还得供养婆婆，一个长着老鹰一样锋利的眼神和鹰钩鼻的老妇人。

　　老婆婆总是不声不响地坐在天井中灰扑扑的一张老藤椅上，不动声色。一旦有人偷摘她家树上的桃子，她便用手杖狠狠地敲击着地面："小心打断你的脚踝。"她苍老的声音和冷冷的眼神，让人浑身起鸡皮疙瘩。

也曾有一位铜匠入赘她家，一段时日后终于忍受不住。他抱怨道："只要家里的菜碗里有了一点点荤腥味，就罾也来了，网也来了。"他架不住这家子几张嘴穷吃饿吃，远走他乡了。

那时父母亲都极忙，偶尔回家，不是忙着浇花便是种菜。父母是这村里少见的知识分子，常有乡邻为了鸡毛蒜皮的小事情，来找他们诉说，有时还要被人请去家里调解纠纷。

只要母亲回家，芸娘总要带秀姐过来坐坐，给我们送来一点地里新摘的瓜果蔬菜，母亲也会给她一些凭票供应的面粉之类。她笑意盈盈地夸奖道："惠子真是长得像葱一样水灵。"

这样当面的夸奖，让我颇有些难为情起来，但我还是倚在母亲的身边，听芸娘和母亲说话。芸娘说话形象生动，她嘴里总能吐出一些有趣的乡俚俗语。她形容人白费劲时说的是"蚂蟥咬在薅田棍上，哪有什么咬嚼"，形容一个没有自知之明的人时会说："田螺不知道自己的屁股有多旋。"每次让我想起来都忍俊不禁。

芸娘心灵手巧，她会把一粒普通的桃核，用锉刀雕刻出许多精巧的小玩意儿，如小桶、花篮，或是小船。我常常从桃树下捡来桃核，满心喜欢地仰头看着她手舞刻刀，雕刻出惟妙惟肖的小巧物件。

秀姐喜欢把鲜嫩的红薯藤掐成一小截一小截的，并不完全掐断，而是每一截都留下一点点，像细长的小辫子，然后从耳朵上垂挂下来，扮成长发的女子。或是用牵牛花编织一个花环，冷不丁地挂在我的脖子上，然后咯咯地冲我笑。

有时我们也玩踢房子的游戏。先用粉笔在地上画上两排，共八个格子，每一格代表一间房子，然后用算盘珠子串成一串，单脚把它踢进指定的房间里。我比较擅长这种游戏，总能准确无误地踢进去。

村里有几个小伙伴下到池塘里游泳了。我心里痒痒的，对秀姐说："我们也去游泳吧。"趁大人不注意，我们也偷偷地下了水。水轻柔地触摸着我的身体，一种舒服的感觉涌上来。原来全身浸泡在柔软的水中感觉这么好。

我们拍打着水花，嬉笑着，玩耍着，像一尾尾自由自在的鱼。

青龙站在岸上，摇着尾巴，眼睛一眨不眨地盯着我。

阿婆闻讯后，追到池塘边，一见我正在水里玩得欢，急得直跺脚，勒令我马上上岸。我料她奈何不了我，冲她得意地笑。

她急得从家里拿来一杆长竹篙，试图把我拦截上岸。眼看着阿婆伸着长篙往我这边戳来，我笑着往后退着，越退就越往池塘的深处了，水像海绵般柔和地包裹着我，我完全忘记了害怕。一不小心，我深陷到水里。我眼前一片黑暗，双腿已完全不受大脑的使唤了。生水大口大口往我嘴里灌，我懵懵懂懂在水里沉浮着，眼前似乎有了一个深不见底的坑，一种没顶的恐惧笼罩了我。

渐渐地，我的脑袋空白了，看不到也听不到周边伙伴的声音了。我想，完了，我快要被淹死了。

这时，我忽然感到有一种力量在拉扯着我，奋力地往岸边游。

我仰躺着被扯着到了岸边，吓青了脸的阿婆立马把我拉上了岸。她顾不上骂我，使劲地压着我的肚皮，我哇的一声，吐出好些生水。

劫后余生的我，躺在岸上直喘气。

秀姐浑身湿漉漉的，一双眼睛哀哀地看着我。原来是她在紧要关头救了我。

回到家，我生怕阿婆打我，为少受点皮肉之苦，我穿上了厚厚的棉衣，并穿了一双长长的雨靴，躲到灶间。阿婆看我吓得穿成这样，倒笑出声来，破例没打我。

赶集去

微风拂面，云雀唱着好听的歌，我跟着阿婆去村里山上的泉眼里取水酿酒。

阿婆边走边给我讲醽醁泉的传说：八仙之一的铁拐李路过本地，一时顽性上来，想试探一下人心。他从怀里拿出个破葫芦挨个向人讨水喝，因为他穿得又脏又破，且又懒又拐，没有人愿意舀水给他喝。当他经过曹家村时，好心的村民倒给他一碗米汤水。铁拐李因感念曹家村民风纯朴，便用铁拐杖戳地穿井，这口井流出的不是泉水，而是美酒。一年四季酒水汩汩而出，连续不断。曹家村的村民靠卖酒为生，过上了丰衣足食的日子。世事变迁，若干年后，村里出了个懒汉，不务正业，又好酗酒。他嫌去醽醁泉舀酒太远，就在酒里兑门口的溪水去集上卖。铁拐李生了气，在天空向井口遥遥一指，从此这口井便不再产美酒了，而泉水却依然甘醇如故。村民们便在井里挑水自己酿酒卖。据说用这口井里的水酿出来的酒，味道醇香浓郁，可以贮存千日。

我探头看去，这口井形似酒瓮，深不过1米，宽不过70厘米，呈圆锥形，沿壁长满了碧绿的青苔，泉水清澈见底。我伸手掬了一捧水尝了尝，果然清冽可口。

井底有一个铜钱大小的泉眼，正不断地往上涌泉，形似莲花盛开。阿婆说，泉水是冬暖夏凉的。泉边的石板上依稀刻着："玉为曲蘖石为垆，万榼千壶汲未枯。山下家家有醇酒，酿时皆用此泉无。"

阿婆取了满满一桶井水，在前面走得四平八稳。我提着一小桶水走在后面，磕磕碰碰，在田埂小路上洒下一路的欢笑。阿婆笑着揶揄："怪不得人家说半桶水淌得欢呢。"

阿婆用泉水把米淘洗干净，再浸泡一天之后，米渐渐软了，用手一捏，能捏成粉状的灰。

阿婆把水先放到锅里煮一下，然后再捞出来，装到那口被柴火熏得墨黑的饭锅里，架到灶头。我在灶间帮着添柴火，烟熏得我眼睛酸酸的，直流泪。

蒸好米饭，阿婆用竹筛摊开米饭散热，冷却后，再轻轻撒上一层捻成粉末状的酒曲，均匀地拌在米饭中。再把米饭盛到锅里，压实，用厚厚的棉衣密封。

阿婆说，不准揭开锅盖偷看啊，那样会跑了酒气，米饭就醒了，酿不成酒的。我若有所思，敢情是让米饭先醉啊。

两三天后，米饭发酵好了，将锅盖轻轻揭开，酒香四溢。酒糟香香甜甜的。阿婆开始蒸酒了，她系着青蓝色头巾、蓝色印染布的围裙。

水蒸气沿着锅沿,再沿着粗粗的竹竿,不断地滴入酒瓮,整栋房子里香气弥漫起来。

阿婆舀一瓢尝过味道后,脸上的笑容便如菊花般绽放开来。阿婆又递给我让我尝一点点,我咂巴着嘴,果然好喝。

酒酿好后,阿婆买了些黄糖浸了黄酒,让我跟着去镇上赶集卖。

卖完酒后,我和阿婆在档口吃了一碗渣江米粉,又去百货大楼看看,人山人海的。

日后当我读到优美、婉约的宋词《忆秦娥》:"暮云矗,小亭带雪斟醽醁。斟醽醁。一声羌管,落梅簌簌。 舞衣旋趁霓裳曲,倚阑相对人如玉。人如玉。锦屏罗幌,看成不足。"

暮云低垂,霓裳舞衣,人如玉,想想这该是一副怎样美妙的人间景象啊!心里竟像品着醽醁酒似的微微地醉了。

家乡的皮影戏

  小孩子们乐翻了天,在桌子间和厅堂里追来赶去。我混到队伍中,和他们追追赶赶,捡地上那些未燃尽的花炮,拿到外面去放。调皮的孩子在泥地里放上一个,点燃引线,"砰"的一声,能在泥地里炸开一个葫芦状的小洞。有一个小孩从兜里掏出在山中捡来的几粒黄灿灿的子弹壳,我们便围着他团团转。

  最让人神往的是晚上的皮影戏。说是戏班子,其实只有三个人。一个生得虎背熊腰,天庭阔大饱满,浓眉大眼,说话声如洪钟;一个生得白白净净,眉目清秀;另一个则是留着络腮胡子的老汉,是个唱老腔的。

  几位青壮劳动力找邻居借了几扇平整阔厚的门板,铺在晒谷场里的长凳上,拼成一个简易的戏台子。

  接着,两位唱戏的用竹竿撑起了一面白色幕布,又用几根竹竿在幕后搭起一个架子,然后把镂空的皮影儿一一挂到架上,又从箱子里摆出笛子、二胡、中胡和鼓板等乐器。

  一切都准备停当后,"皮影戏"就热热闹闹地准备开演了。

过门照旧是悠长的,二胡和锣鼓声催促着住在村里各个方向的村民倾巢而出。

当锣鼓声、镲声越来越急促地响起,皮影戏《穆桂英大破天门阵》正式开演了。正可谓"一口叙说千古事,双手对舞百万兵"。

不过是一盏极普通的马灯,映照着一些小小的镂空的皮人儿,在银幕上跃动,伴随着浓重方言的唱白,在灯影中厮杀格斗,让人霎时恍惚起来。我第一次体会到光、影、声的奇妙组合,看得有些发呆。那些个气韵流动,那些个流光溢彩,使小小的戏台变得神秘莫测。

穆桂英率宋军直逼萧后摆下的紫微九煞天门阵,杀声惊天动地起来,仿佛在我面前张开了一个巨大的磁场,我仿佛听见了台上她的心跳。

我在人群中挤来挤去,转到幕后,想看个究竟。

原来虽然幕前只出现两个平面人偶,但是幕后的唱戏者却铆足了劲。更让我惊奇的是,穆桂英优美的唱腔居然是从那个虎背熊腰的后生嘴里发出来的。只见他一边操纵着穆桂英,一边唱着。他一会儿紧抿双唇,一会儿又急急顿足,那神情、架势丝毫不比幕前的交战逊色。他的唱腔悠扬清丽、韵味十足。

穆桂英单挑辽国将领,打得不可开交。那位唱敌将的白净小伙唱腔高亢而又婉转,朴实粗犷中又带一点诙谐风趣,听得人有些如痴如醉。他井然有序地在三四十个高高悬起的人偶中,拿走剧情需要的角色，又转身在幕后边唱边让它转动起来。

穆桂英临阵生产，戏台上传出婴儿哇哇的啼哭声，从穆桂英的身体里钻出来一个小娃娃。大家开怀大笑起来。

我立马爱上了皮影戏，爱上了屏幕上那个智勇双全的，散发着无穷生命力的穆桂英。

阿婆坐在我的身边，小声地哼哼着。她双眸晶亮，脸上有了一种奇异的光泽。

戏收场了，客人渐渐散去，阿婆与我说起那些尘封的往事。她说爷爷曾经不让她看戏。那一年，阿婆十八岁，是村里的新嫁娘。在锣鼓声中，爱上了皮影戏，也爱上了那个到村里唱皮影戏的后生，她每天晚饭后都去听戏，有时转到后台去看看唱戏的后生。一天晚上，她正着迷地和着戏台上一板一眼地轻唱："穆柯寨来了我女将娇娃，耳边厢又听得锣鸣鼓响……叫一声穆瓜前去看个真假，或斩兵或斩将细问根芽。"这时，冷不丁飞来一条长凳，把她砸晕了过去。

醒来时，阿婆摸到满手鲜血，才知道是倒翻了醋罐子的爷爷下了狠手，她一连半月不能出去见人。

阿婆手上有条狭长的伤疤，只得穿长袖。再出得门去时，皮影戏团已远走他乡。

连续几天，我缠着阿婆给我讲皮影里的故事。和阿婆用纸剪出几个小小的人儿，在蚊帐里演《穆桂英大破天门阵》，阿婆唱得如痴如醉，我五音不全地学唱着。

连睡梦里，都是锣鼓喧天，大漠孤烟，黄沙蔽日，旌旗如雪，自己俨然就成了英姿飒爽的穆桂英。

我与女书之缘

第一次有缘见到女书,是在 2000 年左右。去江永出差,偶然看到了造型奇特的女书文字,纤细、隽永,富有灵性,一如女子的舞蹈。我揣想,是何等的智慧和隐忍,是何等的坚韧和执着,成就了这世间独特的女性文字?

之后,我多次前往江永,与女书传人交流,听她们吟唱女歌。夜阑人静的时候,一个人在灯下,细细品读那些写在折扇、花带上的女书,我被这些文字背后的灵魂所感动。长夜孤灯,她们是新寡的妇人,哀悼自己逝去的夫君;是悲恸的母亲,伤心白发人送黑发人的命运;是至交,思念自己隔山隔水的老同;是油灯将尽的老妪,哀叹自己多舛的命运。我的内心一再被触动。尽管与她们身处不同的时代,有着不同的文化背景,但她们在心灵深处对命运的叩问,对人性的呼唤与呐喊,是如此亲切而熟悉。我想,或许自己前世也是这样的女子,在漫漫长夜里,以这样一种文字去诉说自己的命运,去祭奠自己的青春。

如果说,初时的我,是被女书神秘的文字、音乐、舞蹈所吸引,那么,此后的我,则不知不觉中被女书营造出的独立的精神体系折服。这些有着女性意识、不甘心被命运枷锁束缚的女子,让我深深着迷,欲罢不能。女书为我打通了一个隐秘的通道,让我抵达了一座神奇而又独立自由的精神家园。

于我来说,每一次前往江永,不是远行,而是归途。小说中的人物,冥冥之中也与我有了某种神秘的默契,就这样不知不觉地走近我,在我的脑海中鲜活起来,以至生根发芽,枝繁叶茂。小说中的三代女书传人,虽然有着不同的生命轨迹,但有着女性共有的柔软和坚忍、艰难与坚守、伤痛与期许。小说主角冬青的娘虽然没有正经上过学堂,却知书达礼,擅长女书,研习女红,骨子里有一种天然的大气,是瑶村当之无愧的"君子女"。一系列的家庭变故没能压垮她,反而让她越来越强大,成为家庭的主心骨。冬青从小跟着娘学习女书,她质朴、纯净,骨子里延续着娘的倔强与韧性。成绩优异的她,因家境贫寒初中便辍学,前往广州打工,遭受了许多不为人知的苦难。她以瑶家女子独有的质朴、韧性,霸蛮地在广州闯出一片天地。小说中的第三代,冬青的女儿半夏是个90后,从小随外婆长大,耳濡目染,也学会了女书,大学时代研习女书,并以舞蹈的形式呈现女书。虽然她身处的时代与之前完全不一样了,但她的血脉里依然延续着叛逆和刚强。聪明、上进、好学的她,在种种困厄的处境中,执着于对女歌女书的学习、研究、推广,女书也给予她莫大的抚慰和激励,她以向世界传递女书文化为己任。我试图通过揭示这三代女人不同的命运轨迹，通过她们在不同时代背景下的奋斗、苦难、坚韧，来解开女性命运之密码，探索挖掘女性命运的精神内涵与意义。

　　写《女歌》这部长篇小说，于我来说，是一种机遇，也是一种全新的挑战。为了尽可能地提炼出具有典型性、民族性和象征性的元素，我多次前去参加勾蓝瑶的洗泥节，参加江华的盘王节庆典，见证她们用祭祀仪式表达对神的敬仰，用原始的律动表达对自然的敬畏、对丰收的喜悦、对生命的无限向往。我开始了一种探索性的写作：将女书元素与现代技法相结合，让民间文艺与现代文明碰撞、融合，使原始文化在现代意境中展现出新的光辉；以心理活动的展开，来描摹人心和人性；尽可能地从深度与广度开掘，描摹女书传承者的悲欢离合，展示女性独特的魅力。我欲把这一曲女性的生命之歌写得更厚重、更深邃些。然而，这无异于是踏上了一场充满艰辛的孤旅。常常写着写着，四顾茫然，觉得笔下所写，始终达不到自己内心所想要表达的样子，而抵达的路又是那般漫长而遥远，且毫无捷径可走。几年下来，我唯有虔诚地阅读大量材料，对着电脑，一步一步地朝着自己心中的目标努力。哪怕双目刺痛，我也力图用领悟、微笑、挚爱、敬畏、悲悯的五彩石，构筑一条通往梦想的道路。

　　完稿时，窗外正是金秋，天蓝得格外明媚而高远。有人说，梦想是丰满的，现实是骨感的。然而，一路行来，现实并没有阻挡我的梦想之旅；相反，给予了我实现梦想的机会。感恩文学，在我的人生之路上散发着清香。文字，无疑给我平淡无奇的日子插上了一双瑰丽的翅膀,让我的灵魂可以自由地翱翔。在那些寒冷的日子里,文字也给予了我莫大的温暖。感恩师长们对我一直以来的肯定与帮助。感恩在《女歌》写作过程中缘遇的善与美。

是的,在时间的长河里,绚烂和繁华只不过是过眼烟云,值得我们怀想的,永远是那些相知相携的真情。我还有什么理由不真心善待?不虔诚感恩?

唯念故乡月

不知不觉中，院子里的桂花开了，闲闲地散发着清香。金黄色的花苞不断绽放，推陈出新，像一场花的盛宴。如一位性情投洽的好友，安静地守在必经的道旁。微风拂过，有暗香盈袖。天空高远明净，白云有着丝绸一般的质地。

这样的时候，不免怀念起衡阳的酥薄月饼。因为那饼中，永远藏着一缕缕桂花的香魂。轻咬一口，酥脆松软，唇齿留香，让游子的心里，平添了许多乡愁的意味。酥薄月上金黄的芝麻，也星星点点，缀满了儿时的记忆，正所谓"小饼如嚼月，中有酥和饴。默品其滋味，相思泪沾巾"。

学龄前的我，是在乡下奶奶家度过的。丹桂飘香的季节，在外工作的父母，带回衡阳的酥薄月饼。在物资匮乏的年代，香酥的桂花馅月饼，无异于山珍海味。小小的、扎着朝天辫的我，雀跃在乡间小路上，给堂姑送去两只酥薄月饼，惹来小伙伴们多少艳羡的目光。

夜幕降临时，奶奶开始清扫庭院，点燃艾香。屋旁的桂花树下,有母亲用麻绳系着的秋千架。我和妹妹荡着秋千,一人举着一枚酥薄月饼。奶奶坐在旁边轻摇蒲扇,有一搭没一搭地为我们讲故事。在"梭罗树,月光光"的歌谣中,微闭了眼睛,遥想月空中的嫦娥喝了桂花酒的模样。想着想着,便在酥薄月的清香里沉沉睡去。

故乡的酥薄月,就这样在我幼小的心灵烙上了深刻的记忆,也融进了我的血液与诗行。

稍长大后,我赴衡阳求学。那年中秋,与几位好友相约去石鼓书院赏月。登上山顶,极目四望,眼前玉宇澄明,但见石鼓江山锦绣,屹然飞峙江浦。宋景祐年间,朝廷正式建立书院,赐名"石鼓书院",为当时全国四大书院之一。石鼓书院三面环水,叠石流泉,环境幽静,亭台楼阁,平添了一份清雅之气。唐宪宗元和年间,李宽曾于此修筑读书庐。朱熹曾在此讲学。韩愈、文天祥、范成大、徐霞客纷纷也在此留下名篇。曾国藩、彭玉麟在此训练湘军,成为湖湘文化重要的发祥地。

信步合江亭,坐看云起处,蒸水、湘水、耒水三水骤然相拥,合为一体,浩浩荡荡,流向天际。正所谓"落霞与孤鹜齐飞,秋水共长天一色"。

石鼓山东侧的僻静处,有一朱陵仙洞,内有杜甫、韩愈、王夫之等历代名流诗作。千百年来书香绵延,文脉相传。相传此洞北通南岳的水帘洞,南岳高僧曾借此洞往返衡岳之间,瞬息即到。明末,有一老者在朱陵洞内游玩,觅得酥薄芝麻月饼之秘方，回去后几经打磨，终于制成独特的酥薄月饼，深受街坊邻里喜爱。做酥薄月的手艺代代相传，数百年后，一位十七岁的少年开始学习烘焙。深得师傅真传的他，融石鼓文化于内里，主持研发了石鼓牌酥薄月饼。他，便是南北特公司的董事长鲁振华先生。1988年，石鼓牌酥薄月饼获得了首届中国食品博览会金奖，远销国内外。

我们落坐在石鼓书院的一隅，分食着这颇有传奇色彩的酥薄月饼，鸟声、虫鸣声、树叶飘落声，皆如水般在耳畔流淌，入耳入心。就这样，任微风拂过前额，任湘水兀自东流，年轻的心里有些微醺的喜悦。直至桂华飘下，玉轮移影，大家归兴犹未。彼时年少，尚不识愁滋味。人生只如独轮车，只管飞速向前。若干年后，我们各自求学、工作，远走他乡。时光改变着我们的心性、容颜，而留在心底的那份执着，依然不曾改变。石鼓牌酥薄月饼连同那些看过的风景，都成为乡愁的记忆。

斗转星移，不知不觉中，我已蛰居星城多年。这些年来，我去过许多地方，见过许多风景，也品尝过许多种风味不同的月饼，比如苏月的精细、广月的华美，然而，最爱的还是故乡酥薄月的味道，爱着那淡淡的桂花香。是的，桂花虽没有牡丹花那样雍容娇媚的外形示人，也没有玫瑰花那样绚丽的色彩取悦于人，与华贵、富丽之类的词汇是丝毫沾不上边的。但它本性温雅柔和，倒如一位性情恬淡的女子，轻言浅笑中自有独特的风韵。

一期一会，是人与花的尘缘。而揉进酥薄月的桂花香，将我与故乡血脉相连。

　　暮色四合，湘江两岸华灯初上。又是中秋佳节，深蓝的夜空，圆月静寂，有孤星一枚，不离不弃。取出文友寄来的石鼓牌酥薄月饼，一种熟悉的味道，浮在舌尖，悠远、绵长、甘甜，连乡愁也变得分外香甜起来，悄然滑入心里。不一会儿，月的光芒穿透乌云和黑暗，直射而来，将周边的云映成无数黑色腾跃而起的海豚。而放眼望去，整个夜幕上都凝滞着轻薄的、立体的、鱼鳞状黑云。

　　月色于我的印象中，一直是凉如水、轻柔而温和的，而此刻，我完全被这种突如其来的月的光芒所折服了。我立在窗前看着那轮圆月呆了半晌，怪不得李白吟道："明月出天山，苍茫云海间。"此刻，月的鲜活与灵动也许只能用这个"出"字才能描绘吧。

　　今夜月圆。听，辛弃疾在呐喊："快上西楼，怕天放、浮云遮月。但唤取、玉纤横笛，一声吹裂……"对故乡的记忆仿若大朵的雪花，晶莹、洁白，似乎触手可及，却又经不起时光的打捞。然而，越是时间久远，越是恒久地牵绊与惦念。时光之手，已将生命中最珍视的东西，一一拼接整理，如初民般结绳安放，在心底生根。"但愿长圆如此夜，人情未必看承别"今夜月圆，而故乡，是我心中永恒的白月光。

跋

我的童年时代,大多是在校图书馆度过的。我常常一个人安安静静地蹲在校图书馆,贪婪地看各类书,像一条蛰伏的小书虫。我囫囵吞枣地看了《红楼梦》《莎士比亚戏剧》等,并尝试向《小溪流》《中国少年报》投稿。文学伴我度过像植物一样自由生长的童年,多思忧郁的少年。我痴迷《诗经》《九歌》,也喜欢泰戈尔、拜伦、济慈等的诗歌。草尖的凝露,一掠而过的飞鸟,阶前渐渐隐去的光阴,都会令我陷入遐思。

月凉如水的日子,我摊开纸笔,以文字诉说自己内心世界,或柔软、或沉重、或单纯、或复杂,抒发对人生、自然的诸多情感与体悟,试图以内心的丰盈,抵御花花世界的各种诱惑,试图给自己或他人以微小的人生启示。

写作,无疑给我平淡无奇的日子插上了一双瑰丽的翅膀,让我的灵魂可以自由地翱翔。写作,亦如黑暗中的明灯,照亮了我前行的路。不仅给予了我精神上的慰藉,更给予了我战胜困难的勇气和力量。

随着我的文字越来越多地见诸报纸杂志后,我所在城市的报纸副刊为我开设了专栏。同学亲友纷纷给我讲述生活中发生的故事,希望借我之手见诸报刊。一位知名编辑打电话给我,说我的文字细腻而唯美,通篇都有诗性的语言,好久没有见到这么清纯、美好的文字了。

　　我沉浸在写作带来的愉悦中,虔诚地,一步一步地朝着自己心中的文学梦努力。作家梦,花一样隐秘地盛开在心底。我试图通过写作解开命运之密码,揭示命运轨迹,探索生命的本源与意义。写作,也为我打通了一个隐秘的通道,让我抵达了一座神奇而又独立自由的精神家园。

　　于我来说,写作,是一场涤荡灵魂之旅,也是一场漫长的修行。

　　感恩文学,在我的人生之路上悠然地散发着清香。感恩亲友同事,给予我莫大的鼓励与帮助。是的,余生,我将继续以自省、悲悯、虔诚、挚爱之心,行进在写作的路上。

曹蕙